BRUCHWERK

AUS EINER UMBRUCHSZEIT

.KUNST
bundeskanzleramt
niederösterreichkultur

Wir danken dem Bundeskanzleramt/Abteilung Literatur,
der Stadt Wien und dem Land Niederösterreich für die Förderung.

Wir danken Frau Dr. Grete Aschermann und derm Verlag Merzinger-Pleban
für die Abdruckgenehmigung der Arbeiten von Horst Aschermann.

Einbandgestaltung: Renate Niedermaier
Titelbild von Horst Aschermann: Gobelinentwurf, Aquarell
aus der Grafikmappe „Morgenröte" von Horst Aschermann,
Erstveröffentlichung: Verlag Merzinger-Pleban, Pressbaum 2002

Verlag: EDITION DOPPELPUNKT, Wien 2005
Druck: Arcus, 1050 Wien

ISBN: 3-85273-181-X

Franz Richter

BRUCHWERK AUS EINER UMBRUCHSZEIT

mit Grafiken von

HORST ASCHERMANN

EDITION DOPPELPUNKT

AUS DER SCHULE DER BEHUTSAMKEIT

Wortgewebe-Hirngespinst
urgewaltiges Ahnenerbe
oder eine alte Scherbe,
nur dem Trug zu Nutz und Dienst.
Dennoch wird in Wörterkrügen
Wasser hochzeitlich zu Wein,
und sogar zu weiten Flügen
kann Wortgewebe tüchtig sein.

Der Raum verlangt Orientierung. Man kann sich vergehen.
Die Zeit ist zukunftsorientiert. Man kann sich nicht vergehen.
Man vergeht sekündlich.

*

Ob ich leben will oder muss oder soll oder darf, das sind vier Dimensionen, vier Lebensabschnitte mit eigenen Stimmungsvorzeichen. Nur in der Kunst lebt man vierdimensional.

*

Wasser aus der Quelle schöpfen wir heute ebenso wenig wie den Geist aus den Urtexten seiner Herkunft. Die Infrastruktur der Bildung versorgt uns aus Rohren geeichten Kalibers. Das Prickelnde, Springlebendige, vom Waldduft Durchlüftete einer Quelle des Urtextes kann sie nicht ersetzen.

*

Sich feststellen ist der erste und schwierigste Schritt auf einem steilen Weg.

*

Haltung erschafft sich selber den Halt, wohingegen ein vorgegebener Halt die Haltung bloß verleiht.

*

Nimm dir nicht mehr an Freiheit heraus, als du der Natur an Freiheit zu opfern bereit bist: Das ist die Voraussetzung für den Fortbestand des Lebens auf unserem Planeten.

*

Innere Werte entgrenzen uns und erfüllen sich in der Entgrenzung. Materielle Werte begrenzen, ja höhlen uns aus, wenn sie nicht den inneren Werten dienstbar gemacht werden.

*

Das wechselseitige „Verdanken" bindet stärker als das einseitige Danke.

*

Sanftmut ist die langmütige Hinnahme, die oft mehr bedeutet als Hingabe.

*

Es sind die Kühlhäuser und Eisschränke des Zweifels, in denen sich die Gedanken am längsten frisch halten.

*

Liebe ist ein Zustand, in dem das Einverständnis dem Verständnis himmelweit vorauseilt. Aber Nachvollzug des Verständnisses bei vollzogenem Vorgriff gleicht der Reparatur eines Rennwagens während der Fahrt. Dennoch eine der wichtigsten erziehlichen Aufgaben. Sie ist der private Modellfall für das ewige Problem der Menschheit: Humanisierung statt Entmythologisierung eines Mythos.

*

Gelegenheit macht Diebe – Ungelegenheit macht Liebe. Männer stehlen sich ins Freudenhaus, weil es verlässlich auf eine Gelegenheit eingestimmt ist. Romeo begegnet Julia, nein, er wird auf sie als eine Ungelegenheit gestoßen, nein, sie wird für ihn zur Ungelegenheit schlechthin. Der Mangel an Einverständnis mit der Umwelt fordert beider Individualitätskraft heraus und steigert sie zugleich zur hingebenden Ekstase, bis der Tod ihre stolze Selbstbehauptung und zugleich auch ihre hinströmende Liebe besiegelt.

*

„Ich", ein „Hilfszeitwort" der Lebenszeit, doch hat es im Wir, im Du und im Es einen Anschluss mit einem Flachdach, himmelweit über der landläufigen Zeit.

*

Höre nicht auf ein Ich, das voller Du steckt und kein einziges „Wir sind..." über die Lippen bringt. Höre nicht auf ein Ich, das unaufhörlich „Wir sind..." deklamiert und auf das Es vergisst. Höre nicht auf ein Ich, das „der Sache zuliebe..." die Dinge zerredet und handelt ohne ihrer Stille zu gehorchen.

*

In vergreisten Ehen wird der Mann zum Ärgernis der Frau und die Frau zum Ärgernis des Mannes. Dies sollte als Auftrag hoch geschätzt und respektiert werden.

Denn immer schon kommt das Große als Ärgernis, als Stein des Anstoßes in die Welt, um uns zu einem tiefgründigeren Dasein zu erwecken. Da kann es wohl geschehen, dass ehemalige Szenen aus dem privaten Mikrokosmos zu Auftritten pervertieren, die sich in der Hitze der Debatten wie Parlamentsreden ausnehmen. Nachdem die beiden die Schlagwörter ihrer Überzeugungen konjugiert haben, erreichen sie eine Patt-Stellung, in der die Ärgernisse zwar weiter schwelen, aber nach einem ergiebigeren Schlachtfeld Ausschau halten. Beim Abzählen der daneben gegangenen Urintropfen auf dem Klosettboden oder der unangenähten Hemdknöpfe sind sie gefunden. Durch das Zugeständnis, aus dem aufrecht stehenden anmaßenden Patriarchat altersbedingt auch beim Urinieren in die weibliche Hocke überzugehen und die Hemdknöpfe selber anzunähen, hat man etwas von der Aristophanischen Vision einer kugelrunden Paarigkeit des Menschseins erreicht, brauchbar für ein Happy End.

*

Das Erröten aus Scham über verheimlichte Gefühle verschönt ein junges Gesicht mit der Morgenröte der erwachenden Seele. Älteren Jahrgängen steht diese Farbe auch für ihre Untaten nicht mehr zur Verfügung.

*

Ihr Schlaf schenkt mir einen stillen Zeitstrom. Den Pulsschlag ihrer Kniekehle in der Hand, läuft mir nichts davon.

*

Sich den Menschen an den Hals zu werfen und mit dem Keepsmiling seine Seele anzubieten, kann Strategie sein, um sich die Menschen freundlich vom Hals zu halten.

*

„Die Ich-Findung ist nur durch das Du und im Du anzubahnen." Entwertet man da nicht das Du zu einem Ding, zum Gestell, zum Hochreck, zu einer Attrappe der Liebe, an der man seinen Bauch-Seelen-Aufschwung übt, bis das Gerät kaputt ist?

*

Im Zeugungsakt erleben wir zugleich mit dem Liebestod die Auferstehung des Toten, der wir noch nicht sind, und der sich doch schon verjüngt und verwandelt als Zukunftshoffnung bei uns einstellt.

*

Kinder leben als Fragende und gelten für klug. Der Erwachsene weiß, dass Fragen das Allerschwierigste sein kann. Antworten hat man im Aktenkoffer leicht bei der Hand. Fragen jedoch müssen aus dem Kopf geholt werden und der Versuchung von billigen Antworten widerstehen, soll die Frage des Nachdenkens wert sein. Erwachsene sind das Gegenbild zu den Kindern. Sie leben als Unwissende oft schlechten Gewissens in ihrer Fraglosigkeit.

*

Unterscheide – falls man so tief einzudringen und es zu unterscheiden vermag – ob das Kind Schwierigkeiten hat oder ob es sie macht. „Haben“ ist Schicksal, ist Heimsuchung. „Machen“ ist Mache, Poesie, Genie, Verbrechen. Das Schwierigkeiten-haben verlangt nach dem Heiler, das Schwierigkeiten-machen nach dem Bereiter, der die Zügel der Verantwortung anlegt.

*

Wechselt man vom „Versteckerlspiel“ in die Lüge, so ist das Ende der Kindheit oder der Anfang der Gesellschaftspolitik gekommen.

*

Die Selbststilisierung zum „Kasperl“ gehört zu den österreichischen Tricks, die auch Genies wie Mozart und Raimund nicht verschmähen. Es gehört zur Selbsttherapie ihrer Tragik, während es die Majorität als peinlich empfindet, wenn sie jemandem lächerlich erscheint. Dem Einzigartigen erleichtert die Lächerlichkeit den unerbittlichen Ernst, unter dem er lebt und schafft.

*

Fritz Kreislers Geige hat Recht. „Liebesleid“ ist ein schönes Leid, denn nur leidende Liebe kann chronisch werden und ein Leben lang dauern.

*

Das Unbehagen der Jugend an der Welt ist ebenso gut als moralisches Signal wie schlecht als luziferischer Stolz.

*

Die Jugend ist happig darauf, eine Rolle zu spielen. Zuletzt aber geht es nur noch darum, sich zu verrollen: Sicherste Methode, nirgendwo anzuecken.

*

Wie schwer fällt es den Menschen, sich mit seiner Un- und Übernatur zurechtzufinden. Afrikanische Völker wussten sich keinen anderen Rat, als die Jünglinge mit einem rituellen Akt in das Erwachsensein hinein zu peitschen, in anderen Kulturen hat man sie hinein geschmeichelt, was zur Folge hat, dass sie ihre Lebensreife zu einem stattlichen Prozentsatz als Patienten beginnen.

*

Jeder ist sich selber nicht nur der Nächste, sondern wie Regen und Wind, Sonne und Schnee ein Naturphänomen, weder gut noch bös. Erst in der Begegnung mit einem Du bläst einem plötzlich der kalte Wind ins Gesicht oder lächelt die Sonne. Aber auch dieses Du ist sich selber ebenfalls ein Naturphänomen jenseits von gut und bös. Daher kann es passieren, dass beide als solche aufeinander treffen und es bei dem einen regnet, dem anderen friert. Das gibt Glatteis. Sie rutschen aus und fallen auf die Nase. Eine blutige Kalamität. Wie man sie nennt, Unfall oder Liebe, ist egal. Jedenfalls ist sie ein Anfang auf dem mühevollen Weg von der phänomenalen Existenz zum eigentlichen Menschsein.

*

Liebste, bist das du, kann man sich so verändern? Deine Haut war dein Geschmeide. Und jetzt? Weißt du, dass du mich verletzt hast? Du schweigst. Aber ich sehe dir meine Verletzungen an. Ja, du bist's. Alles in der Liebe ist wechselseitig.

*

Wir sehen sie zwar, aber wir erkennen sie nicht, die geheimen Armen, die in einem Winkel sitzen und betteln, man möge ihnen einen Gott in ihren leeren Kopf werfen.

*

Was habe ich nicht alles gelesen! Was habe ich nicht alles gelernt, ja sogar gewusst. Und nun schwimme ich, ein Eisberg, zum größten Teil für mich selber unsichtbar geworden, ein Bastard aus gespenstischem Unterbau und einer herausragenden frostklirrenden Zungenspitze, der es die Rede verschlagen hat.

*

Wenn die Liebe zur Idee geworden ist, nicht zu einer fixen, sondern lebendigen, dann geraten wir in ein neues Konfliktfeld und an einen neuen Ehrgeiz. Denn gemessen am Denkbaren fühlen wir ihre derzeitige Unreife, ihre Bitterkeit. Also drücken wir wieder die harte Schul- und Bettbank des Eros.

*

Wer längst aus den Kinderschuhen heraus ist und noch immer als Fragender lebt, bewahrt sich davor zu zweifeln, ob seine Fragen nicht doch schräge Bohrlöcher sind, die seitwärts vom Ziel ausrutschen und sich verlaufen.

*

Der Körper ist uns das Inbild des Raums. Alles Räumliche beginnt für das Baby mit Zwischenräumen an Fingern und Zehen, bis die Gliedmaßen den Raum zu greifen suchen. Begreifen werden sie ihn nie.

*

Ein Paar, das meint, sie wüssten zu viel voneinander, hat sich in seine Vergangenheit verheddert. Dieses Wissen hindert sie, aneinander als Kommende und Künftige zu glauben. Nur kollektive Vergangenheit schafft Traditionen des Glaubens. Individuelle schafft Holz für den Holzweg.

*

Sich einmal von Herzen ausreden können, was ja zumeist nichts anderes bedeutet, als sich sein Ich als das Richtige – wenn's eines gibt auf dieser Welt – einreden zu dürfen, was ohne akustisches Echo eines Du nicht gelingen mag.

*

In der Frauensprache hieß die Schwangerschaft „in anderen Umständen". Robert Musil erfand für die geistige Schwangerschaft vorwiegend der Männer den „anderen Zustand".

*

Wann ist man selbst? Wann hat man es so weit gebracht dazusein und dieses Dasein als Anleihe an das Sein, das uns ausmacht, zu begreifen? Uns ergeht es wie dem Licht: Nur gebrochen, gefiltert, reflektiert treten wir in Erscheinung. Was aber greift stärker deformierend in uns ein: Ist es das Labyrinth der Worte, die Fettsülze der Gesellschaft oder die von Dünenwüsten ondulierte Einsamkeit? Wie können wir dahin gelangen, das zu sein, was wir sind? Das Ich ist nicht minder utopisch als die Insel Utopia, auf der die großen Träumer ihren idealen Staat gegründet haben. Auch das Ich ist eine utopische Installation.

*

Beim Menschenhandel, bei dem sich die Ware von selber anbietet, bevorzugt man die Beihilfe von Instituten für Beziehungsanbahnung, traut man doch in einer solchen einmaligen Auktion den Fachleuten des Markts mehr zu als sich selbst und dem, was einem zu-fällt.

*

Auch er konnte von Frauen gar nicht genug haben, aber sein Don-Juanismus war vegetarischer Art. Er genoss die Blume des Weins. Ihn zu trinken wäre ihm vorgekommen, als wolle er ein Bukett verspeisen. Für ihn waren Frauen die Meisterinnen der Hüllkonstruktionen, welche darin bestehen, alle Punkte einer Figur oder Funktion zu bestimmen, die nicht zur Figur gehören, aber sie umkleiden und umschmiegen. Während Männer mit dem Zugriff eines Begriffes das Innerste zu erreichen suchen, gehen die Frauen den Weg der systematischen Umhüllung, als deren Ergebnis das Ding fest in ihrer Hand liegt. Der Zugriff ins Innerste fällt doch zumeist zu kurz aus.

*

Echte Liebe ist eine Abhärtung. Man wird unverletzlich, als hätte man im Drachenblut gebadet. Zum sozialen Paradoxon geworden, ist man empfänglich aber nicht empfindlich.

*

Sie fragte sich, was denn jetzt aus ihr geworden sei. War sie noch sie selbst, oder der Besitz eines fremden Traums, der sich in diesem ihrem Körper verwirklichen wollte?

*

Pubertätsexperimente der Männlichkeit: Man probiert in der Gefühlsphantasie aus, ob hier Trieb und Objekt zueinander passen und sucht nach der richtigen Schuhgröße für den Teufelsfuß bei den Engeln.

*

Mit wem ist man allein, wenn man allein zu sein glaubt? Mit dem Hausrat an Dingen und an Worten, den tausenden Bildern an der Stirnwand der Erinnerung. Dann aber kann es geschehen, dass die Einsamkeit zur Sammellinse wird, die Strahlung der Dinge so weit verdichtet, dass sie verschwinden, unkenntlich werden in der Leuchtkraft eines Punktes. Vergessen und Erinnern werden eins in ihrer Resonanz.

*

Wir laborieren an unseren Geschehnissen im Nachhinein viel länger, als sie gebraucht haben, um sich abzuspielen. Der Nachhall übertrifft den Knall an Dauer und macht die Geheimgeschichte der Völker aus.

*

Erinnern ist gefährlich. Vergangenheit bekommt Heißhunger auf unser Frischfleisch, frisst es auf, sodass wir an Auszehrung leiden. Wir haben keine Zeit. Die Zeit hat uns am Kragen.

*

Alt-Sein ist bestimmt durch die Proportion des Zeitlichen zum Zeitlosen in uns. Der äußerste Fall ist der lebende Leichnam. Die Vergangenheitszeit hat ihn bereits aufgezehrt und lässt eine leere Hülse zurück. Nur noch über physiologische Arbeit schleicht sich Gegenwartszeit in die verkalkte Tropfsteinhöhle ein, hat aber nichts mehr zu sagen als dieses Fallen der Tropfen.

*

Versteinerte Zeit-Monumente im Raum. Enträumlichte Zeit-Musik: ortlose Bewegung.

*

Das Leben ist zu kurz, aber ein Tag kann viel zu lang werden für dieses kurze Leben.

*

Im Imperfekt der Erzählung erreicht die Wirklichkeit erst ihre wahre Perfektion.

*

Die Verzögerung der Zeit begünstigt und beschleunigt die Besinnung. Und man könnte dahin kommen, dass sich erst im Innehalten bis zum Pseudo-Tod der eigentliche Sinngehalt erschließt.

*

Alles fließt, wer stellt das fest, da alles fließt?

*

Wir mit unseren Sinnesorganen sind Filter. Was zurückbleibt, ist der greifbare Schein. Was durchfließt, ist die unbegreifliche Wahrheit.

*

Schneckenweg des Menschen: Vom Fühlen zum Sehen, vom tastenden Leben aus dem Widerstand zur Welt – allmählich hineingelangen in die Einsicht. An Hell- und Dunkelsignalen vorbei ins reine Licht der Vor-Sicht, und schließlich in die Mondschein-Aura der Vor-Sehung.

*

Beim Bergsteigen ist die Anstrengung des Anstiegs unter Umständen geringer als beim Abstieg die Anpassung an den Abgrund. Denn der Abstieg beansprucht nicht nur die Muskeln, sondern auch den Kopf und die Vorstellung, die uns schwindlig macht und in der Welt nur ihren Schwindel sieht.

*

Ruinen in Rom. Frost und Sturm haben es in Jahrhunderten erreicht: Aus dem ruinösen Altersgesicht kommt jetzt die alles Materielle übersteigende Idee wieder zum Vorschein, welche dem Bauwerk zugrunde gelegen ist. Doch indem es gebaut wurde, verbaute die Fertigstellung zwangsweise das Visionäre des Gedankens.

*

Unter unserem Schädeldach spielt die linke mit der rechten Gesichtshälfte Schach, das Rationale mit dem Emotionalen. Im Unterschied zum wirklichen Schach kommt es darauf an, dass keine Partei gewinnt. Jeder Sieg der einen über die andere wäre eine schicksalsverfallene Niederlage der personalen Einheit. Ziel der täglichen Gehirnschachpartie ist die Ausgewogenheit, das Remis, Gehirnmodell für die Erlösung der Welt.

*

Freiheit nicht als Befreiung sondern als Zu-mut-ung, wo es wie in der Erziehung und Kunst an Mut, an Ideen, an Verantwortung und einfühlsamer Energie fehlt. Dort also ist man geneigt, etwas „frei“ zu geben und verkennt das Sinnlose dieses Ansinnens.

*

Edles Streben, das Vollkommene in einem gebrechlichen Umfeld zu wollen: Wie oft ist es als eitle Streberei verpönt.

*

Umsturz der Werte. Keine Angst! Werte sind Stehaufmanderln.

*

In der Lüge kann man dick auftragen. Die Wahrheit ist eine Oblate oder gar eine zarte Hostie, die hauchdünn sein muss, soll man sich nicht verkutzen, wenn man sie unzerkaut schluckt.

*

Woran man oder wofür man stirbt, das macht den Unterschied zwischen Zivilisten und Protagonisten aus. Zu guter Letzt will aber jeder nicht bloß an seinem Karzinom sondern für etwas sterben. Ganz selten bringt es dann einer zum Protagonisten, das heißt zum echten Vorkämpfer und stirbt für seinen Leichnam, den er dem anatomischen Institut vermacht hat.

*

Wahr ist, wofür ich sterbe, sagt der Glaubensmärtyrer. Andere sterben pflichtschuldigst den Tod, diese unerlässliche Bedingung für die Vielfalt auf unserem Planeten, Regelsystem, ebenso überschwenglich in seiner Zeugungskraft wie ökonomisch in der Restnutzung, durchdrungen vom geheimen Gleichgewicht des Gebärens und Verzehrens, des Verlebendigens und Tötens. Gleichgewicht – schließlich jene Form, in der die Liebe für das Ganze wirksam wird, sodass man meint, das Ganze sei die Liebe.

*

Wo sind wir zu Hause? Mehr im Gelebt-Haben als im Leben, mehr im Haben als im Sein, um wie viel lebendiger dieses auch sein mag? Mehr in der Erinnerung mit dem Bewusstsein erloschener Zeit als in der Gegenwart, die uns auf den Nägeln brennt. Also sind wir zu Hause in der Illusion der Statik bis zu unserer zwangsweisen Übersiedlung in die Statik der Wahrheit.

*

Wer es nicht zum gelassenen Zuschauer seines Lebens gebracht hat, der kann mit modernen medizinischen Hilfen wenigstens als Zuschauer seines Sterbens das Versäumte nachholen. Denn der Tod trifft ihn nicht – außer als Schlaganfall – manchmal kommt er sogar höflich entgegen.

*

Sich zu seinem eigenen Gewesen-sein bekennen, zur Vorzukunft des Todes, könnte die Erde zum Paradies machen.

*

Literatur ist der Akupunkturatlas aller Reflexstellen unseres Individual- und Kulturkörpers. Der Schmerz zeigt den Zusammenhang der entlegenen Regionen von Antrieb und Betrieb. Und so macht er aus dir, dem Identitätsfragment, ein Ganzes.

*

Auf der Kippe: Du sollst nicht klüger sein wollen als die Schöpfung. Du musst klüger sein als die Schöpfung, willst du in ihr bestehen bleiben und nicht vom Schicksal der Saurier und von anderen ausgestorbenen Lebewesen ereilt werden.

*

Schon bei Livius, dem römischen Historiker, wird der Körper, die wechselseitige Bezogenheit und Dienstleistung aller Organe im Hinblick auf ein Ganzes als idealistisches Vorbild eines Staatswesens und einer kampflosen Klassengesellschaft gerühmt. Das Denken aus dem Bauch und durch den Bauch ist ebenso aufs Soziale wie aufs Ökonomische bedacht. Wirtschaftsethik steht im Mittelpunkt. Dagegen hat sich das „körperlose“ Ich zu einer Gehirnbeule ausgewachsen, einem egoistischem Besitzer und rücksichtslosen Ausbeuter des Körpers. Die Lebensbesessenheit dieses „Körperlosen“ geht über Leichen, ja sogar über seine eigene, indessen der Körper seine Altersschwäche zur Kenntnis nimmt und sich wie ein Elefant zum Sterben friedlich zurückziehen möchte. Das Interesse, das der Körper an sich selber hat, ist die Harmonie. Das Interesse des so genannten Ego ist Ekstase und Ausbeutung.

*

Mag man die Welt weiterhin entmythologisieren und entzaubern, ich fühle mich verzaubert genug. Sind die Kiemen der Fische die Vorzukunft meiner eustachischen Röhre im Ohr? Diese ist aus jenen hervorgegangen. Mit wie viel Vorvergangenheit laufe ich also herum? Wie viele stumme Fische habe ich verbraucht, um hören zu lernen?

*

Als Werkstück für die Ärzte und zugleich als Zuschauer auf dem Operationstisch vor dem Bildschirm liegend, kann man jetzt beobachten, was sich in der Innenwelt abspielt, eine vielleicht einmalige Zweigleisigkeit des Erlebens. Ohne Schmerz tief ins eigene Fleisch bis auf die Knochen hinein zu schauen, macht übermütig, sodass man den berühmten Sanskritsatz herausfordert: „Das bist auch du.“ Aber wo gäbe es hier etwas, das mit einem persönlichen Fürwort angesprochen werden könnte. Nichts als Schläuche, Arterien und dann die Unterweltsschatten der Knochen, ein sächliches Gestell. Allesamt das Es der Dinge. Hat es also das Chirurgenmesser vermocht und dich in zwei Hälften zerlegt, in die Apparatur auf dem Bildschirm, diese Hochstaplerin, welche Geist und Seele zu produzieren vermeint, doch nicht minder hochstaplerisch das Ich auf dem Operationstisch liegend, welches sich einbildet, ohne das tote Gestell von nebenan über ein in sich gegründetes Dasein zu verfügen. O weh, in welchem korrupten Verhältnis lebst du! Einen bitteren Hohn schmeckst du auf deinen Lippen. Doch die Operation geht glücklich zu Ende. Die Wunden verheilen nicht ohne Wundfieber und schlaflose Nächte, doch die Synergie der beiden Hälften bewerkstelligt es, dass dir etwas von der heilen Welt einleuchtet und du fortan mit beiden Hälften per Du bist, wenn auch manchmal nur mit schmerzlichem Lächeln. Auch das Gestell ist Werk und Schöpfung.

*

Prozess: Auf dem langen Weg durch die Instanzen buchungspflichtiger Wahrnehmungen, was bekommen wir für einen Bescheid? Einen ohne Inhalt, aber von umfassend tief greifender Form: bescheiden sein.

*

Man hat schon einiges erreicht, wenn man nicht versagt, sondern scheitert. Der Versager kommt, noch ehe er die Problemfront der Dinge erreicht hat mit sich selber nicht zurande. Vom Scheiternden aber hat man den Eindruck, er ginge im Vollbesitz seiner beachtlichen Möglichkeiten am Unmöglichen zugrunde.

*

Das Erwachsen-werden und das Entwachsen-sein sind zwei aufeinander bezogene dynamische Prozesse. Man bekommt nicht die nächstgrößere Schuhnummer, ohne die vorherige ausgetreten zu haben. Dabei ist es klar, dass dieser Differentialprozess an einer Grenze zum Stillstand kommt. Nicht so beim Geist, von dem wir bis zuletzt träumen, er würde die Qualität von Peter Schlemihls Siebenmeilenstiefeln annehmen.

*

Unser Intimdialog mit der Vergangenheit hebt mit der Märchenformel an: Es war einmal. Ihr folgt rehabilitierend oder verdächtigend eine andere Formel auf den Fuß: Einmal ist keinmal. Also sind wir mit unserem Lebenslauf beim Nichts des „Keinmal" angelangt, das im Testament als Inventar und Abfolge von Fehlanzeigen aufscheint. Aber zu guter Letzt erweist sich in all dem der Geist in seiner doppelten Bedeutung: als Gespenst und als Wahrheit.

*

Trilogie der Erziehung: Hand-, Denk- und Mundfertigkeit. Sie schaffen die Voraussetzungen für das Unfertige, Unvollendbare, mit dem sich die absolute Rechtschaffenheit in allen Hand-, Denk- und Mundfertigkeiten zufrieden geben muss.

*

Wir Menschen haben uns als Ergebnis der Evolution ein Paket von Eigenschaften eingewirtschaftet, die wir als Kulturerbe weiterreichen. Darunter sind Erbsünden und Erbtugenden. Zum „guten Leben" gehört die Erbsünde, nämlich der Wunsch nach Übermacht und die Kraft, diese zu erringen. Erbtugend jedoch besteht in den Hemmungen solchen Verlangens, was aber die Überlebenstüchtigkeit beeinträchtigt. Und so klaffen Natur und Übernatur, Kain und Abel auseinander, steigert sich das terrestrische Mordpotential ins Ungeheure, während es die Organisationen der Hemmung schwer haben, mit dem großen Paradoxon fertig zu werden. Ohne die adamitische Übernatur sind wir nur Verräter an der Zukunft des Menschseins.

*

Die einzige unanfechtbare Freiheit geht aus dem Zwang hervor, den wir so lange geduldig ertragen, bis wir über ihn weit hinaus gewachsen sind.

*

Das alternde Leben verliert den Pupillencharakter. Keine Anpassung mehr an die wechselnde Helligkeit und Entfernung der Dinge. Kein Wimpernschlag zur Beschleunigung des Blicks. Nur noch die sture Erwartung eines Schlüssellochs auf den passenden Schlüssel in der Hand des Todes.

*

Vergangenheit vergessen wollen ist wie eine Beinamputation in der Hoffnung, dann besser laufen zu können. Wir sind unsere Vergangenheit. Wir verzehren uns in ihr und sie verzehrt uns. Die aus diesem doppelten Verdauungsprozess gewonnene Energie speist die Zukunft.

*

Im Endspiel nimmt die Selbstliebe ab, die Dankbarkeit zu. Aber unter ihrem wohligen Hauch werden alle Fehlschläge und Fehlhaltungen viel schmerzlicher als sie in der Lebenseuphorie der Selbstliebe gewesen sind. Doch auch diese geschärfte Selbsterkenntnis wird ebenso Anlass zur Reue wie zum Trost.

*

Wie eh und je glüht noch das Begehren: man will auf- und wahrnehmen. Aber die Kraft zu antworten, ist versiegt. Die Seele flackert und brennt, doch der ausgedörrte Körper hat nichts mehr Über-Flüssiges, um Löschen zu können. Noch fängt die Welt jeden Tag von vorne an. Wozu aber, wenn die Rückkopplung ausbleibt? Zum schwarzen Körper bist du geworden, der die Welt zwar begierig verschluckt, doch nichts mehr zurück- und freigibt aus seinem finsteren Loch. Und dort in dieser Dunkelkammer ballen sich Zeiten, Orte und Ereignisse, kommen einander näher als je zuvor. Es wird dir helfen, dich allmählich des Körpers zu entwöhnen.

*

Wie der Docht einer Kerze ist der Menschenleib, wenn auch zuletzt nur als Funzel auf eines ausgerichtet: zu brennen und zu leuchten. Insofern ist er bis zuletzt mit sich selbst identisch. Nicht so die Seele. Wie ein angefeuchteter Glanz rotglühenden Weinlaubs, das von seinem Ast hinunter taumelt, erblickt sie in Zeitlupenverzögerung die Welt und sich selbst. Hat die Seele das Unabänderliche erspürt, will sie wenigstens dieses Ende ins Endlose hinausziehen. Nein, nicht bloß hinausziehen, sondern in die Breite und Tiefe des Totenreiches erweitern. Jeder Tag bringt eine andere Ewigkeit, einen anderen lächelnden Welternst. Und so geschieht das Paradoxe, dass man mit dem Todesbewusstsein der Sterblichkeit ein Schnippchen schlägt und zu Jahren kommt. Für diese zögerliche Auferstehung ist das Erinnern nicht weniger ergiebig: Spurensuche in den leeren Grabhöhlen der schon Auferstandenen und Entflohenen. Zu dieser Zudringlichkeit fühlt man sich berechtigt, weil die Kraft des An-denkens zunimmt, je mehr man sich an das Jenseits herangearbeitet hat. Die Toten kommen einem immer näher, und es scheint, als müsse es zu einer Begegnung Aug in Aug kommen.

*

Das Böse, das man getan hat und das daraus resultierende schlechte Gewissen, ist das Beste, was einer Welt ohne akute und aktive Werte allein übrig bleibt, und das zum Vorteil der ehemaligen Feinde.

*

Wie oft reden wir uns nach dem Mund, und das Ohr hört verbittert zu.

*

Das Ich will ein Wir haben. Will es aber auch fortan ein Wir sein und bleiben? Die Solidaritätseinbußen auf verschiedenen Ebenen zeigen den Konflikt zwischen dem Erwerbssinn des Habens und der Statik des Seins. Das eine tritt im Frauen-

und Männerkauf unverkennbar zu Tage (und zur Nacht). Das andere als ein Beruhen in Treue inmitten einer wogend handelnden und sich wandelnden Welt ist ohne Anleihe an die Vorstellung vom Ewigen unmöglich.

*

Unter der Zeitlichkeit als unserer Lebensbedingung sind Versäumnisse unvermeidbar. Wie auch immer, ob das Versäumte als Versagen der Willenskraft oder willentlich geschehen ist, zu guter Letzt fühlst du dich vom Nicht-Stattgefundenen, vom Ausgebliebenen, vom Abwesenden, dieser Falle des Metaphysischen, nicht weniger geprägt als von der Straßenwalze des Alltags, die über dich gefahren ist.

*

Die große Entscheidung ist gefallen, sobald wir unser Lieblingstempo gewählt oder das Schicksalstempo uns gewählt hat, indem sich unser Stück Leben abspielen soll. Entweder gemächlich gehend im Andante con moto oder flott geöffnet dahinfliegend im Allegro aperto. Entweder als pflanzlich bodendurchbohrender Triebling oder orts- und zeitgelockert in der animalischen Freiheit des Vogels. Entweder das eine oder das andere. Unauswechselbar wie das Leben selbst? Nein, es gibt die realisierbare Utopie des mehrsätzigen Lebens in der Folge von langsam-schnell-langsam-schnell. Die viersätzig gegliederte Sonate der Wiener Klassik.

*

Ungemischte Gefühle, reiner Hass oder reine Liebe als Element, unteilbar im Sinne des alten Atombegriffs, gibt es denn das überhaupt? Und wenn schon, dann unter welchen Bedingungen? Vielleicht nur in archaischen Gemütern, die von der Blässe des zersetzenden Gedankens nicht angekränkelt sind. Dessen ungeachtet sehnen wir uns nach ungetrübter Reine. Und es kann geschehen, dass wir dieses Gefühl mehr lieben als das Wesen, das uns Anlass dazu gibt, an dieses Gefühl zu glauben. Es ist Sache des Gewissens, ob wir diesen Zustand als Schande und Missbrauch empfinden und uns zum Du bekehren, wie es leibt und lebt, geht doch die personale Zugehörigkeit tiefer als alle Gefühlsschwärmerei.

*

Wir wollen ja gern tätig in einem Dienst aufgehen, doch ohne Einbuße und Verzicht auf Eigenheit. Wer aber schafft das schon, eine Aufgabe ohne Aufgabe (seiner selbst)?

*

Die G'schaftlhuberei des Sterbens jahrelang schreibfadenscheinig geübt. Nun geht es an die praktische Ausführung, an das Voll-Bringen. Nicht erleiden, sondern aus dem Vollen ins Unendliche einbringen.

*

Der Stoiker strebt nach einer Freiheit, die anderen als deren Annullierung erscheinen könnte. Denn sobald die Entbindung seiner Seele geglückt ist, vernimmt er

Stimmen von solcher Gewissheit, dass er von nun an als Ge-Horchender lebt. Diese Vollzugskraft ist seine Freiheit.

*

Der Leib war so schmal und schwach geworden, dass die Nerven nur noch ängstlich in sich hineinzirpten. Weder konnten sie noch wollten sie sich Gehör verschaffen, doch die Seele brüllte sie an, sie mögen den Mund halten und steigerte sich dabei in eine Todeswut hinein. Offensichtlich hielt sie den Wahnsinn für den besten Sterbebegleiter.

*

Die Freiheit ist das Zünglein an der Waage der Gerechtigkeit. Sie ist dann hergestellt, wenn die Freiheit von ... und die Freiheit zu ... gleichgewichtig sind.

*

In dem Augenblick beginnt unser wahres Dasein, da es uns nicht wahr genug ist. Die Wahrheitssuche hebt mit pubertierendem Trotz gegen die Umwelt an, setzt sich mit zorniger und auch mit schmeichlerischer Lebensgier im Bereich der Bindungen fort und endet mit dem Rückzug auf die nackte Innerlichkeit, so gut wie möglich von allen Schatten entkleidet, welche die Jahre darauf geworfen haben.

*

Es gibt im Alter eine Abstumpfung, wo aller Schmerz zur Traurigkeit verblasst. Im Gegensatz dazu wird ein „Trauermarsch", wie der 2. Satz aus der 4. Symphonie von Brahms, wo niemand sagen kann, was oder wer da im punktierenden 6/8-Takt begraben wird, zum akut beklemmenden Schmerz. Die Gefühle im Bereich der Idealität sind die Wunderblumen, die nie verwelken.

*

Die Einsamkeit kann, wie die Wüstenväter bezeugen, zu einem Tivoli der Dämonen ausarten. Denn je begabter der Wüstenvater für die Einsamkeit, desto gefährdeter ist er durch sie. Auch Nietzsche wurde ein Opfer dieser Dialektik seiner Wüste.

*

Der echte Spiritualist lässt sich auf Fragen über den psychophysischen Zusammenhang oder gar über die Einheit von Leib und Seele gar nicht ein. Denn er ist nicht sein Körper. Nur des Anstands wegen zieht er ihn an.

*

Die Stelle aus „Torquato Tasso": „Und wenn der Mensch in seiner Qual verstummt, gab mir ein Gott zu sagen, was ich leide," sollte man gelegentlich umfunktionieren und an Stelle des Gottes deine Frau sagen lassen, was die anderen an dir und sogar für dich leiden.

*

Stimmung ist ein Voranschlag auf das Ganze, das wir rational kaum jemals erfassen und integrieren können, es sei denn, es bliebe ein unbestimmtes Integral.

*

Es gibt Dinge zwischen Himmel und Erde, die man nicht erleben, sondern nur ersterben kann. Freilich, muss das Schicksal einem dazu auch noch die Zeit lassen.

*

„Es kommt nicht darauf an, was man tut, sondern auf das, was man daraus macht," schreibt der machtorientierte Nietzsche. Aber als er in Turin einem prügelnden Kutscher in die Arme fiel, den Hals des Pferdes umarmte und dann zusammenbrach, geschah das nicht aus Willen zur Macht sondern als die reine Tat einer Mitleidsekstase. Aus ihr war nichts mehr zu machen, sie setzte seinem schöpferischen Leben ein Ende.

*

In einem Karner, säuberlich geschlichtet und zur Wand aufgetürmt die Totenschädel mit den bleichen bleckenden Zähnen: ein Chor, zornig verbissen in seine ewige Utopie des Redens und Verstehens, ein Monument für die Quintessenz des Menschseins.

*

Glaube, Liebe, Hoffnung – Abstrakta aber nicht ab-strahiert aus dem üppigen Lebenswust, sondern drei Obdachlose auf der Bank im Park, Suchende nach einem Unterstand.

*

Die Bedürfnisse jedes Einzelnen erzeugen einen allgemeinen Bedarf, nach dem der Einzelne durchaus kein Bedürfnis verspürt. Wie soll man diesen Gemeinschaftsbedarf decken? Sicherlich, es gibt anständig bezahlte Kanalräumer. Trotzdem summieren sich in allen Winkeln eklige Überbleibsel, mit denen niemand fertig wird, ohne sich auf Kants reine Vernunft und den kategorischen Imperativ zu berufen.

*

Nach Schopenhauers Welt als Wille und Vorstellung bestellen wir uns eine Welt entsprechend dem Gusto unseres Willens. Wir wollen Felder ohne Unkräuter, taugliche Hölzer ohne Unhölzer ... Mit dieser Idee der Monokultur haben wir den ganzen Planeten samt seinen Menschen in den Griff bekommen. In den Griff des Todes. Denn das Leben lebt durch Vielheit.

*

Der für Macht Begabte bedarf der Massen als Rohmaterial seines Willens. Der machtlose Billig-Mensch aber braucht seinen Arbeitsplatz in der Masse um für den Markt rentabel zu sein. Zufrieden schiebt er sein Einkaufswägelchen im Selbstbedienungsladen, ohne zu bemerken, dass er das alles als Dienstmann für das Hochgefühl eines Mächtigen tut.

*

Einer scharfen Abgrenzung des Lebens vom Tod widerspricht die traditionelle Sterbeerfahrung, welche das Sterben durch Vorworte wie Ab- und Ersterben zeitlich unbestimmt gedehnt hat. Demnach tritt der Tod nicht wie die Erstarrung am physikalischen Fixpunkt ein, er ist vielmehr ein langsamer und gern übersehener Einschleicher. In einem solchen Übergangszustand könnte vielleicht auch die Erinnerungswelt überraschende Formen annehmen. Weil der geschwächte Körper kaum noch ein Wort hervorbringt, plappert die Seele umso lauter, sprunghafter in ihrer Gedankenfolge. Ja, sie schäumt geradezu über, wobei die letzten Atemzüge die Schaumblasen vergrößern und versteifen, sodass sie an die Seifenbläserei der Kindheit erinnern, unzerbrechliche Kugeln, wunderbar oszillierende Körper, traumartig schöne Vorahnungen an den Urbeginn im Ei.

*

Der Tod hat unseren Körper zum Arbeitsfeld bekommen, auf dem er lebenslänglich werkt und wirkt, um einen der Person wesensmäßig entsprechenden Leichnam an die Unterwelt abzuliefern. Der Geist jedoch ist in einem Weinberg gleichen Namens als Lehrling eingestellt worden. Erweist er sich als fleißiger Arbeiter, so hat er sich selber sozusagen vom Hals und mit sich weiterhin nichts mehr zu schaffen: Er geht in der Arbeit auf, die nur Teil eines anderen Uferlosen ist.

*

Zur Wahl stehen zwei Rollen: entweder die des Konfrontators als Ankläger, oder des Symbiotikers, der Tod und Leben als kontrapunktisches Spiel bewundert. Die dritte Rolle ist nicht wählbar. In sie wächst man unweigerlich hinein: die des Angeklagten.

*

Erlösung. Ich habe meine Schuld, meine Vergehen, die ganz alleine mir anhaften und so sehr mein eigenstes sind, dass sie mich in einem geschlossenen Horizont ganz und gar ausmachen. Solchermaßen aus- und fertiggemacht, bin ich aus der Schuldhaft des Individuums in die Sinnkrise des Menschseins entlassen.

*

Eine Kapitulation. Geben wir uns keiner Täuschung hin. Der Intellektuelle ist ein Interimszustand auf Lebenszeit, die notwendige Einlage in den Stiefeln des Geistes, die ihm um eine Nummer zu groß sind. Zufolge seiner Sympathie für Größe ist er auch gern bereit, als Friedhofskerze in den Grablaternen der Unsterblichen sein Öl zu verbraten. Denn die einigermaßen begabten Intellektuellen waren allesamt einmal Propheten, Forscher, Dichter, Souveräne des Geistes, ehe sie die jeweils beste Tageszeitung abonnierten.

*

Versteht es der routinierte Egoist und Autist, sich durch Selbstironie und Witz zum Unterhaltungswert empor zu schwingen, ist ihm die allgemeine gesellschaftliche Sympathie gewiss.

*

Wir Menschen sind das Paradoxon der Erde. Der nackte, wenig gelenke, schlecht bezahnte Affenmensch muss jetzt dafür sorgen, dass die physisch tüchtigen Menschenaffen nicht aussterben. Von einer Umkehr wäre nicht viel zu erwarten. Niemand kann uns retten. Trotz einer Entwicklung, welche zweifellos unsere physische Angepasstheit verringert, sind wir bisher die Sieger der Evolution. Sogar die Erde haben wir unterjocht. Dem Glaubenswilligen ein Beweis für die Übermacht des Geistes. Doch erwartet uns nicht ein bedrohlicher Bruch in dieser Linie des Aufstiegs? Steckt die vom Menschen erfundene Wirklichkeit nicht voller Heimtücke, sodass ihre schlimmen Spätfolgen die Vorteile weit überschatten? Der Mensch selber ist zur Büchse der Pandora geworden, zum unerschöpflichen Vorrat von Übeln. Darin könnte der Zweifler die Siegesprämie sehen, welche der Satan aus der Wette mit Gott einstreift.

*

Lügen, die so selbstverständlich und allgemein verbindlich sind wie der Goldwert des Papiergeldes, das ist der Fels, auf den wir unsere Palaver-Zentren bauen. Was wir dort abhalten und verhindern, ist die Erkenntnis unserer Widersprüche.

*

„Der Narr“ in der Renaissancedichtung oder gar der Hofnarr im zweiten Teil des Faust ist kein psychiatrischer Fall, sondern eine Verkleidung des Mythos vom Teufel. Als solcher ist er Träger außergewöhnlicher Erfahrung und eines von der Dressur der Gewohnheiten freien Denkens. Solcher Vergünstigung des Potentials an Einfällen will die Kunst nicht entraten, was die Integration der Psychiatrie oder der Dämonologie in den Kunstbetrieb zufolge hat. Professionelle Narren halten Hof und werden Hofnarren, kluge und begabte Köpfe schlüpfen in den Wurstel aus dem literarischen Leihhaus. – Keinerlei Beziehung zu all dem hat der Narr in Christo, wie es van Gogh gewesen ist, dem aus der Tiefe seiner Leiden die Sterne heller leuchten, als ein Mensch sie jemals gesehen hat.

*

Dazu sollte man es nie kommen lassen: zur Wut über die Wut, die man nicht ausgelebt hat. Trotzdem ist es mir jetzt passiert. Ich halte es einfach nicht aus, auch wenn ich weiß, dass ich unrecht tue. Die Wut des Schmerzes und der Trauer will es. Europa ist ein goldener Sudeltopf, ein multikultureller Sautrank, den wir dem Ganzen zuliebe mit Zutaten aus aller Welt so reichlich gepfeffert haben, dass wir uns daran das Maul verbrennen und all das nur deshalb, weil uns vor uns selber ekelt, vor unserer plumpen, überfetteten Hausmannskost, langweilig und ungesund wie sie ist, beladen mit bösen Erinnerungen seit Jugend auf. Aus dem goldenen Topf Europas ist eine Schierlingsbecher-EU geworden. Mit Gift hat unser Höhenweg in Athen begonnen, mit ihm muss er enden.

*

Dem Willen ist alles recht, wenn er nur wollen kann, was er will. Er kennt kein Maß. Das Maß muss ihn ergreifen. Ein mysteriöser Vorgang? Keineswegs. Ununterbrochen geschieht es. Denn das Schwingungswesen der Energie taucht aus der Mikrowelt in immer größerer Amplitude empor. Welle ist Wille. Als Rhythmus wird er zur innewohnenden Ordnungskraft, die unter dem Gesetz der Zahl den Tanz des Lebens lenkt und behütet. Welle ist Nachbeben, ist Nachleben eines ersterbenden Erregungszentrums. Aber dieses Nachleben kann in ein Vorleben übergehen, wenn sich die Wellen in einem neuen Zentrum ballen.

*

Angst als kreatürliches Warnsignal zur Vor- und Umsicht bleibt hilflos gegenüber unabwendbaren Katastrophen. Kollektive Varianten der individuellen Todesangst sind zwecklose Zeremonien des Zittergangs, die man sich ersparen könnte. Dazu müsste man mit dem Kosmos als einem lebenden und leidenden Körper mitfühlen, der ebenso wie wir im Daseinskampf und in seinem Konfliktfeld Opfer verlangt und Opfer erbringt.

*

Jeder verfügt über einen nach außen verlegten atmenden Spannungsraum, wo in der Art einer Seifenblase die Melodie seines Daseins unverkennbar im Ultraschall vibriert. Nicht genug daran, dass sie da ist, wollen wir auch noch mit der Melodie in der Seifenblase Tischtennis spielen und den ersten Preis einheimsen. Die Welt ist voll von solchen zerplatzten Träumen. Eine Völle, der man's nicht ansieht.

*

Postmodern: Von zuviel Unbehagen bedrückt – viel zu wenig verzweifelt für eine Läuterung – verzärtelt und innerlich stagnierend im Wohlstand.

*

Wem sein Todeskeim bewusst geworden ist, der setzt entweder auf Bereitschaft oder auf Verzögerung, steht also im schroffsten Gegensatz zum Zeitgeist, der es auf Umsatzbeschleunigung abgesehen hat. Aber er wird zum „wahren Aussteiger", denn Einsteigen wird er nimmermehr.

*

Das „Gerade noch" liefert den ausgiebigsten Mehrwert des Lebendig-sein-dürfens.

*

So weit also hat es die Wissenschaft gebracht, sie ist dank der künstlichen Organe, die sie sich geschaffen hat, scharfsichtig geworden für das Kleinste und das Größte, sie ist scharfsinnig geworden für das, was sich ihr im Kleinen und Großen entzieht. Sie weiß, was ihr entzogen bleibt, ist kein Nichts, sondern Entscheidendes. Die Bewegungsspur des Entzugs ist das Äußerste, was uns zu erkennen möglich ist. So sieht die Wissenschaft mit offenen Augen die scharfen Schatten dessen, was die Mystik mit geschlossenen Augen im Glanz des Lichtes erblickt.

*

Je mehr die Zeit vorrückt und die Sonne sinkt, desto mehr Fragen treten auf. Die Fragwürdigkeit ist der Schatten jener Tatsachen, die im Zenit des Tages lichtumspült keinen Umriss ihrer selbst auf die Erde werfen. Erst mit der Verdunkelung und im wachsenden Schweigen steckt das fraglich Unbeantwortbare seine höhnische Schattenzunge heraus.

*

Wage es, dich auf die Finsternis einzulassen, vielleicht öffnet sie dir die großäugige Wachheit der Eulen, Käuze, des Nachtgetiers, allesamt Raubtiere: Viel tiefer schauend, schärfer hörend als das dröhnende Licht es jemals zulässt.

*

Protokollarisch werden wir immer kränker, weil der alte Tod, moderner Forschung entsprechend immer noch funkelnagelneue Namen hinzu bekommt. Neuestens feiert er als Alpha-1-Proteininhibitor seinen Einzug ins Vorfeld des Sterbens. Jeder neue Tod führt dazu, die Sterbenserhaltungskosten aufzustocken. Mit der alljährlichen Abrechnung der Krankenkasse über deinen Medikamentenkonsum gibt sie dir zugleich einen sanften Wink, dass deine Sterbenserhaltungskosten die Lebenserhaltungskosten überbieten. Sterben wird zur Sache des Prestiges.

*

Der stämmige Baum lebt unterm eigenen Dach. Wir hingegen wohnen Fremdem ein.

*

Aufmerksamkeit, wie wichtig und gut! Doch was kann aus ihr werden? Der Merker. Er merkt alles, vergisst nichts. Du stehst bei ihm in der Kreide. Sie ist wischfest.

*

Das Geld, das man einstreift, steckt einen mit Gleichheit an, wo doch kein Mensch von Natur aus dem anderen gleicht. Es täuscht also eine für alle gleiche Wertigkeit vor. Was waren das noch für Utopien: auf Ehrenwort, auf Handschlag. Der Verlass beruht nicht auf dem, was man in die Hand nehmen kann, sondern darauf, wem die Hand gehört.

*

Manche brummige Wahrheit ist wie eine Hornisse in der Schönheit des Bernsteins verewigt und zugleich zum Verstummen gebracht worden.

*

Die Friedhöfe sind eine offene Gesellschaft, vielleicht die einzig mögliche, denn die Begrenzungen der Zeit liegen bereits hinter ihr.

*

Die Schule führt einen schwindelerregenden Seiltanz zwischen Ein- und Verschulung auf. Die Schüler schreiten traumwandlerisch sicher zur Selbsthilfe: Somnambulismus im Klassenzimmer.

*

O Gott, lass mir doch meine Übertreibungen! Sie sind das letzte Lamm des Armen. Ich habe ja sonst nichts mehr. Das tägliche Brot, um das ich bitte, ist verschimmelt.

*

Die Etrusker haben ihren Toten den Spiegel als obligate Grabesbeigabe zur Verfügung gestellt. Vermutlich als Toilettenartikel der Seele, die in ihrer Unsterblichkeit für einen solchen Spiegel eher eine Verwendung hat als das brüchige Skelett des Körpers.

*

Brahma fragt: Wer bist du? Antwort ist ein statischer Befund, das Sein.
Apollon mahnt: Erkenne dich selbst. Erwünscht ist das prozessuale Bemühen des Erkennens.

*

Fromm sein heute: sozial, ökologisch, ganzheitlich.

*

Auch eiserne Ketten haben Löcher. Man muss nur schlüpfrig genug sein.

*

Der Fortschritt stolpert derzeit über die allseitig flächendeckende Ganzheit und bricht sich das Bein.

*

Kein Tag ohne Rechnung über die Innenpolitik zu legen und nach dem Nulldefizit zu streben, wohl wissend, dass auch das Scheitern dir gut geschrieben wird.

*

Machen wir doch den europäischen Weg nicht schlecht, der uns von der Anschauung einer geometrischen Figur zur Logik ihrer Erzeugenden, der algebraischen Formel geführt hat! Ein Kunstwerk aber vermag es, dass Geometrie und Algebra, Gestalt und Zahl, Klang und Schwingungsfrequenz in unserem Unterbewusstsein in größter Vertraulichkeit vereint ein Sinnenbewusstsein erwecken, als hätten wir ein endgültiges Wissen und Verstehen vom Zusammenhang der Welt.

*

„Suchet und ihr werdet finden." Es ist also die Entscheidung des Suchers, was das Gesicht seines Schicksals ausmacht, ob er es findet oder nicht, ob es anwesend oder unerreichbar. Auch die Lücke kann stigmatisieren. Gibt es da kein Entrinnen? Oder? „Ich ging im Wald so für mich hin und nichts zu suchen, war mein Sinn."
Dies ist die Geburtsstunde des Spaziergängers, einer Idee von der Metaphysik des Sich-gehen-lassens im Ergehen auf einem Weg, der nur Öffnung ist, aber kein Ziel hat.
Der Spaziergänger versucht der Entscheidung und dem Schicksal zu entwischen, indem er sich finden lässt, nicht eingeholt und vorbestimmt von seinen eigenen Vorstellungen, sondern geöffnet und völlig frei für ein Phänomen.

*

Wie lange schon spielten wir uns mit Molekülen und Atomen, ohne gewusst zu haben, dass es eine Schachpartie ist, bei der uns Zug um Zug ein Spielpartner gegenüber sitzt, Herr der schwarzen Figur, der Tod, der unter dem Namen „Entropie", einem Naturgesetz, das zu Ereignislosigkeit führt, der Materie das Schachmatt ansagt.
Oder wird es doch ganz anders sein? Extrapolieren wir mathematische und physikalische Prämissen, um das Universum zum Kumpel unseres Schicksals zu haben und es zumindest in seinem Untergang zu verstehen, wenn uns, fassungslos vor seiner Größe und Ewigkeit, die Sprache versagt ist?

*

Inspiration, der Anhauch aus anderen Welten, ehemals die Bedingung, dass ein Kunstwerk ausreift, sie erreicht uns jetzt nicht mehr. Dies – die Spätfolge einer geistigen Klimaverschlechterung. Nun kommt der Würfel (Alea) ins Spiel, der aus dem Handgelenk provozierte Zufall, „Ersatzstoff" für die verloren gegangene Transzendenz. Oder kehrt mit der Aleatorik die etruskische Weltschau wieder, in der ein Vogelflug, die Leber eines Tieres zum Entscheidungsträger werden konnten?

*

Ach, wenn wir doch so weit wären, an Völkern und ihrer Mentalität die Unterschiede zu genießen und einzusehen, dass jedem auch seine Identität im Wechsel der Epochen zu schaffen macht. Gehört der Abessinienkrieg zur Identität Italiens? Das Requiem von Verdi bleibt ein Monument der Italianità.

*

Meisterleistungen des Witzes enthalten zugleich die Essenz einer Tragödie. Wir reden, als wären wir der Herr unserer Worte, doch plötzlich spricht die Sprache aus eigener Vollmacht und versetzt uns einen Schlag ins Gesicht, von dem wir uns nur schwer erholen. Niemand hat's getan. Aber es ist dir geschehen. Und Leo Farkas hat es in einer Einsatzreportage festgehalten: „Wenn man einen Krieg anfängt, gehört es zur Ordnung, dass der Krieg erklärt wird, was ja schon sagt, dass ihn niemand versteht."

*

Geht ein Charakter unanfechtbar aufrecht und gradlinig seines Wegs, so übertrifft er sogar das Licht, dessen Strahlen beim Durchqueren von Medien verschiedener Dichte abgelenkt wird. Anderseits bewegt er sich auf Messers Schneide zwischen Erhabenheit und Verbohrtheit.

*

Die „ungewollte Geselligkeit", formulierte einst Kant ohne eine Vorstellung von Luftschutzkellern gehabt zu haben, wo man ungewollt gesellig auf die Ankunft des Todes gefasst sein musste. Oder hat „Minna von Barnhelm", Lessings Lustspiel vom Siebenjährigen Krieg, schon genügend von ungewollter Geselligkeit kundgetan?

*

Verzichten wir doch auf Aussagen mit Wahrheitsanspruch, über deren Richtigkeit man sich mit sich nicht einigen kann. Lassen wir es bei der Identität von Gesagtem und Gemeintem „gut genug“ sein, so lange die Vorläufigkeit deutlich zum Ausdruck gebracht wird.

*

Die Wirklichkeit ist uns längst schon über alle Berge entwischt, wenn wir sie wahrnehmen und fassen oder gar abzeichnen wollen. Wir bringen es nur zu Phantombildern, um ihrer Spuren habhaft zu werden.

*

Das Zeichnen nach der Natur schulte das Sehen und den Geschmack an der Wirklichkeit. Am Menschen wird aber oft erst durch expressive Überzeichnung sein wahrer Charakter offenkundig, sei es die Art seiner Gaben oder seiner Defizite. Natur allein genügt nicht, um ihn zu erfassen. Er ist immer etwas darüber und daneben.

*

Die vielen hohen Erlöse von Aktien und die eine Erlösung, die auf der Börse nicht notiert: Rührige Banalität – dort, simple Übernatur – hier. Und was tust du? Was für eine blödsinnige Frage! Und doch drängt sie sich irgendwann einmal auf, um die Verkoppelung von sinnig und blöd in Frage zu stellen und zu lösen. Es wäre der größte Erlös, den man je erzielen könnte.

*

Dein Zuhause, wo und wie war es? Überall und nirgends, so lang die Wandervogeljugend währte. Am Prinzip ändert sich nichts, wenn sie auf dem Moped oder im Flugzeug vonstatten geht. Doch einmal ist es damit vorbei. Das Dort und das Damals bauen vier Wände über das Hier und das Jetzt und schieben ein Dach über den Kopf. Erleben ist die erweckende, aber gelebt haben ist die konstruktive Kraft. Aus dem Himmelszelt wird ein Bungalow.

*

Was doch der englische Schnupftabak nicht alles vermag! Bereits im 18. Jahrhundert gab es einen so coolen Kopf wie David Hume. Was sei Wahrheit anderes als eine Gewohnheit, die sich als ebenso verlässlich wie bequem erwiesen habe und deshalb in der Skala der Werte die höchste Stufe einnehme. „Wahrheitskriterien“, die ein Mehr oder Minder zulassen, setzen voraus, dass es mehr oder minder wahre Wahrheiten gibt. So wie wir gute und schlechte Angewohnheiten haben, müssen wir mit besseren und schlechteren Wahrheiten rechnen, ein Fuzzy-Prinzip, auf dessen Spuren (falls dieses Wort für Nebelpfade überhaupt zulässig ist) wagt es Max Born zu sagen, er werde sich in der Physik auch an solche Dinge gewöhnen, die gar keine Dinge sind sondern eine mathematische Bequemlichkeit.

*

Atommeiler, Bergwerke, Maschinenhallen, all das sind durchwegs Opferaltäre. Nicht nur Tiere werden geopfert, die ganze Erde ist zum Opfertier geworden und wird mit ihren metallhaltigen Gesteinen, Fossilien, Ölen, vernutzt und unter den Fahnen des Opferrauchs aus den Schloten verzehrt. Und all die Altäre des Wirtschaftswunders werden zu Gräbern für die Asche der erloschenen Flamme, soweit diese nicht radioaktiv bedrohlich weiterstrahlt.

*

Leonardos Andachtslächeln, eine Freundlichkeit mit dem Unsichtbaren.

*

Der Tischlermeister Valentin in Raimunds „Verschwender" gebraucht noch den Tod als klassenkämpferisch neutrale Figur, um sein revolutionäres Gleichheitsprinzip zu verschleiern, wenn er sich zu sagen erlaubt: Er hobelt alles gleich. In solcher Todesfunktion arbeitet jetzt ein Umverteilungs- und Finanzministerium. Überträgt man die Idee des Hobelns aus der Idealität des Todes von vier Sesselbeinen auf einen lebendigen Vierbeiner, so wird die Bewegung, dieses unerlässliche Prinzip des Lebens, auch eine Differenzierung der Glieder, also die Ungleichheit verlangen. Wie viel „Ungehobeltes" ist demnach unerlässlich, damit keine paralysierende Bewegungslosigkeit provoziert wird. Wie viel? Eine schlimme Frage! Wie kommt man um sie herum? Valentin, hör' bitte auf, die Welt zu möblieren.

*

Welche Veränderung des psychischen Klimas in den Schulen! Das Du zu Du von Lehrer zu Schüler und der Arbeitsunterricht, welcher den Lehrer nicht mehr als Lehrenden sondern als Vorarbeiter sehen möchte, haben die hierarchischen Differenzen gemildert. Die Benotung der Leistung schafft Stufen und machen die Schule zu einem Wendeltreppenhaus der Sympathien. Dabei erinnere ich mich immer an das Flohlied: „Miss dem Junker Hosen an". Dem springenden Floh, diesem pubertierenden Springginkerl maßgeschneiderte Objektivität einer genormten Klassifikation anzumessen, das ist der Mephistophelismus in der Schule, der schwer zu beheben sein wird.

*

Transzendenz – Immanenz. Unsere subjektive Erfahrung hungert nach objektiver Erkenntnis, diesem goldenen Apfel am Lebensbaum des königlichen Gartens. Längst schon ist das Speiseverbot aufgehoben. Doch unserer subjektiven Erfahrung nach sind die Früchte der objektiven Erkenntnis für uns ungenießbar. Wie kommen wir über die Barriere unseres Ich hinweg? Es heißt, es käme auf den Gärtner an. Wenn seine Hand sie uns reichen würde, dann ... Aber wir haben ihn nur im Traum gesehen.

*

Wesentliche Menschheitsfragen sind unbeantwortbar. Da hilft nur eines: sie zu erübrigen. Worte bringen das nicht zustande. Es geschieht durch Wohltaten und Liebe. Aber auch Farben, Tongestalten, eine Meditation können zur Tat werden.

*

Auch einer, der übrig geblieben ist. Während Millionen von Katastrophe zu Katastrophe torkeln, haben seine Schutzengel daran gearbeitet, die tödliche Bedrohung in chronischen Weltschmerz zu verwandeln. Also – ein Sozialschmarotzer der Weltgeschichte, aus der Sicht des Biedermeiers ein gutes Leben.

*

Als Überlebender des Weltkrieges hat man sich um den Mythos des Todes gebracht. Dieser Volksaktie des Heldentums erweist man an Staatsfeiertagen durch die Kranzniederlegung geziemenden Respekt. Wir, die Davongekommenen, ohne diesen Mythos der Gefallenen, gehen normal ab, ohne einer staatstragenden Idee abgegangen zu sein. Nicht den offiziellen Toten des Staates zugehörig, bleiben wir ihm lebendig verflochten. Als stille Teilhaber seiner ehemaligen Taten und Untaten sind wir der Sonderfall eines Privatiers der kollektiven Schuld.

*

Die Materie als fester Aggregatzustand besteht, was die Quantität des Raumes anlangt, unvergleichlich mehr aus Nichts denn aus Etwas. Auch der hohe Anteil an Hohlraum trägt zu ihrer inneren Ordnung und somit zu ihrer äußeren Festigkeit bei. Also könnte der Leerraum und dessen Funktion Laotses Weltanschauung bekräftigen, wonach auch in den gesellschaftlichen Lebensstrukturen dem Wu-wei, der Enthaltsamkeit im Handeln und Urteilen, dem Sich-Zurücknehmen und nicht dem Sich-Aufdrängen eine entscheidende Wirksamkeit zukommt.

*

Genies sind Botengänger des Himmels. Sie selber gehen sich nichts an, sind daher als Vorzeigebeispiele des Menschseins nicht zu gebrauchen.

*

Was befähigt uns wahr-zu-nehmen? Nicht, dass man die Wahrheit beim Schopf packen, am Kragen oder gar beim Wort nehmen könnte. Und doch ist Wahres zu erfassen möglich, denn es gleicht der Atmosphäre. Diese hat zwar mit uns nichts gemeinsam, aber in ihrem Eintritt und Austritt, diesem Prozess des Atmens passiert uns die Wahrheit der Lebensluft. Die Windmühle in der Brust, arbeiten wir daran, dem Wind, der bläst, wo und wie er will, ein rotierendes Zentrum zu geben.

*

Die Aria und ihre Goldbergvariationen sind ein stoisches Gebet, das kein Ende haben kann. Erst wenn sie zum Gebet an den Stoizismus geraten, finden Vollzug und Ziel zueinander.

*

Mahnung an den Pegasus: Eile mir nicht voraus! Bilde dir nicht ein, es sei etwas gesagt, wenn du dein freudig ekstatisches Wiehern hören lässt. Ziehe meinen Karren mit Ziegeln und Sand für die vier Wände und das Dach über dem Kopf. Akustik ist wichtig, wenn ES wirklich einmal kommen sollte und zu schweigen anhebt.

*

Jugend und Alter: Erwerben – ein Kampf-Sport. Behalten – ein Krampf-Spott.

*

Für den wahrhaft Gläubigen wäre es das Schönste, von nichts mehr leben zu müssen, als von der lichten, den Kosmos durchflutenden Raumkraft. Doch auch der Zweifler ist Asket auf seine Art, wenn er es so weit gebracht hat, keinen Appetit auf angeblich nahrhafte Wahrheiten mehr zu verspüren. Er verzichtet auch auf den Genuss, Wahrheitsangebote bezweifeln, beknabbern und verächtlich ausspucken zu können. Als Hungerkünstler dieser Art wird er bei Franz Kafka zum lohnenden Ausstellungsobjekt hinter Gittern und schlägt alle Rekorde, verbraucht er doch keine Energie, seinen Hunger zu überwinden. Der Ekel vor den lebenswerten Wahrheiten ist so groß, dass er sie bereits satt hat, wenn er sich bloß an sie erinnert.

*

Der Skeptiker, ein griechisches Wort, obwohl etymologisch mit dem Späher verwandt, hat keine Funktion in einem militärischen Spähtrupp, bereitet keine Angriffe vor, um mit Sprache zu widersprechen oder seinem Machtbedürfnis durch Aufbegehren zum Durchbruch zu verhelfen. Der echte Skeptiker arbeitet wie ein Hausmeister für die Sicherheit der Passanten, indem er im Winter vorausschauend Asche oder Sand auf die verführerisch vereiste Glätte des Trottoirs streut und dadurch den Reibungswiderstand erhöht. So kommt er also fundamental den Füßen und dem Gleichgewichtssinn dort zur Hilfe, wo die Aufmerksamkeit des Gehirns versagt.

*

Das Ende des Homo ludens. Nur ein absurder Traum liefert ein befriedigendes Modell für unsere Lebenswirklichkeit, denn das Schachbrett, auf dem wir spielen, haben wir mit den Zügen tausendjähriger Verbissenheit so gründlich ramponiert, dass man es kaum noch erkennen kann. Nur die Figuren sind die gleichen geblieben und haben die alten Züge noch im Kopf, aber kein passendes Quadratfeld mehr unter den Füßen. So stimmt die Welt nicht mehr zu dem Spiel, wie wir es uns vorstellen, weshalb es dem Schachbrett zufällt, uns das Schachmatt anzusagen.

*

Zufolge der Allgegenwart des Einen ist die Frage nach den Pforten und Zugängen sinnlos. Nicht jedoch die nach dem Stil unserer Hinwendung und dessen Abhängigkeit von der Lebenssituation. Sie macht es, dass wir, unbeschadet des Wissens um die Allgegenwart des Einen, seine Nähe verschieden stark fühlen. Zu den Verstärkern gehören die vielen Arten von Gemeinschaft, darunter die chorische Begegnung, symbolisiert durch die Polyphonie der Stimmen im Einklang der Herzen. Doch den Stein, mit dem sich Hieronymus an die Brust schlägt, gibt nur die Einsamkeit her.

*

Zufolge der dominierenden Individuation und städtischen Vereinsamung wird das Tier für viele zum wahlverwandten Wesen, wobei Wahlverwandtschaft oft gefühlsbetonter sein kann, als jene des Blutes. Durch diese totemähnliche Beziehung werden Jahrtausende der Kulturgeschichte wieder zum Leben geweckt, nachdem das Tier als Partner von der neuzeitlichen Technokratie schon vollends vernichtet zu werden drohte. Moderner Luxus und Archaismus finden zueinander.

*

Wasser und Licht waren Spielzeug meiner Kindheit. Täglich schnitt ich den Wasserstandsbericht und die Sonnenaufgangszeiten aus der Zeitung heraus, klebte sie auf den Karton einer zerlegten Schuhschachtel und hatte das Gefühl, mit dem Zaun der Zahlen den Garten Eden in meinen Besitz gebracht zu haben.

*

Er hatte keinen Glauben, aber er glaubte an den Glauben, der so übergreifend und alldurchströmend ist, dass niemand seiner habhaft werden kann, so wenig habhaft, wie der transzendenten unbeendbaren Ludolfschen Zahl, die dem Kreis als Ganzmacher zugrunde liegt: Eine unendliche Melodie, die sich der Notation entzieht.

*

Je tiefer man mit der Landschaft einer Region verwoben ist, desto mehr sieht man sich aus der Zeit heraus. Statt zu fließen, zu vergehen, schwingt sie, ist das Vibrato im Vier-Viertel-Takt der vier Jahreszeiten, die stehende Welle auf den vier Saiten, mit denen die Zeit dem Raum ein Ständchen aufspielt.

*

Der abschließende Satz eines Lebens: „Ich weiß, dass ich nichts weiß" ist nicht die Bankrotterklärung eines Gescheiterten, sondern die redliche Abrechnung eines Hausvaters mit seinem Hausverstand.

*

Ein Verborgenes, Verschwiegenes ist also das, was er weiß. Weder verdrängt noch benannt darf es werden. Worte suggerieren immer die Vorstellung, man wüsste etwas von dem, was man sagt. Ich weiß nichts zu sagen, bedeutet also schon, zu viel gesagt zu haben.

*

Ist ein Drang in dir, undurchschaubar ob aus Fülle, ob aus Hohlraum oder in der rhythmischen Schwingung zwischen beiden. Ist ein Drang nach Entäußerung, bei der sich die Daseinsperspektive enthüllt und das Maß und den Wert zuweist für deinen Platz in der Vernetzung des Schicksals. Erst indem du dich preisgibst, bekommst du dich zurück in der Vollständigkeit der ausgebleichten Jahre.

*

Erschöpft sich der Lebenssinn in der Zweisamkeit, so ist die Sinnhaftigkeit bereits gefährdet, es sei denn, man verspürte im Partner etwas vom personal Schicksalhaften, dem man wohl nachgehen, das man nur asymptotisch erreichen kann. Nur mit der Vergeblichkeit aller Liebesmüh vor Augen, geht man richtig. Sisyphos ist unausweichlich und das Endlose ist der Weg.

*

Ist die Verflochtenheit mit der Welt ebenso groß wie die Isolation in ihr, dann gerät der Mensch zwangsläufig in eine Art von gasförmigem Aggregatzustand. Ihm kommt der „windige" Intellektuelle am nächsten.

*

Die volle Geschlechtsreife, das neue Ja zum Leben, geht Hand in Hand mit der Entwicklung des Pubertierenden und seinem emotionalen Nein-Sagen zum schlitzohrigen, geschickten Könner des Nein-Sagens. Abel und Kain hat er fortan in seiner Brust.

*

Mit dem Altwerden lockert sich das Personsein. An dessen Stelle tritt die Mitglied- oder Teilnehmerschaft an einer historischen Hypothese, sei es einer Welterlösungs- oder Befreiungspartei. Somit stirbt man als sein eigener Mythos aus Privatheit und Vereinsidee, falls man nicht schon vorher durch einen raschen Tod an dieser sanft gemächlichen Durchdringung behindert worden ist. Unter Umständen taucht aber das Ich als Karteileiche in einer zukünftigen Epoche auf und wird im Gedächtnis der Nachfolger viel plastischer, als es in seiner konkreten Wirklichkeit je aufgetreten ist.

*

Gleichzeitig gegeneinander wirkend ermöglichen Zentrifugal- und Zentripetalkraft die Kreisbahn. Sobald das Gleichgewicht der beiden Kräfte gestört wird, zerreißt sie. Ähnlich der Kreisfigur wird ein Reich von gegensätzlichen Kräften aufgebaut. So lange sich Auf- und Untergangsgewalten in der Waage befinden, lebt und blüht sie. Das Dasein ist ein Geschehen, dem zu jeder Stunde das Schicksal schlagen und den Kräften die Koalition kündigen kann. Alles fließt. Es gibt nur eine Rettung: die Luft im Schwimmring der Ideen. Sie hält uns über Wasser.

*

DIE HUMMEL

Eine Paraphrase über eine gleichnamige Betrachtung von Walter Sachs (1901– 1985).

Josephs Stimme merkte man es an, dass er sich als Dorfschullehrer abgerackert und dabei immer schulgerecht artikuliert hatte. Deshalb sprach er, wenn ihm etwas ans Gemüt ging im Flüsterton, was sich ausnahm, als würde ein in Honig getauchtes Schmirgelpapier altes Eisen entrosten wollen: „Schau dir das an! Der Duft der Passionsblume hat sie rebellisch gemacht. Jetzt taumelt das arme Luder hin und her und weiß sich keinen Rat." Und gerade deswegen zog es mich an freien Tagen zuweilen in die Voralpen. Ein Besuch, der fast immer ins Suchen oder zur Verfolgung ausuferte, doch gelegentlich auch ins Finden geriet. Was erhoffte ich denn? Die Aura dieses alten Mannes mit der leise vibrierenden Seele in dem knorrigen Körper zu spüren? Vielleicht könnte ich mir im Beisammensein mit ihm etwas von seinem behutsam eindringlichen Schauen und Lauschen aneignen, das nichts mit dem Lauern der Jäger oder der Wissbegier der Forscher zu tun hat.

Als besorgt teilnehmende Zeugen folgten wir dem Flug der Hummel. Vom Duft noch immer verwirrt und verzagt, lebte sie in kurzen Zick-Zack-Stößen, oft von der Mauer behindert, ihren Schock aus, bis sie in immer größeren weit gezogenen Kreisen rund um den Ziegenstall und Bauerngarten vermutlich nicht ohne Plan und jeweilige Rückkoppelung auf ihre Wahrnehmung die Klarsicht über die Himmelsrichtung wieder gewann. Trotz seines hohen Alters hatte Joseph mit seinen buschig schwarzen Augenbrauen ein kontrastreiches Dach über seinem hellen Blick, mit dem er sich jetzt mir zuwandte: „Hast du's gehört? Jetzt fühlt sie sich gut. An ihrem Celloton hört man es. Füllig und satt klingt er, um ein paar Stufen tiefer, Zeichen dafür, dass sie sich jetzt wohl fühlt. Sogleich wird sie nach links zu den Wildrosen fliegen. Dort ist sie zu Hause. Eigentümlich so ein Leben, fliegt da herum und illustriert sich selber in Klangfarben. Leben heißt für sie: sich vertonen. Authentische Komponistin ihres Lebenslaufes. Übrigens gar nicht so eine Seltenheit. Hühnervögel etwa ... wenn Gegacker sie begleitet, fließt die Arbeit munter fort. Meine Ameisen dort drüben machen gerade Mittagspause. Wenn die Mittagsonne nur ein wenig sinkt, sind sie alle gleich wieder an der Arbeit. Ich tu mir schwer mit ihnen. Es ist fantastisch, wie sie durch und durch als atmendes Präzisionswerkzeug geschaffen worden sind, aber ihre Seele ist beschnitten für ein Kastensystem. Anders könnten sie ihre Riesenstaaten und ihre Sklavendisziplin gar nicht aufrechterhalten, geschweige denn die monströse Metropole ihrer Königin. Verzeih, dass ich so viel rede. Aber du kommst so selten und da möchte ich alles loswerden. Wenn ich so am Rand des Bergwalds hier sitze und auf das Industriedorf hinunter schaue, dreht sich mir die Welt innerlich um. Die Ameisen in ihrem Bau sind Wirklichkeit. Die Leute in dem Hochhaus da drunten sind

Fabeldichtung. Der Mensch, die barocke Ameise. Die Ameisen sind die perfekte Vorlage, das Design. Wir sind bloß die späten dekadenten Varianten, nacheifernd diesem unerreichbaren Ideal. Fremd wie sie mir sind, sollen mir die Menschen da vertraut sein? Bei den Hummeln, ja da fühle ich mich wohl. Ohne Stachel, ohne Waffe, ohne Gift, keine Kapitalistengesinnung, kein massives Horten und Speichern, Kreaturen folgsam den evangelischen Räten der Bescheidenheit, der Sanftmut, der Genügsamkeit, lauter Tugenden." – Und den Bienen sprichst du die Tugend ab? – „Keineswegs. Aber ihr Fleiß ist eine engstirnige Tugend." – Und der Tanz der Bienen? – „Ist eine körpersprachliche Nachricht über die Futterplätze, kein Tanz wie beim Liebesakt der Vögel." Da läutete die Kuhglocke, Mahnung, dass das Nachtmahl angerichtet war. Während wir ins Haus traten, entschuldigte sich Frau Regina für die Verspätung. Beim Rückweg von der Einkaufsfahrt musste sie auf der schottrigen Dorfstraße einen geplatzten Reifen wechseln. Als ich mein Mitgefühl ausdrücken wollte, winkte sie ab, das sei halb so schlimm. Joseph habe keinen Führerschein, rühre kein elektrisches Werkzeug an und bleibe bei den Gartengeräten, die ihm sein Vater vor vierzig Jahren hinterlassen habe. „Manchmal bin ich dankbar, dass ich mich mit vierzehn Jahren als Kuhmagd verdingen musste und mit technischen Dingen von der Melkmaschine bis zum Traktor umzugehen lernte," bemerkte sie schmunzelnd. „Sicher, es hat auch Nachteile, wenn eine Dienstmagd mit einem Lehrer zusammenkommt, und wenn er dann Oberlehrer, Schuldirektor und Schulrat wird. Sie schätzt jede Erleichterung im Haus, Hof und Stall – er möchte im Haus keine elektrische Leitung und verklagt alle Hilfe als Zerstörung des Paradieses, in dem wir leben dürfen. Sie aber schwärmt davon, dass das schweißgebadete Paradies trocken gelegt wird." In dem Bedürfnis, der hohen weißen Haarhaube und der ungebrochenen Leistungsfähigkeit meinen Respekt zu erweisen, und wohl auch um auf die gegensätzlichen Ansichten des Ehepaares nicht eingehen zu müssen, stotterte ich einige Worte der Entrüstung zusammen. Dieses Wort „verdingen" in einem angeblich christlichen Land noch zu gebrauchen und zu veramtlichen, dabei geriet ich tief in die Sackgasse meiner Gefühle und meines Geredes. Da unterbrach mich Frau Regina lächelnd: „Lieber Herr, da ist es doch schon wieder ein Vorteil, wenn man bei einem Schulrat vierzig Jahre in die Schule der Ehe gegangen ist. Dann weiß eine verdingte Magd, dass sie als solche nie eine verdinglichte Magd gewesen ist." Dabei streckte sie ihre rechte Hand nach ihrem Mann aus, der sie in seine nahm. Ich war erstaunt, denn in Joseph war, trotz seiner subtilen Bildung, der Bauer alten Schlags noch immer spürbar. Nähe und körperliche Berührung hatten ihren numinosen Charakter bewahrt, durften also in der Gesellschaft nicht entweiht werden. Auch nach langjähriger Freundschaft wäre ein Wangenkuss, egal ob zwischen Männern oder Frauen, als Peinlichkeit missliebig aufgefallen. Nun aber kam es dazu, dass wir zu dritt kreisum Hand in Hand dasaßen, als handle es sich um eine spiritistische Sitzung. Sie begann mit einem schweren Seufzer Josephs, der sich wie das gutmütige Bellen eines alten Hundes anhörte: „So ist das mit der Sprache. Du meinst etwas Falsches und die Sprache korrigiert dich und bringt das Richtige heraus. Du hast falsch verstanden und darauf richtig geantwortet. Das ist dir jetzt passiert. Ein Glücksfall. Das Ding, früher noch mit hartem T geschrieben, ist für ein armes Kind in seiner Verlassenheit ein Rettungsanker. Verdingt es sich, so gerät es unter ein Ding, einen Arbeitsvertrag und wird zur Rechtsperson, ein beachtlicher Aufstieg also, denn im christlichen Abendland ging es gar nicht überall und immer so schlimm zu, wie ein moderner Existentialist aus dem Wort der Verdinglichung heraus- oder hineinhört. Trotzdem muss man seinen Verdacht gelten lassen, denn die Verdinglichung durch die Menge an Gestell, an Zeug, an Sachen, ist wie ein Fluch, welche das Tote zum Herrn des Lebens erhebt. Schließlich ist es just die Motorik des toten Zeugs, was die Gegenwart so hochtourig aufputscht. Ein Betrug am Wesen der Daseinskategorien. Die Maschine, was ist sie denn schon anderes als eine, dem bewegungslosen, weil toten Material abgeluchste Bewegung, ein von Menschen der Natur aufgedrängter Schwindel, die Logistik der Lüge, die in ihrem brauchbaren Funktionieren zum Kernstück der Zivilisation geworden ist. Aufstand der Weber gegen die Webereimaschinen ist mehr als bloß Sache des Arbeitsmarktes. Es ist die Rebellion gegen den Umbruch, nein, gegen den Bruch in der Natur schlechthin. Der Mythos der Natur wird durch die Lüge der Maschine ersetzt. Doch der Augenblick wird kommen, da der Mensch wie vor Jahrhunderten verzweifelt aufschreien wird: Ein Königreich für ein Pferd, für das Atmen der Nüstern, die Respiration des Felles, den schaukelnden Rücken. Vergeblich das Schreien. Es gibt kein Pferd mehr. An unseren Vorstellungen, die wir in die Natur hinein getragen haben, ist es krepiert, an unseren Lügen, die sich allesamt in Tätlichkeiten auswirken und die Vielfalt des Lebens bedrohen. Deshalb versuchen wir der Macht des Betruges zu entwischen. Das kann nur gelingen, wenn Leben und Lebensraum identisch sind. Und das bedeutet: sesshaft sein. Nur dann haben wir den Überblick, die Einsicht in die Zusammenhänge. Metropolen sind monumentale Lügen wie die Maschine. Denn sie sind nicht so sehr Behausung und Ort der Sesshaftigkeit als Fluchtburgen: Die Flucht ist der verzweifelte Versuch, den bedrückenden Betonpanzer der Metropole los zu werden. Global um den Erdball fliehend, widerrufen wir unsere früheste Kulturleistung, die Sesshaftigkeit. Im Labyrinth unserer Strukturen werden wir zu Wanderratten. Deshalb haben sich Renate und ich hier in den Anachronismus festgezurrt."

„Sepp, hör doch auf!", grollte Regina und wollte aufstehen. Doch er hielt sie zurück: „Ihr müsst aufhören. Ich habe gar nicht begonnen und werde mich hüten, jemals damit zu beginnen. Ihr habt mich in euren Wortsalat hineingezogen. Unser Freund hat sich verdingt, dir, als unserer Gastgeberin, etwas Freundliches zu sagen. Und du, meine liebe Regina, hast mich darauf verdingt, ihn über den kleinen Irrtum aufzuklären. Dass es keinen kleinen Irrtum gibt, bei dem man nicht an die großen Weltlügen gerät, das wissen wir doch schon längst."

Darauf Regina: „Verdingt hin, verdingt her, ich kann das Wort nicht mehr hören. So schön war es auch wieder nicht, ein verdingtes Ding von vierzehn Jahren zu sein und überhaupt, wozu soll diese Wortklauberei gut sein? Was willst du damit? Deine Anklagen und deine Mieselsucht loswerden?"

In Wallung geraten von seiner Rede, wirkte Frau Reginas Zurechtweisung wie eine kalte Dusche auf Joseph. Er brachte kein Wort heraus.

„Dass du unseren Eisschrank, meine Waschmaschine, unsere Gasflaschen als Umweltbelastung anklagst, bin ich schon gewohnt, auch daran, dass wir Ausgedingler sind, die mit der Sparflamme einer Kerze leben sollen. Aber jetzt bist du ganz fuchtig geworden und gehst auf alles Maschinelle los. Lässt an ihm keine gute Schraube, treibst es so, wie die Weber vor zweihundert Jahren. Und weißt du, woran ich bei deinen Reden gedacht habe? An den wunderschönen Tag, da ich zum ersten Mal selbständig und ohne das lästige Mannsbild vom Gutshof mit dem Mähdrescher gefahren bin. Mir war zumute, als wäre ich der Elias mit dem Feuerwagen, und los geht's in den siebenten Himmel."

„Aber ich bitt' dich Regina, ich wollte doch nicht im mindesten ... Weiß ich doch, dass wir ohne dich hier nicht lebensfähig wären. Es bliebe nichts als das Altenheim."

„Schon gut", wehrte Regina ab, wobei ihre ansonst weich modulierte Stimme immer reicher an Spitzentönen wurde. „Ich will dir ja nur zeigen, was es mit deiner Anklage der Maschinen auf sich hat. Für mich war mein Traktor damals in jungen Jahren keine Logistik der Lüge, er war der Mythos, vielleicht der einzige, den ich je erfahren habe. Eben der Mythos der großen Erleichterung, der Freiheit. Wenn in euren Gesprächen das Wort Theologie der Befreiung vorgekommen ist, musste ich an meinen Mähdrescher denken. Aber ich gebe zu, dass du Recht hast, was die Flucht anlangt. Die Leut' sind auf der Flucht, auf die Landflucht folgt die Stadtflucht. Oder die Flucht vor sich selbst, Flucht vor dem Gewissen. Und wir alten Leut', wovor laufen wir davon? Das brauch' ich dir doch nicht zu sagen. Und wem laufen wir nach, wenn wir noch können? Den Gewissensbissen. Das ist für uns Alte oft die einzige Jaus'n. Da spürt man, dass man lebt. Die Gefahr ist, dass dieses Gewissen überspitzt wird, so wie deines gegenüber den Maschinen und der Sesshaftigkeit."

„Wieso überspitzt?", wehrte sich Joseph. „Gewissen ist etwas Absolutes."

„Und trifft doch nicht immer. Auch deines nicht. Die Maschine war und bleibt ein Ideal, wo sie Schweiß, Not und Gefahr vermindert. Wie oft hast du mir Goethe vorgelesen: Tod und Leben, Schaffen und Vernichten, sie wirken miteinander. Ich möchte Goethe nur ein bisschen korrigieren. Sie wirken nicht, er tut alles. Wer kann schon das, was er geschaffen hat und was jetzt geschieht, sauber auseinander halten. Ach, warum nehmen wir den Mund so voll?"

Die lange Julidämmerung war schon längst angebrochen, nun aber so weit gediehen, dass Regina die eine große Tischkerze anzündete. Sie genügte, die Nachtfalter und Insekten zu alarmieren und ans Fenster zu locken. Im Dachgestühl über uns machten die Siebenschläfer mit ihrer Sägearbeit den Anfang ihrer Nachtschicht. In gemeinsamer Stille begrüßten wir den Ruf des Totenvogels. Als ich aufstand, um mich zu verabschieden, entschuldigte sich die Hausfrau, dass sie mir ihre häusliche Auseinandersetzung zugemutet habe. Wozu soll all das denn nütz sein?

„Um nie und niemals verdingt zu sein", antwortete Joseph. „Ja, Regina hat Recht. Es geht nicht um unser Wollen und Wirken, nicht um unseren Nutzen. Alles steht in einer höheren Gewalt. Uns bleibt, dass wir für einander da sind. Was wäre denn sonst Liebe."

*

DIE WORTE WISSEN NICHT MEHR WAS SIE SAGEN, MAN MUSS SIE HINTERFRAGEN

Jeder Prophet leidet wie Moses an einem Sprachfehler. Und das ist in Ordnung so. Die Wahrheit lässt sich nicht aussagen, nur abstottern.

*

Am Anfang war das Wort, am Ende das Geschwätz. Am Anfang war die Tat, am Ende die Tätlichkeit.

*

„Hier ist das Wort", ein Satz mit dem man einen Tabernakel öffnet und die Monstranz der Sprache vorweist. Vom Bombenbunker, wo das Echo des Schweigens in Todeserwartung raumfüllend geworden ist, sprach der Dichter nichts. Doch in der „nachmetaphysischen" Zeit hat sich das geändert. Schwer ist es, eine zutreffende Wirklichkeit für ein traditionel les Wort zu finden. Noch schwerer, das zutreffende Wort für eine werdende Wirklichkeit zu schaffen. Am Verschiebebahnhof der Sprache herrschen Sorge und Angst. Sorge um das Bleibende, Angst vor dem Künftigen. Doch unablässig arbeitet man am Kollergang, um Fertigteile für das Haus der Sprache zu erzeugen. Tabernakel und Bunker sind kaputt gegangen. Ein Wohnblock ist entstanden. Fühlt sich die Seele in ihm besser behaust?

*

Als Bildhauer gescheitert, wandte sich Sokrates vom Marmor ab und der Sprache als seinem Material zu. Doch bald wurde ihm bewusst, dass noch größere Gefahren in der Sprache lauern. Denn gewissenlos wendig wie sie ist, verführt sie dazu, sophistisch vorlaut zu werden. Als Bildhauer verhaut man den kostbaren Marmor, als Schwätzer verhaut man sich selber. Man muss mit der Sprache umgehen, als wäre sie Granit.

*

Unser Dasein entwickelt sich mit und aus Gefühlen, für die wir noch keine Worte haben. Es endet damit, dass wir uns mit Worten für Gefühle behelfen, die uns abhanden gekommen sind.

*

Verträglichkeit ist aus dem moralischen Vokabular des Zusammenlebens in den medizinischen Bereich gerutscht und macht einen viel größeren Gesprächsstoff aus als in der Moral. Sieht man Freiheit und Demokratie als nebenwirkungsfreie Naturheilmittel an, so wirkt die Frage, wie viel man davon verträgt, so schockierend, dass man sie zu stellen und zu untersuchen vermeidet und lieber an einer Überdosis zugrunde geht.

*

Mit dem Gaumensegel und den Stimmbändern navigieren wir auf dem Meer der Sprache. Jeder ein Kolumbus unterwegs, um durch Verwortung die Welt zu umrunden. Was dabei herauskommt, ist eine Wahrheit unter falschem Namen: Westindien.

*

Namen haben eine kürzere Lebensdauer als Worte. Wahrheit bleibt Wahrheit, Tisch bleibt Tisch, deswegen sagen wir so gern „im Wort bleiben".

*

Zweifellos hat die Aufklärung einiges erreicht. Worte verkriechen sich verängstigt vor uns wie Mauerasseln. „Rache" ist ein solches, das nur noch in Opernarien über die Rampe kommt, und auch dazu noch eines Baritons von Weltruf bedarf, um erträglich zu sein. Die Wirklichkeit ist allerdings anders. Als Mobbing wird das gemein-gefährliche Handwerk der Rache zweckdienlich weiter betrieben. Aber immer schon war die begriffliche Besserstellung der Welt (zunächst) mit einer Zunahme an Heuchelei verbunden.

*

Der Umbruch, den wir erleben, wäre eine Geschichte, die man erzählen müsste, wenn man dies zuwege brächte. Zwischen dem Zählen und Erzählen besteht ja eine tiefe Kluft, nur scheinbar durch die Vorsilbe leicht zu überbrücken. Dennoch hängen beide Bereiche zusammen. Man kommt vom Zählen über das Abzählen, Aufzählen und Dazuzählen schließlich und endlich ins Erzählen. Dabei fühlen wir, dass wir mit dem Erzählen das Zahlenwesen zugleich überbieten, um eine Vollzähligkeit im Sinne von Ganzheit zu erlangen. Doch just dieses Vollzählig-Ganze befindet sich im Umbruch. Wie es also erzählen? Und so reiht man Sätze aneinander, ein Dominospiel der Sprache, das keine Ränder kennt. Das Erzählen, wie auch das Zählen ist ein unabschließbarer Prozess, auf dem der Fluch des Sisyphus lastet. Was oder worauf zählen wir? Was im Leben wirklich zählt, zählt man nicht, ist keine Zahl, kein Resultat. Was also zählt? Es kann nur noch eins sein: das Eine.

*

Bewegung und Gegenbewegung, die Fundamentalereignisse des privaten und politischen Lebens lassen sich sprachlich nur zwei oder mehrreihig darstellen und sogar dann, wenn sie sich in einer Aktion verknoten, muss man mit einem „während", „indessen" usw. von einer Reihe in die andere umschalten. Deshalb macht Stendhal in seinem Roman „Rot und Schwarz" (1830) die Brüchigkeit und die Bruchlinien seines Jahrhunderts, nicht unähnlich dem unseren zum Thema eines Charakters. Dabei schwebt ihm eine musikalische Gestaltungsweise vor. Um unser gespaltenes Seelenleben wahrnehmbar zu machen, bedarf es Codierungen, welche das Nervensystem viel unmittelbarer treffen als die Sprache. Musikalischen Anregungen folgend, versucht seither die Poetik, aber auch die Erzählkunst, den emotionalen Appell zu vertiefen und zu verschärfen.

*

Goethe gebraucht noch das Wort „ewig". Das 19. Jahrhundert ersetzt es durch das Unverlierbare, Unaufhörliche. Welch schwacher Behelf, sich auf eine Vorsilbe verlassen zu müssen, um das Bedrohliche im Zaum zu halten und es dennoch als Rückgrat des Wortes zu akzeptieren.

*

Stellt man die verneinende Vorsilbe „un-" vor ein Hauptwort, so erreicht man die Abwertung des Wortstammes ins Negative. Aus Glück wird Unglück, aus Ruhe Unruhe, aus Tat Untat usw. Bei der Unschuld hat man offensichtlich keine andere Möglichkeit gefunden, das Wunderbare auszudrücken, als die Schuld, diese gewissermaßen natürliche Gegebenheit des Menschen zu verneinen. Es ist der Anfang der modernen negativen Theologie.

*

Was für ein Schockerlebnis, wenn der „Unterhalt" ein -ung angehängt bekommt. Unterhalt ist mit seinem Hinweis auf das Unten bemüht, die Optik des Haltens zu vertiefen und dessen Gewicht in der Lebenserhaltung zu unterstreichen. Doch das Schwänzchen-ung bringt im Nu allen Halt ins Wanken. So wird daraus ein Luftikus, ein Wort, das sich selbst belügt, indem es ja einerseits vom gründlichen Halt des Unterhalts abhält, andererseits in eine Haltung anspruchsvoll hineinmanövriert, die mit sich nichts anzufangen weiß und verdächtig nach unten schielt: Unterhaltung.

Einer der vielen Romane, die sich jeder aus seinem Wörterbuch herauslesen kann: Das Abenteuer der Gedanken und Dinge, die mündig werden wollen im Wort und sich dabei das Maul verbrennen.

*

Wörter leisten ebenso viel in der Besitz- wie in der Fehlanzeige, als Vorstellungskraft ebenso viel wie in deren Annullierung. Im Wortschach sind diese zwei Eigenschaften des Ja- und Nein-Sagens in verschiedenem Grad auf jede Figur der beiden einander entsprechenden Mannschaften als Potenz verteilt. Das Schachmatt der einen liefert den Beweis für die Sinnhaftigkeit, das heißt das Übergewicht des Ja-Sagens in der anderen Mannschaft. So lange eine Farbe gewinnt, bleibt der Dichter als Simultanspieler von Schwarz und Weiß sein eigener unversöhnlicher Feind. Erst das Remis, das Scheitern beider in einer ausweglosen, höheren Orts gesetzlich bedingten Lage, kann ihn befriedigen.

*

Um die Grammatik der Würde ist es schlecht bestellt. Sie ist zum Konjunktiv des Substantivs Mensch geworden.

*

Einordnung kann nur durch Anordnungen gelingen, denen eine Verordnung zu Grunde liegt. Wie man sieht, handelt die Gesellschaftspolitik von einem Ehedreieck aus drei Vorwörtern: ein-, an-, ver-, wobei das Hauptwort „Ordnung“ blank und rein gar nicht vorkommt, nicht vorkommen kann und darf. Ordnung klingt zu idealistisch unscharf und erhaben, ist sie doch die „Mutter alles Großen“. Auch Hofrat Grillparzer musste sie kleinkriegen, um sie für die Verwaltung nutzbar zu machen.

*

Weil viel mehr geschrieben als gelesen wird, schreiben die Schreiber gegen das Geschriebene an: So entsteht Sekundärliteratur, um die fehlende Leserschaft durch Schreiberschaft zu ersetzen, eine Zunftkorrespondenz von riesigem Ausmaß, die aber zumeist ungelesen bleibt.

*

Kriege heben mit Hochworten und Hochgefühlen an. Vaterland und Ehre assistieren bei der Fahnen- und Waffenweihe und halten das Grauen und die Angst in Schach. Hunderttausende sterben. Es ändert sich nichts. Aber Revolutionen beginnen nicht mit Hochworten, sondern mit dem Schrei: „Nieder mit ...“. Im März 1848 hielt man die Revolution für einen Studentenulk als Fortsetzung des Faschings – bis er am Galgen endete. 1968 beginnt man mit einer Defäkalisation im Universitätsgebäude. 1967 ging das Bild des sterbenden Studenten Benno Ohnesorg um die Welt. Eine Wende zeichnete sich ab.

*

Selbstverständlicher Weise liest man während des Schreibens, was man schreibt, und schreibt lesend an der Fortsetzung des Geschriebenen, woraus sich die Gleichwertigkeit von Hand und Auge, von Verausgabung und Wahrnehmung ergibt. Wehe aber, wenn man sich mit der ungeteilten Hingabe des Lesers in den Text vertieft! War das Schreiben von der Hoffnung getragen, die Schwingungen des Lebensfadens getreulich zu Papier gebracht zu haben, so fällt im Wiederlesen die Animation des Schreibaktes weg. Man steht vor einem Faktum. Wortwechselprodukt der psychischen Verdauung: Intertextualität, im Literaturjargon auch Furz genannt, Beweis dafür, wie sehr das Schreibgelüst und nicht die Vernunft den Ausschlag gegeben hat. – Das ist der Augenblick, da die Erinnerung an ein dem Schreiben verschriebenes Leben uns in die Knie zwingt. In seinem Baseler Stüblein sitzt Er vor dem Pult. Kratzfüßig leise tritt die Feder auf dem Papier auf. Die Knisteratmosphäre, welche dieser andächtige Selbstgenuss des Geistes verbreitet, weht als Schauer durch die Haare des Federkiels. „Lob der Torheit" steht auf der Titelseite des unsterblichen Manuskripts. Doch auf die törichte Labsal des Schreibens gibt es kein schöneres Lob als das Portrait von Erasmus von Rotterdam, gemalt von Hans Holbein.

*

Ins Naturrecht auf Sprache implizieren wir zugleich auch eine unbeschränkte Verfügungsgewalt. Wir gebrauchen sie als Spielzeug, lassen die Worte wie hölzerne Marionetten am Schnürchen, dieser Fortsetzung unseres Schreiberfingers, zokkeln oder auf unserer Zungenspitze einen Spitzentanz aufführen. Alles was keinen Odem hat, lobet den Herrn und die Dame, die Direktoren des Wortzirkus, welche der Wortpuppe subjektives Leben einhauchen. – Ganz anders jedoch derjenige, der dem Wort als geheimnisvollem Wesen begegnet, älter als er, reich an hundertjähriger Erfahrung wechselhafter Mündigkeit. Dann erweisen sich die Worte (nach Adalbert Stifters Vorbild) zu lebendigen Genfäden, mit denen er so lange webt, bis sich der Wortteppich eigenmächtig emporschwingt und mit ihm dahinfliegt in der Panoramalandschaft aus Wirklichem und Erdachtem.

*

Ein bedeutender Sprachschatz kann nicht ohne Sprachneid bleiben, der umso schlimmer ist, als man den Schatz weder stehlen noch käuflich erwerben kann. Und so kommt es dazu, dass in Kuratorien Sachfragen als Stilfragen erscheinen.

*

„Zu Nutz und Frommen" ein Sprachgebrauch, der untauglich geworden ist, obwohl er von der Tauglichkeit zu einem nutzbringenden Frommsein spricht. Dem modernen dialektisch denkenden Menschen scheint eine solche Ballung von Realität und Idealität ins untrennbar Zeitlose lächerlich zu sein.

*

Manche Hochworte sind viel zu nobel, als dass sie Fleisch anzunehmen geruhen. Sie bleiben abstrakte Luftschwingungen wie z.B. die Tugend, die Gerechtigkeit ... Andere jedoch treten aus dem Gebrüll der Massen leibhaftig hervor und sind, solange den Schreihälsen nicht die Luft ausgeht, bereits vollinhaltlich dasjenige, was sie akklamieren: Freiheit, Heil, Sieg. Die satanische Wandlung des Worts.

*

Verwortung ohne Verantwortung macht beides möglich: Kabarett und Pathos, befreiendes Lächeln über unser Gerede und sture Hörigkeit gegenüber Ideologien.

*

Immer wieder vergeblich bemüht sich die Weltgeschichte: Wie wird Sprache, wie werden ihre Hochworte Liebe, Güte, Gerechtigkeit zu lebendigem Fleisch, zur kollektiven Praxis der Tat. Während Staaten, Religionen und auch wohlmeinende Solidaritäten wenig ergiebig laborieren, um diese Metamorphose zu erreichen, bringen dies die Menschen in einem nicht zu drosselnden Überschuss nächtlicher Weile zustande und setzen es in der Binnenmoral der Familie mehr oder minder getreulich fort. Wahrscheinlich ist es das Vibrato des Fleisches, das diese Leistung auslöst, indes das Wort eine submisse Unterlage abgibt wie im Belcanto der unverständliche Text einer Arie.

*

Seit Jesus und der Apostel Paulus in Athen von der entmythologisierten Religion sprachen, welcher der Gegenstand ihrer Verkündigung sei, hat man bis zu Rudolf Karl Bultmann (1884 – 1976) weiterhin entmythologisiert. Aber der Mythos kehrte getreulich zurück oder wurde mit der Mistgabel zurückgeholt, weil ohne diesen „Dung" nichts gedeihen wollte. Wenn auch offiziell unbehaust, steht der Mythos doch in Blüte. Die Sprache, der Sprecher genügen ihm, denn die Sprache, ohne die wir nicht zu arbeiten fähig wären, ist ein Zwitter aus Artikulation und Mythos, aus Wirklichkeit des Logos und metaphorischen Fiktionen. Wir, in Individualismus verzettelt, sind auf Umfassendes erpicht, entweder in den Großgemeinschaften des Wir mit den Supermächten oder auf Ideen, tragfähig und trächtig mit solidarisierenden Gefühlen. In diesem Anreiz einer sehnsüchtigen Spannung flüstern oder lispeln wir vor uns hin: O Gott. Doch was geschieht uns da? Was haben wir da hervorgerufen? Es ist uns als hätten wir just mit diesem einen Wort die Türe zugeschlagen, die es uns öffnen sollte. Das Wort zerstört etwas von der Weite, die es meint, eine Auffassung, die von der Legislatur der EU bei ihren Gesetzentwürfen bestätigt wird. Wo aber der Mensch diesem Zwitter aus Wirklichkeit und Möglichkeit, aus Wissen und Ahnung vertraut, da wird der Knall im Ohr keine zugefallene Türe, sondern ein Echo des Urknalls, mit dem die Schöpfung in jedem Einzelnen jetzt und hier anhebt.

*

Alles fließt, ein erschreckendes Wort. Wie schön, wenn sich Fließendes und In-sich-Ruhendes ineinander verweben – der Brunnen. Doch was soll das? Die Nymphen, Brunnenschmuck meiner Jugend, erkenne ich sie denn noch wieder, jetzt mit Bärten und unter dem zottigen Behang der ehemals so glatten Kugelkalotten ihrer Brüste? Die Macht des Flüssigen verflüssigt selbst Steine haltlos wie Schwemmsand. Es hilft nichts, dass wir die Nymphen als Wesensbegriffe über Jahrhunderte hinweg unveränderlich gedacht haben. Alt und schäbig geworden frieren sie unter den fließenden Bärten des Wassers.

*

W. H. Auden, in U.S.A. auf seine Christlichkeit hin befragt, erklärte, dass er als historischer Snob unmöglich vom Kreuz lassen könne. Sine nobilitate, auf Deutsch: ohne Adel, wird in der universitären Amtssprache zum „Snob". Selbstabwertung und Ironie gegenüber der Gesellschaft, sind die Voraussetzungen, unter denen Auden ein Bekenntnis seines Lebens ablegt.

*

Unser großes Ziel: In unserer seelisch-geistigen Bruchlandschaft auf einen gemeinsamen Nenner zu stoßen. Was dann, wenn wir erfahren müssen, dass er schon seit uralter Zeit einen Namen hat, wir ihn aber nicht nennen dürfen.

*

Die Mehrzahl von „Mann" heißt Mannschaft. Auch Frauenschaft hat es im Tausendjährigen Reich gegeben. Aber welch ein Unterschied. Nur der Mann schafft diese Mehrzahl allein. Die Frauen bringen es nur in der Gemeinschaft zustande. Wie schön!

*

Ich bin von Kopf bis Fuß auf Liebe eingestellt. Dies ist meine Welt, sonst gar nichts.

Derartig schnoddrige Liebesverse hat mit Heidegger, dem Zeitgenossen und Antipoden solcher Lyrik eine Wortwurzel gemeinsam: „gestellt", woraus sich ja bei ihm der Zentralbegriff „Gestell" zur Charakterisierung der technisierten Welt ableitet. So schweifen die Sprachschwaden vom feststellen, festmachen, Stellmacher zum Gestell und zum Sexapparat Mensch, eingestellt auf Liebe.

*

Sag einmal statt Konsum „Verbrauch". Wechsle die Vorsilbe zu „Gebrauch". Sei kühn und mache Gebrauch von deiner Phantasie und suche nach einem Bereich, wo weder das eine noch das andere Verbum zulässig erscheint, was du weder verbraucht, noch als Arbeitsmaterial gebraucht hast. Da erschließt sich ein Jenseits von allem Gebräuchlichen. Du stehst am Anfang.

*

Manchmal enthüllt die Geschichte eines Wortes etwas vom Epochenschicksal. „Konsum" hießen Gemischtwarenläden unter der Patronanz der Gewerkschaft. Ihr Ziel war es, Lebensnotwendiges angepasst ans Lohnniveau der Arbeiterschaft anzubieten. Sie wurden von Konzernen verdrängt. Das Wort aber blieb als Schlachtruf für das verpackungsbewusste Wegwerfzeitalter.

*

Kulturgeschichte der Buchstaben. Anstatt der flüssigen Tintenschrift, die von der Sandstreudose der Zeit trocken gelegt wird, bringt es der Kugelschreiber mit sich, dass uns Haar- und Schattenstriche, die Plastizität der Buchstabenarchitektur abhanden kommen. Handschrift wird fadenscheinig.

*

Das Tagebuch – ein Schulschreibheft voller sinnlos strampelnder Buchstaben, die sich aufführen wie Frösche, welche in ein Milchfass gefallen sind. Als belesene Epigonen einer alten Fabel hoffen sie sich einen Standpunkt zu erbuttern. Vergeblich. Sie krepieren in der Magermilch.

*

Im 19. Jahrhundert hat die Arbeit ihren pathetischen Klang zurückbekommen, mit dem die Nibelungendichtung im 12. Jahrhundert anhebt: Die große „Arebeit", das sich wechselseitige Umbringen der Menschen. Heute bleibt es ausschließlich Regisseuren, Dichtern usw. vorbehalten, von ihrer Arbeit sprechen zu dürfen. Alle anderen haben einen Job, wenn sie nicht arbeitslos sind. Sobald man einen Arbeitsplatz gefunden hat, verliert er die Arbeit und wird er zum Job. So verblasst der Arbeiter zu einem Wortgespenst. Dem Arbeitnehmer, gestresst von seinem Job oder der Unterhaltungsindustrie, ist eine Zeitung mit „Arbeiter" im Titel nicht mehr zumutbar. So bleibt er also nur den Leuten in tiefen Baugruben als Schwerarbeiter oder den Bibliotheken vorbehalten, wo er als Titel des 1933 erschienen Buches „Der Arbeiter" prangt. Der Autor: Ernst Jünger.

*

Kotflügel. Dass der Kot Flügel bekommt und fliegt, eine Qualität der Engel: Wem wäre das eingefallen? Das Autoblech inspiriert die Männer.

*

Der Technik als angewandter Physik eifert die marktgerechte Literatur als angewandte Kommunikationswissenschaft nach. Vergleichbar dem Ingenieur, dem Arrangeur des Machbaren wird der Literat zum Manager des Sagbaren.

*

Wir finden es nicht für anstößig, gehen die Worte der Lachlust wegen auf den Lippenstrich eines hochgelobten Zynikers.

*

Wer könnte nach allem, was geschehen ist, noch auf Rechtfertigung hoffen: Wie mit dem Recht fertig werden, das selbst ein Prozess in unaufhörlichem Wandel ist. Was bleibt uns da noch? Die Versöhnung. Sie klingt so versöhnlich, ist aber nur ein Beispiel für den Schleichhandel der Worte, denn dahinter steht als Stammwort die Sühne, welche so weit gehen kann, dass sie den Tod fordert.

*

Zur Menschenfischerei gehört der Wortköder. So wirft man also den kantianischen Aufklärungsslogan „mündig" in die von Erstaunen offenen Mündchen des Glaubens und angelt den mündigen Glauben, den modernen Debattierclub-Glauben, zu dem ein Glas mundigen Weins gut passt. Und schließlich sind wir in der Weinverkostung der Kommunion bei süffigem Glauben angelangt, bei Dionysos vor 2000 Jahren am neuen Heidentor im Burgenland.

*

Sich mit der Täterschaft des Schreibens von erfundenen Geschichten an der ungelebten oder ausgebliebenen Wirklichkeit zu rächen, bereitet größte Genugtuung. Nährlösungen aus Buchstaben exquisiten Stils ziehen exuteral das Ei deiner Fantasie groß. Da stehen sie schon parat, eineiige Zwillinge, bestmögliche Besetzung des Dualbewusstseins, wenn auch nicht mehr wie ehemals durch Genien und Engel, so doch durch die innigste Form irdischer Verwandtschaft in den plazentalen Doubles verkörpert. Die fast dreitausendjährigen Zwilling-Engel-Phantasmen treffen einander auf der Strudelhofstiege im 9. Bezirk Wiens. Nicht in der Auflösung im Einen vollzieht sich die Mystik, sondern in der wechselseitigen Begleitung in einem psychophysischen Dual. Die eine Schwester ist die andere, und die andere sind beide zugleich. In der Bilokation, der Gleichzeitigkeit vom Hier- und Dortsein, erreichen die beiden Schwestern Jupiters Rang.

*

Mag er noch so viel schreiben. Es wird kein Schriftsteller aus ihm. Es fehlt ihm an Fantasie, um der Wirklichkeit Fallen zu stellen, in denen er sie in Geiselhaft nimmt, worauf er sie zum Modell der Gesellschaft abrichtet.

*

Schriftsteller werfen Köder aus. Leser sind gespannte Zuschauer beim Wettangeln in den Kriminalteichen. Kommt aber der Tag, da sie den Fischen beim Nicht-geangelt-werden lieber zusehen als den geköderten Fischen beim Ersticken. Sie halten das Ausbleiben jeglichen Ereignisses für eine ergiebigere Unterhaltung und sind dadurch – je nach Wasserstand – zu tief Gläubigen ihrer ungefischten Fische geworden.

*

„Angefressensein", ist eine der Ausdrucksweisen, spezifisch für das unlösbare Dilemma des Wieners. Denn es bleibt offen, ob dieser Zustand das Ende einer Aktivität oder der Anfang eines erschreckenden Passivums ist. Bedeutet das „an", dass man an die Grenze seines Magenvolumens geraten ist, oder ist es jenes Anfressen, das unsere Anzüge mitmachen, wenn sie von Motten überfallen und angefressen werden? Diese Zwielichtigkeit von „gefuttert" haben und selber Futter sein taucht das Seelenpanorama in die Dämmerfarbe, wo sich Morgenrot und Abendtod gleichen können.

*

Ausbeutung, ein Schmerzwort und Aufschrei des 19. Jahrhunderts, scheint unter dem Titel „globale Konkurrenz" als wirtschaftsfördernde Kraft unentbehrlich geworden zu sein. Kleider machen Leute, Worte machen Weltanschauungen. Die Realität möge dazuschauen, wie sie sich chamäleonisch tarnt oder soll gefälligst als Maja ins alte Indien verschwinden.

*

Das Tempo des Schreibens entscheidet über den Charakter des Textes. Hat man die langsame Gangart gewählt, muss man gefasst sein, dass man künftig hin immer zögerlicher, verzögerter, gebremster lebt, weil das Geschriebene immer neue Korrekturen abverlangt, nie wirst du fertig werden. Bedenken wir es recht, so ist das ein wunderbares Geschenk, da doch jeder Fingerabdruck, jedes unbedachte Wort zur unauslöschlichen Fährte werden kann, auf der man dich als Schuldigen ertappt. Schreibend aber bist du ein Unvollendeter und kannst dich dauernd verbessern, freilich ohne je die von der Sprache vorgegebene Richtung zu verlassen. Nur das Notenpapier erlaubt, ein Blatt von links nach rechts und umgekehrt im Krebsgang zu lesen. Dass dies in der Wortsprache so gut wie unmöglich erscheint, beweist, welche harte unzerreißbare Bandage uns in der Grammatik auferlegt ist. Was bleibt, damit du wenigstens einigermaßen korrekt bist, wenn dir der Tod den Stift aus der Hand nimmt.

*

Privatliteratur. Ausgereift und von Fruchtfäule bedroht, verlangt man danach, ein Buch zu werden, ähnlich einem Einsiedeglas mit eingekochtem Leben ohne Ablaufdatum in steriler Lagerhaltung. Was für ein Ideal! Aber für welchen Markt, für welchen Konsumenten? Der Traum gaukelt dem Autor vor: Lebendigsein bedeutet ein Hindernis für seinen Geist. Denn verschwinden die Ballaststoffe des Fleisches, werden die Geister erst so recht lebendig, lebendiger als sie im Leben gewesen. Tatsächlich gibt es einige Fälle, an den Fingern einer Hand zu zählen, wo der Traum wahr geworden ist: zum Beispiel Alexander de Villers (geb. 1812 in Moskau, † 1880 in Wien) „Briefe eines Unbekannten".

*

Was die Schule produzieren soll, das sind Gebildete, Wertbewusste! So sagt sie. Was die Demokratie aber immer dringend braucht und nach dem sie staatserhaltend ringt oder schielt, sind Majoritäten. Naturgemäß bietet die Gesamtschule für Majoritäten den breiteren Nährboden. Deren Nebenprodukte, die Eliten, stellen sich wie von selbst ein, immer noch genug ehrgeizig, wissens- und geltungssüchtig, sich von keiner bequem dahinsumpernden oder aufsässigen Majorität infizieren zu lassen. Die Majorität ist ihnen insofern von Nutzen, als sie mit der eigenen Überlegenheit paradieren und autoritären Überhang gewinnen können. So decken sie den Bedarf des Staates an Innovation, ohne auf eine politisch entscheidende Rolle erpicht zu sein.

*

Hauptwörter, bitte, klein schreiben, ganz klein, damit sie sich daran gewöhnen, in dem uralten Konflikt zwischen Substantiv und Verbum, dem Vater-Sein und Sohn-Werden nichts zu behaupten, was einem Dritten vorbehalten bleiben muss, der Gravität des Weiblichen.

*

Die Weltsprache, in der unsere Technik und Zivilisation lebt und arbeitet, kann nicht reden, sie ist lippen- und lautlos. Sie lässt sich nur rechnen und niederschreiben, hat Ähnlichkeit mit der Zeichensprache der Taubstummen – eine atemlose Wahrheit. Sie hat keinen lingua, keinen Zungenschlag, wie in den romanischen und slawischen Sprachen.

*

Ich erinnere mich noch an den Schock als ich in Rom an einer Barockfassade in schöner Antiqua-Letter las: Propaganda fide. Ja, um Himmels Willen, ist es schon so weit gekommen, zur Blasphemie, ein ins Kommerzielle erniedrigendes Wort mit dem Glauben zu verbinden und dies an einer kirchlichen Institution anzubringen? Keineswegs! Es ist die Metadynamik der Begriffszüge, die auf dem Verschiebebahnhof der Sprachen und Völker durcheinander gerät. In Athen war ich schon etwas gebildeter, und das heißt abgehärtet, als ich „Gymnasium idiotikon" entzifferte. Nein, das war kein Oxymoron, kein idiotisches Gymnasium.

*

Wir sind auf dem Weg zu einer multikulturellen Unverständlichkeit. Als kleines Beispiel: Attacke, eine Strategie der Kriegs- wie der Geigenbogenführung. In subito attacca soll Schwung und Elan eines überraschend einsetzenden Musikstückes durch einen beim Frosch des Bogens beginnenden Strich gesteigert werden, eine Sublimation des militärischen Begriffs „attacca". Auf dieses Kommando hin muss, ohne eine Atempause einzulegen, weitergepielt werden: Ein übermütig springender Jungstier auf der Frühlingsweide. Als solcher gebärdet sich auch Beethoven, wenn er die betende Nachdenklichkeit eines Adagios je unterbrechen muss, weil ihn der Gedanke an die orchestrale Bekrönung des Klavierkonzerts packt und mitreißt. Aus reflexiver Innerlichkeit geborener Veränderungswille kennt kein Alter und kein Jahrhundert. Dem subito attacca des klassischen Meisters entspricht die Eigenstufe. Jetzt gilt es, das, was sich im alternativen Denken entwickelt hat, einzusetzen, sei es in das Orchestrale, sei es ins politische Instrument für eine bessere Welt. Diese kann nicht eine weit hergeholte Utopie sein, sondern nach dem Vorbild Beethoven'scher Variationstechnik eine unerhörte Variante, entwickelt aus dem vorhandenen Material.

*

Entdeckungen können bisher geltende Ansichten als Irrglaube entlarven. Als Madame Curie ein radioaktives Element entdeckte, wurde der Begriff Atom zum Nonsens. Das Unteilbare (a-tomos) erwies sich plötzlich als Phönix, der sich selber zerreißt. Aber in dieser „Sterblichkeit" der Materie lag, verbunden mit ihrem Zerfall, zugleich die Hoffnung auf heilende Wirkung. Atom – fortan einer der vielen falschen Namen, mit denen wir leben.

*

Beim Lesen von Gertrud Fusseneggers Roman „Zeit des Raben, Zeit der Taube", kann man nicht umhin, in der Darstellung Marie und Pierre Curies Forschen und Leben auch Adam und Eva wieder zu erkennen. Aus dem Apfel des Baumes der Erkenntnis ist das Atom geworden. Pierre-Adam ist zögerlich, Marie-Eva energisch entschlossen. Zuletzt liegt das Atom in ihrer Hand, das schrecklichste Geheimnis des Kosmos. Steht also nach der Vertreibung aus dem Paradies die zweite Vertreibung bevor, die Vertreibung von der Erde?

*

Dahinter steckt viel Wahrheit: Siegfried, in der jugendlichen Freude des Provokateurs, schmiedet aus den Bruchstücken des väterlichen Erbes, einem zerbrochenen Schwert, seine eigene Ganzheit. Mit seinem Ich legiert, wird es zum elastischen Stahl, das zu mehr taugt, als bloß zur Provokation. Und das alles geschieht unbeirrt unter dem höhnischen Gelächter seines lauernden Stiefvaters Mime.

*

Mensch, wie durchlässig bist du geworden? Am antiquierten Menschen bleibt alles hängen, als hätte er ein Löwenfell umgeschnallt und quälte sich durch ein Dickicht aus Brombeersträuchern. Zerfetzt und zerkratzt ist er mit den Insekten der persönliche Botenträger sesshafter Pflanzen, der Atlas aller Kräuter und Unkräuter. Er trägt, aufgezwackt auf seinem Leib, die Brücke der Zeit vom Heut ins Morgen. Der moderne Mensch jedoch ähnelt einer Infrastruktur aus Kanal-, Wasser- und Gasrohren, Elementen der Weltinstallation. An ihm haftet nichts mehr. Die blanke Hohlheit ist die Bedingung für den reibungslosen Zu- und Ablauf der Betriebsstoffe.

*

In der Wende zum 20. Jahrhundert agiert das Wort „ornamental" so wie ehemals der Barock in doppelter Funktion. Einerseits soll es beschimpfen, andererseits auf das Schimpfliche die Neugierde wecken und zwar so lange, bis man es mit Interesse akzeptiert hat.

*

Die Wissenspraxis portioniert die Wirklichkeit und verpackt sie als Mitteilung möglichst themenzentriert, so dass sie durch keine Assoziationen mehr aufgeweicht werden kann. Im Gegensatz dazu ist die Sprache der Poesie semipermeabel wie die Zellen der Organe.
Auflösende Diffusion zusammen mit bewahrendem Formstreben geben erst in der Sprache des Widerspruchs die Möglichkeit zu verlässlichen Mitteilungen, in welchen die Wirklichkeit Wurzeln schlägt und zu leben beginnt.

*

Was kann der Töpfer schon anderes tun, als den Lehm verformen? In jeder Form steckt ein bisschen vom verdrießlichen „ver-" darin. Deshalb haben auch taugliche Handlungen Verhandlungen im Vorspann oder im Gefolge.

*

Der Wirklichkeit Fallen stellen, um sie in Geiselhaft nehmen und sie danach zum Modell der Gesellschaft abrichten zu können: die Fantasie des Schriftstellers.

*

Wie wir den Mund aufmachen, geben wir uns preis. Die Worte haben es in sich. Sie sind nur einer der Texte in ihren vielen Rollen, welche wir zu unseren machen können. Aber sogar unser Denken, unsere Selbstgespräche sind Dialoge mit der Sprache, mit ihrem Starrsinn, mit ihrem Besserwissen, mit ihren Konfektionen und ihrem kostbaren Lager an Material, das unzählige Generationen überlebt hat. Kostbarer Stoff, so schwer nach dem Maß unserer Zeit und des jeweiligen Ich zu bearbeiten.

*

Ich heiße so, wie man mich geheißen hat, eine Passivität, die außerhalb des Geburtsscheins eher mit einem Schimpfwort in Verbindung gebracht wird. „Man heißt mich einen ..." Weshalb jeder darauf aus ist, sich einen Namen zu machen, einen Namen ohne alles Geheiß.

*

Sehn-Sucht: Die Anatomie der Sehnen und das Suchen des Geistes, ein psychophysischer Befund verschmolzen zur Sinneinheit.

*

Vom Leben zum Erleben, zu dieser Steigerung durch die Vorsilbe „er", dieser Blickschärfung auf ein konkretes Geschehen, gelangen wir nicht ohne ein Gegenüber, ohne den anderen, ohne das Miteinander des Lebens. Wer nur lebt, erlebt sich nicht.

*

Im Unterschied zum französischen laissez faire, laissez aller, dem beschaulichen Geschehen und Gehen lassen, setzt derjenige, „der sich auf etwas einlässt" einen Denkprozess in Gang. Je mehr er sich einlässt, desto weniger bleibt draußen vor der Tür, desto größer die Chance, sich einem Ganzen zu nähern, was bedeutet, dass er nicht von seiner eigenen Interessenslage ausgeht, sondern vom Du. Wenn man sich auf etwas einlässt, kann man Augen dafür bekommen, inwieweit man Mitwirkender, Mittler und Mitschuldiger an dem ist, was man beschaulich geschehen und gehen ließ, wie es eben geschah und ging.

*

Für eine Weltanschauungswende kann ein neues Wort für ein vertrautes Ding den Ausschlag geben. Die „Kurpfuscherei", wie zum Beispiel der Mesmerismus, mauserte sich im Lauf des Jahrhunderts zur alternativen Medizin und kann als solche dem Fortschritt der Schulmedizin zugerechnet werden.

*

Heinrich von Kleist erlitt keines der grausamen Schicksale seiner Helden. Er stand nie vor seiner Hinrichtung, wurde nicht von einer Penthesilea zerfleischt.

Außer dem Einblick in den Umbruch seiner Zeit hatte ihm das Schicksal nichts Schreckliches angetan. Aber das Bewusstsein vom Geschehen auf den napoleonischen Schlachtfeldern und den politschen Zerrüttungen reichte aus, um ihn 34-jährig zu brechen.

*

Die heilige Trikolore Grün-Rot-Blau. Grünes Blatt, Lichtfabrik des Lebens – rotes Blut, die Schwemme ins höhere Bewusstsein – blauer Himmel, leergefegt für den Spielraum kosmischer Kräfte.
Anschauung der reinen Farbe, unbefleckt vom Ich und Nicht-Ich, von der Kluft zwischen Bewusstsein und Gegenstand, Verlautung und schweigendes Zeichen.
Und doch immer wieder lockt der Sündenfall in die Sprache und verletzt das Gebot: Du sollst dir keine Worte machen, nicht die Stille bereden, dir zu sagen, was sie ist.

*

Traumeswirren: Ich möchte Blumen einladen, mit mir Tau zu trinken, Wort- und Sprachwurzeln zu treiben, die mit ihrer Weltverästelung bis in das lebendige Wasser vom zureichenden Grund tauchen, warum die Dinge so sind, wie sie sind.

*

Lebewohl, du zwiespältiges Wort vom „Gewesen-sein“, von dem man zwar träumen und reden kann, Beweis genug, wie nah Traum und Sprache zueinander stehen, das aber zugleich verdeutlicht, wie wenig Sprache und Wirklichkeit miteinander zu tun haben, obwohl sie in festen Formeln für einander angelegt sind. Wie zum Beispiel in dieser meiner täglichen Litanei: Ich bin gewesen ... Was für eine amphotäre Kreatur steckt dahinter, die im frischen Wasser des Seins sich im „Ich bin“ aufplusternd daherschwimmt aber gleichzeitig im toten Meer des „Gewesen“ als aufgedunsene Wasserleiche obenauf treibt. Eine Wort gewordene Unmöglichkeit ist also das Ziel, auf das wir zustreben. Andererseits ist es die einzige Art, das Perfektum auszudrücken. Nach solchem Bewusstseinstraining stellt sich wieder die Erinnerung ein, nun allerdings mit dem Imperfektum, dem Präteritum des Vorübergehenden und schenkt just dadurch den Hauch des Glücks. Nein, es ist nicht auf der Waldfreunde-Hütte gewesen – sie hat schon dafür gesorgt, dass es in ihr nicht geschehen kann – es war auf der Waldfreunde-Hütte, da ich dich zum ersten Mal küsste.

*

DIE GEIGE

Glücklichste Zeit, da ich, durch den Krieg allen Lebensnormen entfremdet und daher gar nicht mehr so jung, mit meiner Braut auf Brautschau ging. Zielobjekt war eine schöne Geige. Meine war im Krieg verbrannt und daher hatte ich mir mit Leihgaben beholfen. Nun, ein Jahrzehnt nach der Gefangenschaft, konnte ich es mit der Unterstützung meiner Gefährtin wagen. Wir zogen die Hausglocke eines traditionellen Baseler Geigenbauateliers. Befangen von der Atmosphäre, dem Duft des Lacks, dem Herrn im weißen Arbeitsmantel, dessen streng prüfender Miene und den dahinter in Front aufragenden Glaskästen mit dem Glanz der Instrumente, stammelte ich etwas daher, das mich als Kenner des Ranges ausweisen sollte, welchen das Baseler Atelier in der Geigenwelt einnahm. An meiner wienerisch gefärbten Aussprache und dem intellektuellen Anspruch den Musikdilettanten sofort erkennend, unterbrach der Meister den Annäherungsversuch dieses voraussichtlich unergiebigen Kunden: „Ich verkaufe nichts mehr, außer zu Höchstpreisen, und auch das nur an Menschen, deren Nase mir gefällt." Mit diesem surrealen Verkaufsgespräch wäre unserem weiteren Verbleib ein Ende gesetzt worden, hätte da nicht meine Braut mit ihrer Altstimme und dem Gruß eines bekannten Dirigenten, unter dessen Leitung sie in Basel konzertiert hatte, den Meister aufhorchen lassen. Aber genug solcher Details. Unsere wachsende Kontaktnahme erledige ich im Zeitraffertempo, um zum Thema zu kommen, das mir des Aufschreibens wert erscheint. Vielleicht gehört sogar noch das Telefongespräch ein halbes Jahr nach unserer ersten Begegnung zu dem Vorspann unserer Beziehung, als der Meister anfragte, ob ich mir Zeit nehmen könnte, eine soeben im Atelier angekommene Geige auszuprobieren. Da die unbestreitbare Intimität eines Geigenkaufs der vertraulicheren Ansprache bedürfe, bat er uns um das Du-Wort. Damit noch nicht genug, eskalierte unser Verhältnis noch weiter. Viele Abende beschäftigte ich mich unter Anleitung meiner mittlerweile angetrauten Ruth mit Etüdenwerken, um meine Technik zu vertiefen, damit sie dem Geigenbauer, einem hervorragenden Cellisten, gewachsen sein könne. Schließlich wieder in Basel: Im Ensemble mit meiner Frau am Klavier, ihrer Kollegin als Bratschistin, wurde das Klavierquartett Nr. 1 von Fauré zum delikaten Klangfest mit der neuen Geige. Das Instrument leuchtete sanft in der weichen Rötung des Krapplacks, die in leicht schwankender Intensität den Ahornboden lebendig zu machen schien. Zwar war sie ohne Zettel am Innenboden der Leibung für den Laien, der ich war und bleibe, eine Enttäuschung, aber ihr wunderbares „Ausg'schau", ihre angenehme Stimme und nicht zuletzt der wohlfeile Preis trösteten mich über meine Enttäuschung, keine Geige erhalten zu haben, deren Urheber in Lütgendorff, dem berühmten Geigenlexikon, erwähnt gewesen wäre.

Sie stammte vielmehr noch aus der Zeit, da der Meister einen Lehrling beschäftigte, der unter seiner Anleitung dieses Gesellenstück anfertigte. Der Lehrling habe seine Arbeit auch mit einem Monogramm unter dem Hals, von außen durch die ff-Löcher uneinsehbar signiert, sei aber später in das Geschäft mit elektronischen Instrumenten eingestiegen und nach Amerika ausgewandert.
Emil, sagte ich, du weißt nicht, wie dankbar ich dir für die Geige und dein Spiel bin. Du kannst das ja jederzeit in besserer Qualität haben, aber für uns ist es das Erlebnis der uns erreichbaren Vollendung. Darauf Emil: „Bitte aufhören mit dem Devotionalienhandel! Vielleicht eine andere Qualität, aber keine bessere.“ Was nun folgte, wuchs sich zu einer Rede aus, die ich hier aus der Erinnerung wiedergeben möchte: „Ist es nicht erstaunlich, dass wir – zwei spiegelbildlich gleiche Schicksale – aus entgegengesetzten Ecken Europas zueinander gefunden haben? Beide sind wir Enteignete. Der Wille ist uns in jungen Jahren gebrochen worden. Seither leben wir mit einer Prothese und haben sie sogar lieben gelernt. Ich bitte unsere Damen, dieses Wunder nach Gebühr zu schätzen. Der eine inmitten des Weltkriegs in luxuriöser Sicherheit und Geborgenheit, der andere tausende Kilometer durch den Osten durch Schlammstraßen stapfend und nächtens bestenfalls in verwanzten Katen schlaflos sich wälzend. Beide willenlos: Der eine zufolge des tausendjährigen Teufelsreiches, das über ihn totalitär verfügte. Der andere durch seine verantwortungsbewusste Bindung an die Familie, an Vater und Großvater, deren Unermüdlichkeit und vorbildliche innenweltliche Askese, wie sie Max Weber nennt, das kostbare Atelier im Laufe zweier Menschenleben aufgebaut haben. Und nun in der Kriegszeit musste alle Arbeitskraft der Familie daran gesetzt werden, das Atelier trotz der Reduktion des ausländischen Kundenkreises lebensfähig zu erhalten. Rückblickend sieht das so aus: Zwei fest positionierte Narrentürme, der Hitlersche und der Kapitalturm und zwei durch Leidenschaft und Pflicht festgezurrte Jungnarren, du und ich. Wo auch immer in der Gefangenschaft, auf Kellerstiegen oder in Rattenlöchern, hast du gefiedelt. Auch Offiziere und Bauern haben dir ihr Beutegut aus Deutschland geliehen, damit sie den Klang ihres Instrumentes bewundern konnten. Und ich, der andere Narr, saß in einem Haus voller Instrumente und schmachtete nach ihrem Klang, während ich zehn Stunden am Tag an der Werkbank arbeitete, um Zargen zu schneiden, archimedische Schnecken für Celli zu entwerfen und zu schnitzen. Dazu dröhnten Bombenangriffe von den einander feindlichen Staaten herüber. Mein größter Wunsch war, die Übungsstunden zusammen zu bekommen, die ich brauchte, um bei meinem Cellomeister den Unterricht fortsetzen zu können. Ich hatte pathetische Träume. Ich sah mich schon als Pablo Casals' Nachfolger. Hörte mich im Cellopart, ich, der Eine, in Auseinandersetzung mit den vielfältigen Klangfarben des Orchesters. In meiner Interpretation wurde das Cellokonzert

zum Musikdrama, in dessen Finale es dem Individuum gelang, das Kollektiv zu besiegen. Seht sie euch also an, die beiden Kerle! Die Treue zum Traum, ein Leben lang durchgehalten, ohne dass die Faszination erlahmt wäre. Das Scheitern kann zur ewigen Jugend werden. Ich gratuliere den Damen, denen sie zugute kommt, und bitte nun die liebe Ruth, den Abend ausklingen zu lassen. Vorerst aber erlaubt mir doch noch von den beiden spiegelverkehrten Träumern ein kurzes Wörtlein: Ohne dich, liebe Ruth, wären sie aneinander vorbeigetorkelt, nie zusammengekommen. Du warst der Angelpunkt. Zuvorkommend und mit verstecktem Lächeln hast du damals bei unserer ersten Begegnung gefragt, ob ich wegen Arbeitsüberlastung ein kundenfreies Geschäft führe oder ob das nur ein kundenfreier Tag sei. Dann würde man es nochmals versuchen. Da war mir klar, du hast den Vorrang. Für mich war es im Augenblick besser anzuhalten und nachzudenken. Erst später habe ich es begriffen. Auch du bist eine Enteignete, aber viel schlimmer noch als wir zwei Männer. Als Kriegskind hast du auf der Flucht die Heimat für immer verloren. Jetzt aber bist du in den kleineren und mittleren Konzertsälen auf der Welt zu Hause, und so auch hier in Basel. Somit bitte ich dich um dein Schlusswort auf dem Klavier. Welche Noten soll ich dir bringen?"
Ruth klappte den Notenständer des Klaviers zurück und gab Emil den Drohfinger: „Bitte, mach nicht so, als wäre ich frei in der Wahl. Ich weiß, was du willst, trotz deines gebrochenen Willens. Es gibt keinen persönlicheren und keinen paradoxeren Titel als „Die versunkene Kathedrale", das Flagg- und Kirchenschiff deiner frankophilen Generation in der Schweiz. Sie war euch das alles zugleich, was heute den jungen Leuten Pop und Rock bedeuten. Mit diesem Flaggschiff habt ihr der scheel angesehenen Decadence gehuldigt. Denn diese Kathedrale stürzt nicht ein, wird nicht zerschmettert, wie es jetzt rings um uns die Bomben getan haben. Sie entgleitet auf wunderbaren, nie gehörten Akkorden irgendwohin ins Unzugängliche."
So rückten wir denn nun zusammen in dem Kirchenschiff. Das Wort engloutie erinnert ja an den Walfisch, wie er Jona, den ungläubigen Propheten verschluckt hat. Da sitzt er nun im Magen des Fisches, in der Unterkunft eines Zwischenreichs ebenso gerettet vor dem Untergang wie bestraft durch seinen Arrest. Sollte das auch mein mir angemessener Platz sein?
Die leise und spannungsreiche Abfolge einzelner Töne und Akkorde klingt wie der Anschlag des Klöppels an berstenden und zerborstenen Glocken der versinkenden Kathedrale. Aber ihrer werden immer mehr. Sie schwellen an, dröhnen immer mächtiger, bis sie sich in einen monumentalen Choral verwandeln, der die majestätische Höhe des Kirchenschiffs erahnen lässt, obschon die Schatten einer Unterwelt an ihm haften. Mit dem Verebben dieses Chorals packt uns die fröstelnde Kälte im versinkenden Schiff. Die Klöppel können nicht mehr schlagen,

sie taumeln in dem hereinsickernden Wasser. Über dessen Gekräusel schwebt eine wehmütige Melodie des Abschieds und mündet in einem unschlüssigen Schluss. Die Klangwelt in sich selber vernebelt und verirrt, verstummt. Nachdem dieses Ende auf uns übergegriffen hat und niemand was zu sagen wagte, klatschte Ruth in die Hände und rief: „Kinder, noch ist nichts passiert! Übrigens würde ich solche Stücke zu spielen verbieten ..." „... besonders wenn du sie spielst, dass es einem kalt und heiß über den Rücken lauft, sagte Emil. „Darum nie wieder. Dafür hänge ich euch allen ein Klangamulett von Debussy um."
Trotz der geographischen Distanz und unserer Verpflichtungen trafen wir im Laufe der Jahre ein- oder zweimal zusammen. Emils Betrieb hatte etwas Klinisches. Nur gegen Anruf und Voranmeldung nahm er Reparaturen und Aufträge entgegen. Er hatte keinen Lehrling, keinen Angestellten, und auch die Bedienerin hatte er abgeschafft: „Man kann das nicht mehr verantworten. Jeder soll den Schmutz, den er macht, auch selber beseitigen." Was für ein krasser Gegensatz zum väterlichen Atelier mit fünf Gesellen und zwei Lehrlingen auf einem Foto an der Wand. Daneben zeigte romantisch überhöht ein Kupferstich Stradivaris Werkstatt, mit Stradivari als Kreuzung des Alchymisten Faust mit einem Flickschuster. Gegenüber diesem bärtigen Ekstatiker nahm sich Emil ab- und aufgeräumt aus. Ein Chirurg des Klanges, der die Schwingungslehre der Festkörperphysik praktizierte. Das Atelier faszinierte in seiner Doppeldeutigkeit als „Klausur und Klempnerei", wie Emil es nannte. Die gelagerten Hölzer in der Strenge ihrer Jahresringe und die romantischen Flammenspiele ihrer Maserung gaben den Wänden ein Gesicht von hypnotischer Wirkung. Vor solchem Hintergrund wurde man immer ein wenig kleinlaut. Die Sätze kamen nur versuchsweise hervor. Anders aber, wenn er die Pressenda aus dem Jahre 1827 in die Hand nahm: „Das nennt man landläufig eine Stradivari-Kopie nach einem Exemplar von 1730. Ich kann das nicht so sehen. Für mich ist das keine Kopie, sondern die Wiedergeburt einer Stradivari-Geige, bereichert um die ausklingende Romantik, die in das Material und den Arbeitsstil eingeflossen ist." Er drehte den Korpus langsam hin und her, damit ich die Wölbung in ihrer Geschmeidigkeit besser empfinden könne. „Ich frage mich, was an einer solchen Arbeit noch Wille ist. Wie steht es um das Können, die Handfertigkeit, das Wissen der Hände, der Fingerspitzen? Ist nicht das Wichtigste, wach zu werden für das Material, die Jahresringe, die Schlichtung, die Fasern des Holzes? Was wollen sie, was brauchen sie für einen Hohlbeitel, wie muss er beschaffen sein? Ist man bloß ausführendes Organ einer reiferen Instanz mit umfassenderen Möglichkeiten? O, dieser Materialismus! Was für ein hartnäckiges Missverständnis, ein Verkennen der geheimen Macht, die da gespeichert ist in der Materie. Was für eine Wende in unserer Vorstellung wäre da notwendig! Wir sind getan und gewollt und unsere größte Tat bestünde darin, rein

zu bleiben, so dass dir geschehe nach der Frequenz, welche dir als Idee in der Zeichnung vorliegt und dich als Korpus des Instruments verlässt. Weißt du, was dieses lange Sitzen über einem Werkstück in einem zustande bringt? Man erkennt, wie sehr die Handfertigkeit vorauseilt und das Materialbewusstsein nachhinkt. Und wenn es plötzlich aufzuckt, ist es schrecklich. Ich bin kein Rilke, aber sein Satz ‚Jeder Engel ist schrecklich' überfällt mich immer wieder. Was er gesehen hat, als er das schrieb, weiß niemand. Aber ich habe die Engel singen hören und habe sie im Holz dann als weibliche Korpusgestalt der Geige wieder erkannt. Das Weibliche in seiner klanglichen Vollendung ist schrecklich. Die Vollendung, wo immer sie erscheint, ist eine Heimsuchung. Man ist herausgefordert vom Ewigen und schnitzt verzweifelt an seiner täglichen Arbeitsration herum." Nie hatte Emil das abgedroschene Wort aller Geigenbauer in den Mund genommen: Geheimnis der Stradivari. Aber aus all seinem Reden und Schweigen war sein angespanntes Ringen um das vollendete Instrument spürbar. Einige seiner Arbeiten befanden sich im Besitz anerkannter Künstler, wie ich von einem Wiener Geigenbauer erfahren habe. Emil selbst sprach niemals davon. So sehr er auch von der Vollendung anderer schwärmte, seine Arbeiten schien er als Versuchsstationen auf seinem Weg gleichsam hinter sich zu lassen, um sie zu vergessen. Wie nüchtern er sich auch gab, war auch er der Stradivari-Magie verfallen? Noch immer die Pressenda in Händen sagte er: „Kann man mit so etwas handeln, wenn es einem als Erbe zugefallen ist? Dazu bin ich nicht geschaffen. Einem echten Künstler stelle ich sie gerne zur Verfügung. Aber ich brauche sie selber als Erfahrung und als Kraft. Was für ein Luxus, diese Art von Privatmuseum zu besitzen. Durchs Geschäftemachen will ich ihn nicht haben. Und so bleibt nur die Arbeit übrig."
Und warum nicht zum Cello greifen? Jedes Kammermusikensemble wäre mit dir glücklich, versuchte ich einzuwenden.
„Abgesehen davon, dass du, berufsfremd, dir das leichter vorstellst, haben sich solche Anwandlungen der Flucht schon damals ganz von selber erledigt, als es vielleicht noch sinnvoll gewesen wäre. Ohne Liebe zum Vater, eher aus Mitgefühl mit ihm, was er zu leiden gehabt hätte, wäre das Atelier in fremde Hände gekommen. Und schließlich wäre mein eigenes Schicksal so oder so problematisch geblieben. Der Virtuose, der ich sein wollte und vielleicht auch hätte sein können, ist als reproduktiver Künstler, wie gefeiert auch immer, eine Eintagsfliege, was ihn umso weniger befriedigt, je tiefer er durch das obligate Ringen nach Vollkommenheit in die Werke der Großen und ihre Inspiration eindringt. Es muss sich ihm eine höhere Ebene erschließen. Aus Not beginnt er zu komponieren, bis er erkennt, dass er sich in sich geirrt hat. Hundertmal die Cellosonate von Chopin spielen, was unterscheidet sich da noch von der Arbeit mit dem Schnitzmesser. Ich weiß schon, was du sagen willst. Das Glück des Interpreten! Kann sein, wenn

er ein sozialer, ethischer Mensch ist, der nicht deshalb spielt, weil er die Zuhörerschaft als Bestandteil seiner Existenz für sein Prestige und seinen Ruhm braucht, sondern das Publikum, diesen schwer definierbaren Haufen, liebt und sich als Mittler verantwortlich und verpflichtet fühlt. Dazu habe ich es nicht gebracht. Meine Klausur und Klempnerei ist mit der Familie groß geworden und hat mit dem Podium wenig zu tun. Und schließlich, Finger am Griffbrett oder auf der Werkbank: Es ist dieselbe Mühe, dieselbe Freude. Wozu also das Atelier verraten. Überall die Analogie der Tragik. Immerfort stehe ich vor einem Gegenstand, der spätestens 1640 den Punkt der Vollendung erreicht hat und an dessen Prinzip nichts zu ändern und zu verändern ist. Als Typus kennt dieses Ding keine Zeit mehr. Die Zeit, die weiterhin vergeht, ist für die Stradivari Zeitvergeudung, die ihr nichts bringt, nichts nehmen kann. Mit ihr ist ein Stück menschlicher Ewigkeit in die Schöpfung eingezogen. Und dem musst du in einer Welt standhalten, welche die Beschleunigung zur Kenngröße ihres Daseins gemacht hat."

Aus unbedachtem Mitgefühl entwischte mir die Frage, wie es in solch kollektivistischer Zeit mit dem Atelier weitergehen solle. Peinlich berührt und die Stirne in Falten, räumte Emil schweigend den Arbeitstisch auf, eine Zeit, die mir lang erschien, weil mir bewusst geworden, was ich in ihm ausgelöst haben mochte. Florence, sein einziges Kind, dank der Mutter, einer Engländerin, nicht nur zweisprachig, sondern auch im Gegenverkehr der Kulturen aufgewachsen, war von charmanter Schlagfertigkeit. Wird sie die Berufsschule für Instrumentenbau bis zur Gesellenprüfung durchhalten? Sah es doch nicht so aus, als könnte eine solche selbstbewusste Natur von ihrem Willen eines Ateliers wegen abrücken. Von dieser Entscheidung hing Emils Zukunft aber auch seine Vergangenheit insofern ab, als es sich dann als sinnlos herausstellen konnte, seine Cellistenlaufbahn geopfert zu haben. Wir waren ungefähr zur gleichen Zeit fertig. Ich mit meiner Reue, er mit dem Verzeihen:

„Wozu das Geschwätz über Unabänderliches?" Dementsprechend knapp fiel auch seine Antwort aus. „... Überdies hoffe ich auf den Schwiegersohn. Lassen wir es gut sein und machen wir jetzt besser Musik." Dabei reichte er mir die Pressenda. Erschrocken hielt ich sie. Noch nie hatte ich auf einem so kostbaren Instrument gespielt. Was darauf spielen? Nun, nach solchen Stunden blieb nur eine Abhilfe: Maurice Ravel. Es hatte sich unter uns eine Art Ritual der Handauflegung entwickelt. Indem wir die Hände auf die Saiten spielend legten, bekräftigten wir unsere innere Bindung. Dafür hatten wir Ravels Duo für Geige und Cello gewählt. Diese Musik, durchglüht von der Sonne des Südens, inspiriert von provenzalischer Folklore, durchtränkt nicht vom Pariser Parfum, sondern von den Duftrohstoffen aus den Kräuter- und Lavendelfeldern Südfrankreichs. Die dissonierenden Halbtonverschiebungen zwischen Geige und Cello nehmen sich wie das

Flimmern der Konturen in der Mittagshitze des Augusts aus. Wenn Ruth zugegen war, fragte sie spitzzüngig, wann wir wieder unseren Balztanz aufführen. Wir hatten zu Ravel eine besondere Beziehung, weil sein La valse das entlarvendste Musikstück des 20. Jahrhunderts ist. Jener Walzer Europas, der in Schwung kommend sich als Schlachtengetümmel und zuletzt als Totentanz entpuppt, das beste Geschichtsportrait bis 1918.

Diesmal verließ ich Basel mit dem Entschluss, unseren Kontakt telefonisch und brieflich aufrecht zu halten. Es vergingen einige Jahre. Was sollte sich auch geändert haben? Das Leid an der Vollkommenheit war ebenso unveränderlich, wie die Vollkommenheit des Leidens. Doch da plötzlich war Emil in Wien. Diesmal nicht leidend, er war verbittert: „Niemand kann mich noch irgendwohin locken. Aber Florence hat ihre Gesellenprüfung gemacht und ich habe versprochen, ihr die Wiener Geigenateliers und die Instrumentensammlung in der Hofburg zu zeigen. Leider habe ich mich auch zu diesem Konzertbesuch überreden lassen,“ grollte er über die eben gehörte Aufführung: „Zu hart gespannte Bögen, das Spiel zu nahe am Saitensteg! Die Vibrato-Rekorde! Das aufgeblähte Tonvolumen! Alles fertig für den Japanexport.“ Darauf versuchte ich Folgendes: So verbittert wie du bin ich noch immer. Sollen wir diese alte Bitterwurz zu zweit weiterspielen? Weißt du wovon das kommt? Von unserem Undank. Sei doch dankbar, dass du der Diener an einem der ranghöchsten Werte bist und das zu einer Zeit, da die Dienstbarkeit in Acht und Bann geraten ist und die Freiheit als Maßstab für alle himmlischen Hosen gilt.

„Dank' schön, dass du mich trösten willst, aber was ist wirklich geschehen? Ein paar tönende Holzkistli habe ich gerettet und fassoniert. Und welche Mengen an Ideen, an Wirklichkeiten gehen indes zugrunde. Dieses Aus- und Absterben, das sich über all das verbreitet, was ich geliebt und von dem ich gelebt habe. Das Ärgste daran ist, dass einem die Empfindung für das Ausmaß des Argen verloren geht. Stattdessen ein journalistisch papierenes Informationsgefühl, egal ob ein Flugzeug abstürzt oder man liest, was uns demnächst erwartet: Zusammenbruch der Infrastruktur in den anonymisierten Großstädten, weitere Zusammenbrüche am laufenden Band bis zur Anarchie. Ich verstehe, dass ihr tapferen Wiener im Land des Bösendorfers schon früh den Aktionismus begonnen und als erstes Opfer ein Klavier mit der Holzhacke zertrümmert habt. Ich bin neugierig, wann ich so weit bin, meine Geigen zu zertrümmern. Aber noch sitze ich als leibhaftiges Trugbild des autarken Individuums in meinem Atelier. Es gibt Augenblicke, da ich dem Nobelpreisträger aus Kapstadt, Coetzee, Recht gebe: Der Widerpart des Klassikers ist nicht der Romantiker, dieser leidenschaftlich kolorierte Klassiker, sondern der Barbar. Und in jedem von uns steckt diese ungeheure Lust, barbarisch zu werden. Man lechzt nach Festen der Zerstörung. Apollon wälzt sich im Blutopfer des Dionysos. Lach mich bitte nicht aus, wenn ich mich mit der Fiedel in der Hand durch unsere Kulturgeschichte wälze. Aber man kann nicht anders, wenn man sich auf die Saiteninstrumente einlässt. Auf die klingenden Gedärme, herausgerissen aus dem Leib der Tiere. Hermes, ein mörderischer Aktionist, damit wir heute die Engel singen hören im Geigensolo des Benedictus. Und was singen sie? Jeder Engel ist schrecklich. Kein Wunder, dass wir da mit dem Teufel Bruderschaft trinken wollen."

Emil, gib doch Acht! Denk daran, dass du uns ein Klangamulett vor so vielen Jahren umgehängt hast: die versunkene Kathedrale. Erinnere dich bitte doch an unsere Begeisterung für alle Formen der Kadenz, diese Abschiedsgeste der Musik. Kadenzen sind es, die ein Klangwerk in Atem halten und es zu einem Perpetuum mobile machen können. Musik wächst und leuchtet, indem sie erlischt – steigt weiter und weiter, indem sie kadenziert, das heißt ja, sie fällt. Sie kann nicht im Klingen fortschreiten, ohne das Vorangehende verklingen zu lassen, sie erblüht im Verwelken – sie ist die schönste Allegorie auf die Schöpfung. „Gewiss, alter Freund, du hast Recht, aber ich bin in einer so schwierigen Lage. Florence hat ..."

„Ja was hat sie denn schon wieder angestellt?" rief ein hoher Sopran und umarmte den Vater vom Rücken her. „Dieser Trotzkopf mutet ihrem Vater die Wiener Geigen zu, die bornierten österreichischen Chauvinisten, bei denen er eine Woche lang die Cellosonaten von Fauré vergeblich auf dem Programm sucht. Außerdem will er sich mit einem Mediziner verloben. Eine ganz andere Richtung. Von einem geigenbauenden Schwiegersohn ist keine Rede mehr. Den werden wir zwei aber auch nicht brauchen, denn mir ist es mit der Geschäftsführung des Ateliers sehr ernst. Zum Beweis riskiere ich einen kleinen Skandal. Ich will, ja, ich will Sie, alter Freund meines Vaters, ersuchen" – sie wendete sich jetzt mir zu – „mir den Rückkauf der Geige zu ermöglichen, die Sie von meinem Vater erhalten haben. Sie ist in Wirklichkeit eine eigenhändige Arbeit von ihm. Ich war drei Jahre alt und saß auf seinem Schoß, als er sie fertig stellte. Für mich ist sie eine heilige Bestandsgarantie, ein antikes Palladium, das unbedingt in unser Haus gehört und uns schützen wird. Ich hoffe, Sie werden mit dem Tausch, den ich ihnen anbiete, zufrieden sein. Und meine letzte Drohung: Ich werde nicht früher Ruhe geben, ehe ich nicht drei Buben habe. Einer davon wird bestimmt Geigenbauer. Bis dahin führe ich das Atelier." Verbitterung und Kummer gingen im allgemeinen Gelächter unter. An diesem Abend dachten wir nicht daran, unser Duo von Ravel zu spielen und Ruth zu veranlassen, uns das Amulett des anderen Todes umzuhängen.

*

IM ZWIELICHT – DER SPALTKLANG

Europa – Mutter der Revolution, Bordellmutter der Freiheit.

*

Indoeuropäisch – ein Name – zwei Welten. Die eine geht den Weg geistiger Erfahrung bis zur Erleuchtung. Der anderen widerfährt ein Sturz vom stolzen Ross des Wissens. Bei diesem Unfall wird ihr das Geheimnis des Glaubens zuteil. Was aber bedeutet Teilhaberschaft an einem Geheimnis, das als Ganzes verhüllt bleibt? Im Osten des Kontinents wird dem Erleuchteten sein Selbst zur absoluten Einheit, der aller Vielheit zu Grunde liegt. Den Westen aber fordert diese Vielfalt heraus, in Beobachtung und Experiment genügend Erfahrungen zu sammeln, um das Beziehungsnetz im Vielfältigen zu erfassen. Erkenntnisse, die durch immer neue Einsichten ergänzt oder gar überholt werden. Unaufhörlich tickt die Unruhe des Westens in der Weltenuhr. Hat man aber diese Scheinhaftigkeit der Vielfalt und der Veränderungen durchschaut, tritt als unveränderliche Wahrheit und Ruhe ein.

*

... diesen Kuss der ganzen Welt – ist das Liebe oder Vergewaltigung – Strategie des Weltmarkts oder Maulheldentum der Sympathie?

*

Freiheit wird seit mehr als 200 Jahren als Synonym für die theologisch belastete und zum altfränkischen Wort herabgekommene Erlösung verwendet. Und so wurde „frei“ geradezu eine Art von Vorsilbe, deren aufwertende Kraft man überall anheftet: freie Liebe, Freikörperkultur, autoritätsfreie Erziehung, während sogar latein-amerikanische Befreiungstheologie in ideologisch gesteuerten Aktionismus umschlagen konnte. Schließlich der freie Markt. Er besorgt die Vollendung, nämlich die Versklavung des Menschen durch die Dinge.

*

Fiat lux, es werde Licht?... Schon längst durch die Wacht am Schein abgelöst.

*

Nach der Sklavenbefreiung sind wir zu Marionetten unserer Freiheit geworden.

*

Schicksal des Lichts. Die europäische Aufklärung wird just durch das verdunkelt, was sie hervorgebracht hat: die luft- und hirnverschmutzende Industrialisierung.

Aber auch die Aufhellung des Gehirns mittels Schnupftabak ist schon längst abgelöst durch mystische Vernebelung aus Drogen. Bleibt also nur noch die Erleuchtung, die sich in der neonbeleuchteten Welt wie ein chinesischer Lampion im Schrebergarten ausnimmt.

*

Der Jugendstil war der Altweibersommer der bürgerlichen Kultur.

*

Mein Gott, was haben wir nicht alles angestellt! Kein Wunder, dass die deutsche Schuldpflichtigkeit für Jahrhunderte festgeschrieben ist. Seit Paracelsus hat uns die Magie gepackt und nie mehr losgelassen. Wir waren darauf versessen, das Kraftpotential der Natur mit dem Willen des Menschen in eine kausale Beziehung zu bringen. Der faustische selbstherrliche Alchemist feierte bei uns in Goethe seine Urständ. Mit Romantik und mittelalterlicher Mystik angereichert, schwillt das Irrationale an, bis es dann bei Richard Wagner im Venusberg, im Feuerzauber, in Klingsors Mädchenreigen und endlich im Karfreitagszauber seinen Höhepunkt erreicht. Dann aber kam Hitler. Bühnenzauber sollte Wirklichkeit werden, woran beide zugrunde gegangen sind.

*

Sigmund Freud ist in das Magazin der Verdrängungen hinabgestiegen und zum Aufklärer des Kriminalfalls „Mensch" geworden.

*

Unaufhörlich im Wechsel von Nacht und Tag, entweder das nächtliche Niemandsland des namenlosen Vergessens, Vollzug dessen, was den Skeptiker als unwiderrufliche Vergänglichkeit allen Subjektseins erwartet – oder im leuchtenden Kornfeld der täglichen Erweckung aus der Scholle dem Leben beiwohnen. Was aber dann, wenn dieses Entweder-oder von Tag und Nacht aufhört? Kann es denn etwas ohne Gegensätze geben, sind Entweder-oder nur die beiden Krücken, die wir unserem Dasein schnitzen? Das krückenlose Sein schwebt ja schon immer als das Reich der Hoffnung um uns.

*

In der Arena der Natur liegt das Schwergewicht auf der Vielzahl. In der Arena der Demokratie auf der Mehrzahl. Aber das Mehr ist ein Ruf der Gier, das Viel hat schon genug.

*

Auf dem induktiven Weg der Wissenschaft wurde Europa zum Katalysator der weltgeschichtlichen Spaltungen, vom Ich in zwei Seelen bis zur Atomspaltung. Diese Doppelrolle als Erlöser und Verführer ist ausgespielt. Die Umkehr ist gekommen: Europa gerät ins Schlepptau der Entwicklungen, die es angebahnt oder verschuldet hat. Ihm eilen jetzt Amerika und China im Kulturterror voran. An die Vertreibung aus dem Paradies, von der europäischen Kunst immer wieder thematisiert, reiht sich die Fortsetzung der Vertreibungen aus der Natur und der Natürlichkeit. Steht Europa am Ende seiner Doppelrolle noch ein Sühneopfer bevor? Womit hat es größere Schuld auf sich geladen? Als Faust oder als Don Juan?

*

Das absolut Allgemeine und das allgemein Absolute: Volk und Religion, Kaiser und Papst, Staat und Nation sind die beiden einander entgegengestellten Brennpunkte der Ellipse, ausschlaggebend für deren Gestalt und Wirkung in der Geschichte. Nicht minder bedeutsam sind die individuellen Charaktere, mit denen die Brennpunkte besetzt sind. Von Israels Propheten und Richtern bis zu Nietzsche und Sartre reicht die Spannweite in geistigen Funktionen.

*

Sinn oder Wahnsinn gefällig? Welche Zwangsjacke darf ich Ihnen anpassen? Noch haben Sie die Wahl.

*

Österreich, eine Welt mit dem Sinn für das Unmögliche. Der pathetische Bauer und Beter (Bruckner). Der liebevolle Pedant (Stifter). Ein Habsburger auf den Kopf gestellt und zum genialen Bitterwurz geworden (Grillparzer). Der philosophisch graduierte Messer- und Scherenschleifer (Nestroy). Der Barometermacher, dessen Barometer das jeweils richtige Wetter auf die Bühne zu zaubern vermögen (Raimund). Der erotische Totentänzer (Schiele). Der hl. Franziskus als Wiener Dienstmann (Hans Moser). Ein Charakter, der alle Maße sprengt: vom Geharnischten, mit dem todernsten Ingrimm, bis zum zwitschernden Vogelwesen Papageno (Mozart). Und so weiter.

*

In seinem Selbstportrait aus der Nachkriegszeit treibt es Max Beckmanns gallige Verzweiflung so weit, als würde er mit dem eckigen Ärmel seines schwarzen Sakkos den Betrachter zurückstoßen: „Geh mir aus den Augen. Merk dir, das ist Descartes heute: Nur noch aus Trotz gegen das Sein – bin ich.“

*

Manichäismus in der Politik, Gut und Böse stehen einander haarscharf getrennt gegenüber. In der Kunst jedoch hat die schamhaartiefe Verflochtenheit der Gegensätze von Blond und Schwarz höchsten Realitätswert.

*

Die Tapferkeit heißt nicht mehr Heroismus, sie ist ein terroristisches Verbrechen.War sie jemals seit Samsons biblischer Zeit etwas anderes?

*

Das Haar in der Suppe, die Haartracht auf dem Frauenkopf, ein Ärgernis, als wären es die Schamhaare der Gedanken und Gefühle, die brillant zur Schau gestellt werden, anstatt dass sie verhüllt würden. Kopftuchzwang: nochmals die Magie und das Symbol des Haares wie bei Samson in biblischer Zeit. Haare sind Macht.

*

Die Welt ist zu einer unaufhörlichen Wahlschlacht geworden. Der multikulturelle Markt hat die Wählbarkeit zum Kriterium der Lebensqualität gemacht. Aber hinter dem Wählbaren steht für uns gespenstisch das Unwählbare. Die Tragödie besteht darin, dass wir durch unsere Wahl die Wählbarkeit immer mehr einengen, bis wir in eine ausweglose Sackgasse ohne Alternative geraten werden. Vor zweieinhalb Jahrtausenden hat Patañjali das Nicht-Wählen als eine Bedingung der geistigen Entwicklung gefordert.

*

Weltgeschichte. Die Vergangenheit vergeht nicht, sie ist voller Vergehen, die immer wieder in Gang kommen.

*

Die intellektuellen Sprengmeister bilden eine Innung, die bei ihrer Sprengarbeit staatlich gefördert wird. Gläubige Terroristen bilden einen Geheimbund, den man ob seiner Gewalttaten völkerrechtlich verfolgt und bestraft. Bei den einen der Todeswunsch einer überalterten Kultur. Bei den anderen heroische Selbstvernichtung als Preis fürs Überleben.

*

Behemoth, der Name des Nilpferdes, im Buche Hiob ein Symbol für mythische Urgewalt, wandert wieder, aber anders als bei den antiken Völkerwanderungen: Damals jahrhundertelang auf dreifacher Spur, die sie als Blutspur ihrer Krieger, Ackerspur ihrer Bauern und im Schoß der Frauen hinterlassen hat. Heute mit Schleppern auf technischen Verkehrsmitteln im dramatischen Durchbruch weniger Tage.

*

Das zugrunde gehende Imperium Romanum hinterließ als Erbe eine Reihe sich umvolkender Völker, in denen sich mediterrane Traditionen steigerten und vollendeten, aber auch neue Keime des Denkens und Empfindens zur Entfaltung gelangten. In Unterschied zu astronomischen Ereignissen findet Unter- und Aufgang der Völker gleichzeitig und im Zwielicht statt.

*

Wie zum Leib der Geist, gehört zur Waffe die Uniform. Sie vertieft den Korpsgeist und macht eine Armee zur tausendköpfigen Hydra. Vereidigt im Rock, Design der Gewalt, werden bürgerliche Gewissensbisse zahnlos.

*

„Auserwähltes Volk", durch Heilrufe fluchbeladen. Denn alle Völker sind auserwählt oder keines. Zu ihrer Auserwähltheit kommen sie wie die Stafettenläufer zu ihrer Fackel, die im Ablauf der Menschheitsgeschichte von Volk zu Volk weitergereicht wird. Freilich ohne Brandschäden kommt keines davon, eine Mahnung des Engels mit dem Flammenschwert, wenn er sie aus dem Paradies ihrer beschädigten Auserwähltheit vertreibt.

*

Wie weit sind wir von der Achsenzeit (Karl Jaspers) abgekommen, wo vor zweieinhalb Jahrtausenden Demokratie und Tragödie als untrennbare Zwillingsschwestern der staatlich kulturellen Erziehung hervorgegangen sind!

*

Frösteln im trüben Aprilwetter. Eine unabsehbare Kolonne erschöpft dahinschleichender Gefangener auf dem Weg von Danzig nach Deutsch-Eylau ins Internierungslager. Diszipliniert in Fünferreihen, aber kopfhängerisch als fänden sie mit dem Blick auf den Boden eine Stütze für ihre Müdigkeit. Da reißt sich ein junger Mann, dem der Kot aus den Hosenröhren herausrinnt von der Kolonne los, rennt nur wenige Meter ins Brachland. Der Soldat der Bewachung reißt das Maschinengewehr von der Schulter, legt an und erschießt seinem inneren Befehl folgend den Gefangenen auf der Flucht. Ohne Unterbrechung zieht der tausend Mann umfassende Zug lautlos an dem Kameraden vorbei, an dem sich der braune Kot mit dem roten Blut zu mischen beginnt. Und er wollte doch nichts anderes, als ihnen seinen Gestank ersparen.

*

Ohne die friedliche Balgerei mit der Geschlechtlichkeit, welche die Mutter aller Kinder ist, kann der Krieg nicht zum Vater aller Dinge werden.

*

Nachdem die Todeskrankheiten in zwei Bänden unter dem Titel „Untergang des Abendlandes“ 1922 von Oswald Spengler analysiert worden waren, versprach man sich Rettung durch die faschistische Therapie. Auch vor archaischen Menschenopfern und Völkermorden schreckte man nicht zurück, um die germanischen Götter gnädig zu stimmen. Es half nichts. Der Patient drohte zu verröcheln. Da wurde ihm Rettung von anderer Seite zuteil, indem man seine rechte Gehirnhälfte, den Sitz des Faschismus, amputierte. So ist ihm nach der Höllenfahrt des Faschismus sogar die Wohlfahrt der Demokratie gelungen. Doch seine technische Allmacht ging auf Kosten seiner biologischen Mächtigkeit. Man verabsäumte es, das Glück des Augenblicks als Erbglück in die unabsehbare Zukunft weiter zu reichen. Nur das Erbglück ist jene Zukunft, welche fähig ist, die Erbschuld (-sünde) zu tilgen. Und so nimmt das Volk, ohne es sich einzugestehen, Rache an sich selbst.

*

Herakles besiegte den Antäus, den unbesiegbaren Ringkämpfer, hervorgegangen aus Erde und Meer, aus Gäa und Poseidon, zwei Göttern, personifizierten Elementen. Herakles obsiegt, indem er Antäus hochstemmt und ihm das Kraftpotential seiner Herkunft aus Erde und Meer entzieht. Als Zeus-Sohn steht Herakles auf einem noch höherem Energieniveau. Also sind Kampf und Sieg in ihren Bewusstseinsursprüngen transzendent vorgegebene Ereignisse. Vom mittelalterlichen Gottesurteil (Ordal) bis in die Gegenwart haben Gewalt, Macht und Sieg ihren metaphysischen Anspruch zu behaupten versucht. Im Schießpulver, in der Atomexplosion zeigen wir dem Gegner unser Gesicht oder das unseres Gottes: schändlichster Spuk der Menschheit, den sie mit sich und ihren Göttern treibt.

*

Verfestigt sich Stimmung zur Bestimmtheit einer Bestimmung, so wird daraus Krankheit oder ein Kunstwerk. Beim Genie beides zugleich (Schumann, Lenau ...).

*

Um die Volksparteilichkeit zu finden, auszuprägen und schöpferisch zu steigern, muss die Geographie so viel dazutun, wie dies in Spanien, Frankreich und England geschehen ist. Alle drei haben dank ihrer Küsten ausgreifende Extremitäten entwickelt, ohne ihren schwergewichtigen Zentralismus zu verlieren. Im Gegensatz dazu – die Binnenvölker, riesige Mägen mit plastisch dünnwandigen Grenzen. Sie müssen verdauen, was ihnen andere und sie sich eingebrockt haben, so dass die Volksparteilichkeit zur Spätzündung der Wut wird. Magenbeschwerden auf ewig, von Deutschland bis hinunter zum Balkan.

*

Informationen machen nur das Keuchen der Zeit vernehmlich, nicht aber den weit gespannten Atem der Geschichte, ein Echo Atmans. Informationsgepeitscht aber geschichtslos geworden mündest du in den täglichen Mythos des Popsängers, der Kreuzung von Orpheus und einem nackten Affen.

*

In der Volksschule genügte das Rohrstaberl um gehorsame Staatsbürger heranzubilden, in den Parlamenten und Parteisekretariaten, wo man hundert Jahre später zum freien Demokraten erzogen werden soll, reichen Panzerwagen und Bombenangriffe aus dem Flugzeug kaum mehr aus ...

*

Welche Farbe die Kuh auch haben mag, ihre Milch ist immer weiß. Unter diesem Motto wird die Milchwirtschaft der frommen Denkungsart, aus welchem Stall die Kuh auch stammen mag, unter dem Namen Religion globalisiert. In diesem Sinne ist das Gayatri-Mantra das universale Gebet, das Vaterunser des Hinduismus. Das Mantra wird gesprochen, um uns zu höherem Bewusstsein zu erheben. Im Vaterunser soll dieses höhere Bewusstsein durch die Anrufung des Namens und des Reichs präsent gemacht werden, die Bitten jedoch gelten dem täglichen Brot und dem täglichen moralischen Versagen: „Vergib uns ...“ Diese Bitte steht auch am Beginn der Messe. Eingedenk deiner eigenen Erbärmlichkeit erbarme dich deines Nächsten. Dies ist der schmerzlich brüchige Grund des Humanismus, dem wir hier allgegenwärtig in allen Kulthandlungen begegnen, während das Mantra den Zugang zu einer strahlend kosmischen Öffnung verheißt. Was ist den beiden Parteien Ost und West in Jahrtausenden ihres Weges widerfahren? Der europäische Humanismus leidet am Konflikt zwischen Rhetorik und Wirklichkeit. Im Osten versieht sich das kosmische Bewusstsein mit Atomwaffen, den geistigen Produkten des europäischen Humanismusverrats. Also stehen wir in einer indoeuropäischen Familientragödie wie bei Henrik Ibsen, allerdings in kontinentalem Ausmaß.

*

Da es nach afrikanischer Volksüberzeugung keinen natürlichen Tod gibt, ist das Ende jedes Menschen das Ergebnis des Psychoterrors missgünstiger Hämlinge, denen jeder im Spannungsfeld seines Clans ausgesetzt ist. Im „Mobbing" kommen auch wir endlich so weit wie die Urwaldvölker, denen schon immer bewusst gewesen ist, einer Mördergesellschaft ausgeliefert zu sein. Niemandem ist es gegönnt, an seinem eigenen Tod zu sterben. Jedem wird ein „fremder Tod" beigebracht. Erst danach kann der Medizinmann heilend und heilsam eingreifen, indem er den Mörder entlarvt und den Leichnam von dessen tödlicher Magie erlöst.

*

Einstmals marschierte jede Nation im Stechschritt durch ihren Triumphbogen auf den Sternenplatz des Ruhms. Jetzt steht sie mit dem Gesicht zur Wand in der Mentalitätsecke und muss nachdenken, was sie noch sein darf.

*

Durch die Völker reihum das Wunder von Weihnachten, nicht als Karma, sondern als Erlösung, die verschiedene Gestalt annimmt: von der Schaumgeburt der Venus zur Hüftgeburt Buddhas, zur linken Achselgeburt des Laotse, bis zur Niederkunft einer Gottesmagd im Kuhstall.

Ästhetischer Vorrang im Meerschaum – tänzerische Eleganz bei den Indern – das kühl lächelnde Achselzucken bei den Chinesen. Der Anfang wird zum absolut unwiederholbaren Novum, das sich außerhalb aller Normen ereignet. So etwa, wenn Laotse als Greisenkind geboren, die Mutter so erschreckt, dass sie, sobald sie seiner ansichtig wird, stirbt. „Weib, was hab ich mit dir zu schaffen?" in der Konsequenz des Muttermordes. Es sind Ungeheuerlichkeiten, mit denen sich die Männer ihren Einstieg als die Auserwählten bestätigen lassen.

*

Zwei Erbschleicher der geschwächten Religionen, Marxismus und Faschismus haben sich um den Nachlass, den toten Gott gestritten, damit er in ihrem Kollektiv auferstünde, woran das Kollektiv beinahe zugrunde gegangen ist.

*

Wie gelangt ein Frauengesicht als Werbefassade zu seiner überragenden Zugkraft? Der nackte Blick ist es. Aber wie entkleidet man das Gesicht bis auf die schicksalslose Glätte frei von allem Mienenspiel. Das zu erreichen, ist nur von innen her möglich, von der Gewissheit, die Mitte der Welt zu sein, das einzige Idol, für das sich alle schämen und das doch alle anbeten. Dann erst springt das Licht der Augen an, ein Lichtblick der keine andere Quelle hat als sich selbst. Ein Licht, das kein anderes Gegenüber kennt als sich selbst. Ein Urlicht, das keine Schatten zulässt.

*

Reklame ist die moderne Arbeit am Mythos. Denn sie verbindet den Rheumatismus älterer Jagdherren mit der mythischen jungfräulichen Jägerin Diana auf einer Flasche Franzbrandwein, oder den brüllenden Markuslöwen auf der Tüte Hustenbonbons mit der Heiserkeit des Parlamentariers. Sicherlich halten Denker und Dichter auch jetzt die Mythen für einen kleinen Kreis lebendig. Doch nur die Texter und Fotografen des Reisebüros Aurora locken die Massen in die heroische Landschaft des Südens, während die Dichter kritische Texte schreiben, Kassandrarufe der Verzweiflung an die Trojaner, sie mögen doch die Kyoto-Vereinbarungen einhalten, ihren CO_2 Ausstoß vermindern, ansonst der blaue Planet aschgrau verbrennen würde.

*

Das kommt vor: Eine Frau zwischen allen Stühlen, weil ihr ein Thron gebühren würde.

*

Tippmamsell hat man sie geheißen, als man damit begonnen hat, die Feder aus der Hand zu legen und die zehn Finger zu Interpreten der alphabetischen Klaviatur zu machen. Mit der Zeit wurde aus dem Tippfräulein der Computertechniker und aus den 24 Tönen die zwei Zeichen 0 und 1, ebenso simpel wie leistungsfähig, um die kopernikanische Weltharmonie in einigen Partiturseiten festzuhalten. Aber wehe, wenn wir über diesem Geklimper von Ja und Nein in unseren Gehirnen den strömenden Enthusiasmus von Jupiters Doppelfuge nicht mehr hören.

*

Doktor Faustus rief: „Hinab zu den Müttern!" Jetzt heißt es hinauf zu den Frauen in die Direktionsetage.

*

Jüngstes Gewicht – am Laufsteg – vor den Richtern mit Augenmaß.

*

Das ewig Weibliche im modischen Wandel der Ver- und der Entschleierung zieht sich verschieden an und aus, um uns hinan zu ziehen.

*

Aus Kirchen werden Lazarette, Pferdestallungen, Kinos. Aus dem Tempel der Kunst ein Freudenhaus. Das ist das natürliche Gefälle der Dinge und Ideen. Aber es ist nicht ausgeschlossen, dass in einem Kinofilm ein entsetzter Schädel die Leinwand durchstößt und schreit. Er weiß keinen Grund, hat keinen Menschen, den er anschreien könnte und wollte. Er schreit auf.

*

Statt des Steines der Weisen nur noch Steine des Anstoßes. Die moderne Kultur setzt auf das Anstößige als die größere Hoffnung.

*

Lebenswelt, entweder gewachsen mit den Geschwistern, dem Haushund und dem Baum vorm Fenster – oder mit dem Möbelwagen angelieferte Wohnlandschaft, der wir fortan ausgeliefert sind, auf Kredit gekauft und verschuldet. So ähnlich ergeht es uns mit unserem Wir. Was wirst du wählen: Wachsen im Spannungsfeld des Zu- und Widerspruchs oder verharren hinter einer Wir-Maske, abzuholen in unserem Büro nach Bezahlung des Mitgliedsbeitrages.

*

Leben ist die Umwegrentabilität auf den Abweichungen von der Direttissima ins Unausbleibliche. Wir leben von und auf Umwegen. Eine Strindberg-Ehe in griechisch-mythologischer Sicht sieht so aus: Die Frau aus Schaum, Aphrodite. Der Mann aus Schmiedeeisen und Feuer, Hephaistos. In seiner Werkstadt reiht sich Zahn an Zahn zum stählernen Zahnrad, mehrfach gehärtet in Aphrodites Meerschaum. Schließlich greifen zwei Zahnräder bissig ineinander, bis der Rost sie scheidet.

*

Gottvertrauen ist durch Weltvertrauen abgelöst worden. Zu den Vertrauensstiftern des letzten Jahrhunderts zählten u. a. Karl Marx, Jean-Paul Sartre, Karl Jaspers, Herbert Marcuse, Mao Tse Tung. Während die Halbwertszeit der Götter, also jene Zeit, bei der die Hälfte der geistigen Strahlungskraft verloren gegangen ist, mindestens tausend Jahre betragen hat, dauert es bei ihren Nachfolgern nur noch 80 Jahre. Diese Kurzatmigkeit des modernen Weltvertrauens ist jedenfalls ein Hinweis auf ein Herzleiden der Kultur.

*

Was dem einen seine sakrosankte Ideologie, ist dem anderen Veranlassung, sie in sein Programm der relativierenden Verhaltensforschung aufzunehmen.

*

Für Georg Christoph Lichtenberg ist Gott ein fleißiger Mechaniker, der die Sonnenuhren aufzieht. Für die Bibel ist er der Allmächtige, welcher sogar die Sonne zum Stehen zu bringen vermag, wenn es für den Kampf um das Gute förderlich ist. Doch wehe, würde der Bibelgott den Wunsch des Doktor Faustus erfüllen und die Sonne anhalten, wenn dieser auf seinem Faulbett genießen möchte: „Verweile doch, du bist so schön.“, dann wäre der Allmächtige just zufolge seiner Allmacht zum Komplizen des Satans geworden. Demnach ist Allmacht ethisch an den Mechaniker, den Sonnenuhrmacher Lichtenbergs gebunden. Auf ihn ist immer Verlass.

*

Wohl sind die Taglöhner bei uns ausgestorben, aber die Monatslöhner tragen weiterhin zum Gewinn des Unternehmens bei. Da und dort ist es dasselbe Geld und doch liegt zwischen Lohn und Gewinn oft eine unübersteigbare Barriere. Statt des mit Mühsal beladenen Wortes „Lohn“ wendet sich uns Fortuna lächelnd mit einem Gewinn zu, sobald es jemand geschafft hat, aus seinem Arbeitsplatz in die Spielhölle des Kapitals zu schlüpfen. Denn von den Kausalketten der unerbittlichen Wahrheit erlöst uns allein die Göttin des Wahrscheinlichen und Möglichen. Ihr und der hasardierenden Menschheit – wer gehörte nicht zu ihr – hat man vor mehr als zweitausend Jahren die größte Tempelanlage der antiken Welt in Palestrina errichtet. Mögen sich auch alle unsere Tempel entleeren und keine Opferkerzen mehr in ihnen brennen, so ist doch der Zufall die letzte Falle, allein schon die Erwartung schnappt über uns zu und hält uns fest, sodass wir die Daumen drücken, als heidnische Form von Andacht und Gebet, die jede Börse in einen Tempel verwandelt.

*

Die moderne Inquisition tötet nicht Menschen, sie spricht das Todesurteil über Worte aus und vollstreckt es, indem sie den Worten die Atemluft entzieht, worauf diese am Schweigen und Verschweigen ersticken. Eine Methode, die auf Dauer wirksamer ist als Massenvernichtungswaffen. Denn die Wortleichen hinterlassen ein Vakuum, das auch im Gehirn um sich greift und Ausfallsschäden in den kommenden Generationen, ja das Aussterben von Rassen mit sich bringt. Von A bis Z wird jeder genug Worthülsen – z. B. Gott – finden, die er nach seinem Geschmack füllen kann.

*

Bevölkerungspolitik ist in Europa abgesagt. Angesagt ist Schrumpfung, Unfruchtbarkeit, Selbstverwirklichung, die gespenstischen Charakter annimmt, denn die Stunde des Gegenstoßes scheint gekommen zu sein. Der industrialisierten Welt und ihrem geistigen Notstand treten die Urgewalten entgegen, die kosmischen Kräfte, zum Teil hervorgerufen durch die Schädigungen, welche der ausgebeutete und übernutzte Planet erlitten hat. Entscheidend aber wird jetzt in den modernen Verhältnissen die älteste archaische Geheimwaffe. Nur die Gebärmutter und die Todesbereitschaft der Gläubigen schaffen den Überschuss an Leben und Tod, welcher das bisherige Gleichgewicht ebenso wie die Vorränge liquidiert und die Welt umverteilt. Die Managerinnen in den oberen Etagen werden nichts an der Fatalität ändern können, welche die Gebärmütter in den Slums schaffen.

*

Obwohl das steinerne Gehäuse der Städte viel stabiler zu sein scheint als unser Leib, sind sie nicht minder anfällig als wir. Ihre Gesundheit gründet sich auf Prinzipien von Recht und Gerechtigkeit, Gesetz und Gesetzlichkeit in natürlicher Bindung mit der Mentalität der Bewohner, woraus die steinerne geistige Seele der Stadt hervorgeht. In seinen Bildern hat Giotto das Urbane als farbenprächtige kristallene Hausanordnung dargestellt, ein kunstvoll schmückendes Angebinde menschlicher Arbeit an einem Flecken kahler Erde. Im Gegensatz dazu nehmen sich die modernen Millionenstädte wie wild gewordene Krebswucherungen aus, deren himmelragende Türme einander wechselseitig das Recht aufs Dasein streitig machen. In einer solchen Stadt fällt es auf die Dauer schwer, sich selbst zu ertragen, weshalb man damit anfängt, den anderen auf listige oder spielerische Weise aus der Welt zu schaffen. Den anderen als Ersatz für sich selbst.

*

Je mehr Menschen zu einer anonymen Masse gelieren, desto schwieriger wird es, sie ihrer individuellen Begabung und ihrem gesellschaftlichen Leistungswillen entsprechend zu „sozialisieren". Was aber geschieht dann mit der anonym vereinsamten Masse? Labortechnisch gelingt es, eine schleimige zähe Substanz zum Kristallisieren zu bringen, indem man sie mit einem Kristall „impft". Solche Impfungen, faschistische, kommunistische und scheindemokratische, gehören zur Taktik der Weltpolitik, um in die Masse Strukturen zu bringen, eine oktroyierte Ordnung ohne inneres Leben (auch Bürgernähe genannt). – Die Impfung, massenpsychologisch ausgetüftelt: eine tödliche Gefahr!

*

Wir tun und handeln auf Grund von Pro- und Diagnosen, Statistiken, Wahlergebnissen und Befunden aus den einschlägigen Wissensgebieten. Doch was wir tun, bezieht sich nur auf einen Wirklichkeitsausschnitt, der sich kaum zu einem eindeutigen Ganzen schließen lässt. Unsere Übersetzung in die Tat unterliegt der Gefahr, das Mehrdeutige ins Eindeutige zu verkürzen. Also wissen wir nicht, was wir tun, denn unser Tun ist bloß das Ausdeuten eines zumeist unzureichenden Wissens. Liberalismus und fahrlässiges Handeln sind Skylla und Charybdis, die beiden tödlichen Gefahren auf unserer Meeresstraße durch die Zeit.

*

Es liegt etwas Entsetzliches in dem Gedanken, dass unsere Maschinenhallen, unsere Atommeiler, all diese kompakten Tätlichkeiten nur ein Ausdeuten von Befunden, eine Hermeneutik sind und in einiger Zeit etwas ganz anderes bedeuten könnten als das, wofür wir sie geschaffen und gehalten haben.

*

Die Werbung lebt davon, aus einem Fahrzeug eine Frau Namens Mercedes zu machen oder es mit der Autorität eines Bibelworts „Fiat" als Gottesschöpfung zu preisen. So werden Dinge in der Aura der Allmacht zum Fetisch, dem ein zahlender Anbeter als Chauffeur zu Diensten sein muss: die verkehrte Welt.

*

Anstatt der Dynamitbomben nun die gehässigen Sprengsätze. Anstatt plumper Vernichtung – ästhetische Unterminierung aller Standorte. Glatte, schnurgerade Asphaltstraßen, die sich der Diktatur des Relativismus verwehren, tun das nur noch den Autoreifen zuliebe. Mit den Menschen haben sie kein Erbarmen: Den Fußsohlen zeigt die zertrampelte Schotterstraße ihr wahres Gesicht: Schutt und Asche in den Regenlöchern.

*

Der Kunsthistoriker Erwin Panofsky sieht in Pandora diejenige Symbolgestalt, die unsere derzeitige Lage entschlüsselt. Denn sie war es, mit der Zeus und Hephaistos die Sexwerbung begonnen haben, sodass die verwirrlichen Geschöpfe des Prometheus Opfer des Konsums einer geheimnisvollen Schatulle geworden sind. Daran hat sich nicht viel geändert, außer dass in klassischer Zeit die Bekleidung der Frau Wesentliches zum Werbeeffekt beigetragen hat, indessen derzeit die Nichtbekleidung für Umsatz sorgt.

*

Der Demobilisierung des Metaphysischen in Europa steht die allgemeine Mobilmachung der arabischen Welt gegenüber, ein Spannungsfeld, das die Zukunft des Globus entscheiden wird.

*

Die eisernen Engel, ehemals die Heinzelmännchen der Schwerarbeiter, sind durch den Engelssturz zu satanischen Kohorten der Elektronik geworden. Nun treiben sie uns vor sich her.

*

Schneckenweg des Menschen: Vom Fühlen zum Sehen, vom tastenden Leben aus dem Widerstand zur Welt – allmählich hineingelangen in die Einsicht. An Hell- und Dunkelsignalen vorbei ins reine Licht der Vor-Sicht, und schließlich in die Mondschein-Aura der Vor-Sehung.

*

Sisyphus, der erste Aktionskünstler, ist zugleich auch Vollender des Aktionismus. Denn das Hinaufwuchten des Steins und das Herunterfallen ergeben als Gesamtkunstwerk die Reinheit des Nichts, welches den Göttern oder dem Publikum als Wirkraum vorbehalten bleiben muss. Andererseits ist dies vergebliche Tun, den Stein in die richtige Lage zu bringen, das Sühneopfer für die vielen armen Steine, die in einer falschen Lage stecken bleiben mussten.

*

Jules Verne meint, in einer geschmack-gesättigten Zivilisation gäbe es keine Abenteuer mehr, nur noch Verspätungen. Doch weder das Herz noch die

Zeitorgane der Pflanzen und der Tiere haben einen fixen Fahrplan. Dem jeweiligen Leistungsdruck angepasst, leben sie in einem Rhythmus wie unter dem Taktstock des Dirigenten. Darin bewährt sich die Umweltbezogenheit und Harmonie, auf welche die Herzfrequenz angelegt ist. Versagt diese Concordia, diese „mitherzende" Wechselbeziehung, in die das Lebewesen eingebettet ist, so treten anfallsartige Herzrhythmusstörungen auf. Derzeit leben wir in einer solchen Diskordanz. Anstatt des ausbleibenden Abenteuers kommt es allerdings nicht zu den Verspätungen, sondern zur Verfrühung, zum Schlaganfall. Im Abstand von 25 Jahren hat er uns 1914 und 1939 zweimal getroffen.

*

Es waren Stadtstaaten mit Sklaven ohne Wahlrecht, in denen sich die Demokratie mit einem Schul- und Theaterwesen für alle freien Bürger ausgebildet hat. Bei uns jedoch haben Lohnsklaven (nominell durch das Christentum für frei erklärt) der Demokratie zum Durchbruch verholfen. Die antike Demokratie spielte sich unter weitgehend Gleichen, also „kommunistisch" ab. Unsere hat mit enormen Niveaudifferenzen zu kämpfen, die sie mit gleichwertigen Stimmzetteln auszubügeln versucht.

*

Gestimmtheit: Die Stimme ohne Stimmzettel.

*

Ja, die Deutschen sind ein auserwähltes Volk! Denn alle Völker sind auserwählt oder keines. Weil wir so viel Heil geschrieen haben, ist es zu aller Ohren gekommen, dass wir ein auserwähltes Volk des Unheils sind. Zu ihrer Auserwähltheit kommen die Völker wie die Stafettenläufer zu ihrer Fackel. Doch alle haben sich an dieser Flamme des Prometheus schwere Brandschäden zugezogen, die manchmal bis in das Hirn hinauf reichen.

*

Areté. Das angeblich charakterlich erzieherische Spannungsfeld zwischen Morden und Sterbensbereitschaft blieb für die Vorstellung von Tugenderziehung (aretè) durch die Jahrtausende sogar auch dann noch unverzichtbar, als der Krieg die Form einer Bedienung von Mordmaschinen annahm und das persönliche Unfallrisiko dabei nicht größer sein sollte als auch an anderen exponierten Arbeitsplätzen. Allerdings kam es durch die Bevölkerungsexplosion und den Imperialismus zu einem Widerspruch zwischen Ideen und Praxis. Um den Tyrannen eines Schurkenstaates zu beseitigen, mussten 40 Millionen Menschen umgebracht werden. Mit einer kleineren Leichenquote war nichts zu erreichen. So wie die Einschaltziffern im TV für die Vorbereitung, ist die Zahl der Toten für das Kriegsende entscheidend. Mit dem prophylaktischen und kleineren Verbrechen des Angriffskrieges versucht man, die Leichenquote bei der Bereinigung von Schurkenstaaten zu minimieren. Also hat der Tod, mit dem man keinen Staat machen kann, den Staat, neuerdings verstärkt durch den Terrorkrieg, fest in der Hand.

*

In einer Wohlstandsgesellschaft ohne akutes Wir, das ja nur durch Frustration und allgemeines Leiden geweckt werden kann, ist es die Werbung, die ein imaginäres Wir der Konsumkräfte provoziert, imaginär insofern, als es vom jeweiligen Kontostand abhängt.

*

Ein Hauch von der Nähe unserer Toten erreicht uns im Traum. Doch auch alltägliches Zeug, erinnerungsgeladen, kann plötzlich in der Aura ungewöhnlicher Wachheit stehen, als hätte man statt einer 40- eine 100-Watt-Lampe im Gehirn. Ganz anders die Provokation außergewöhnlicher Zustände durch Rausch und Drogen. Das Drogenproblem ist die Folge des Verlustes von natürlichen Begegnungen mit dem Unbewussten: „Und bist du nicht willig, so brauch ich Gewalt", rufen wir der Gottheit zu. Wir leben eine Metaphysik der Vergewaltigung.

*

Blut als besonderer Saft hat die Autorität von Goethes Faust hinter sich. „Frischfleisch" jedoch gehört erst seit der Wiener Avantgarde zur Schlachthauslieferung einer Literaturzeitschrift. Was oder wer wird da zerfleischt? Ist denn das Frischfleisch als Ganzes überhaupt lieferbar? Wäre das nicht zu viel verlangt? Abgelegenes Fleisch, weil mürber, kann kulinarisch vorzuziehen sein.

*

Stolz und Kränkung, Aufwertung und Abwertung, Vision und Albträume sind gekoppelt: Jeder unserer Siege der Aufklärung, Quelle des Stolzes, ist zugleich eine Kränkung unserer Eitelkeit. Bedeutet doch Galileis Heliozentrik Entmachtung des Vorrangs der Erde. Darwins Evolutionstheorie des Lebens bringt den Menschen um seine Sonderstellung. Die Paläontologie macht die Bibel samt ihrer Zeitrechnung und ihrem Schöpfungsbericht zur allegorischen Sage. So verliert auch der Tod seine Majestät, ebenso wie es unangebracht wäre, ihn als Maschinendefekt der Schöpfung zu verhöhnen, denn er gehört als Korrektor zum unentbehrlichen Aufstieg und zur Metamorphose des planetarischen Lebens. Einerseits von den Visionen neuer Welten beflügelt, andererseits leidend am Trauma, kostbare Lebensstützen verloren zu haben, nennt sich der Homo sapiens in der Schöpfungshierarchie an der höchsten Stufe angelangt, ironisch sowie prahlerisch Agnostiker, der Unwissende.

*

Die rationale Gesellschaft wäre nur dann in sich geschlossen, würde sie die Lückenhaftigkeit dessen anerkennen, was ihr als machbar erscheint und sie sich ihre Abhängigkeit eingestünde, wo sie sich als Herrscherin gebärdet. – Wie wenig gefestigt wir uns in der Rationalität fühlen, wird durch den Wildwuchs an Gläubigkeit offenkundig, mit dem wir die dunklen Lücken unserer rational unzureichenden Kultur wohnlicher zu machen versuchen.

*

Das Maximum an ethischer Leistung bei einem Minimum an ethischen Persönlichkeiten hervorzubringen ist Ruhm und Fluch unseres Zeitalters. Je bessere Gesetze die Menschen erlassen, desto schlechter können sie selber sein. Ein Steuerzahler, der einen Großteil seines Einkommens und Vermögens direkt oder indirekt an den Staat abführt, um aus dem Wohlfahrtsstaat einen Versorgungsstaat zu machen, fühlt sich berechtigt, einen Bettler an der Ecke zu übersehen.

*

Die globale Multikultur trägt die sture Uniform der europäischen Zivilisation. Ein Harlekin im Sträflingsgewand.

*

Anstatt des charismatischen Führers der Zwanziger- und Dreißigerjahre – seit den Sechszigern das Leitbild des Popsängers. Anstatt der gesinnungstreuen Festspiele im Stadion – das Freiluftkonzert der amerikanischen Band. Anstatt des chorischen Schlussgesangs, der die Besucher zu würdevollen Akteuren macht – der Orgientaumel der pfeifenden und in lustvolles Gequietsche ausbrechenden Masse. Anstatt des Wir-Gefühls, gerichtet auf einen Zielpunkt der Zukunft, der sich als schrecklich erweisen sollte – das Ausleben der Ekstase in Diffusion und Konfusion eines bedingungslosen Jetzt.

*

Nachdenklich im Halbschlaf wird aus mir ein autarker Rädelsführer der Menschheit, sitzend auf dem Thron im Ornat seiner Zwangsjacke, in allen Gliedmaßen vom Zittern gepiesackt, bis ihm die Glieder abfallen und sich in eine multiple Identität auflösen: ein polypenhaftes Gespenst, Summe dessen, was er verfehlt hat. Da ein Schreckensschrei des Erwachens und Flucht in den Schutz der bunten Zwangsjacke.

*

Vom Müssen zum Sollen. Vom Sollen zum bequemen Es-sein-lassen. Vom Es-sein-lassen zum rechtlich verankerten Nichtstun. Leider passiert bei diesem Nichtstun so viel Schlimmes, dass man wieder von vorn anfängt und sich zum Müssen entschließt.

*

Wie die vollendete Organisation des Ameisenstaates beweist, ist das Gleichheitsprinzip mit Hilfe des Chitinpanzers eher zu verwirklichen als mit der dünnen Haut und dem Skelett der Säuger. Deshalb haben wir schon mehrfach unsere Säugernatur verraten, beginnend bei den metallischen Rüstungen bis zu den Panzerwagen. Immer schon haben es uns die Käfer und Ameisen angetan. Für den „Volkswagen“ hat sich in der Nachkriegszeit der angelsächsische Spitzname „Käfer“ durchgesetzt.

*

Wir sind Zeugen, dass es das gibt: Einige Nullen liefern die Anzahlung auf die Masse, welche Macht macht und den Wahnsinn legitimiert.

*

Wer spricht noch von Kulturkampf? Wir haben es zum Glaubensdogma gemacht es gebe keine Danaer-Geschenke, kein hölzernes Pferdemonument, keine Verlockung der Griechen, mit der sie ihre Feinde, die ahnungslosen Trojaner überlistet hätten.

*

Kunstgeschichtlich zeichnet sich ein Gegensatz von mediterraner und jüdisch-christlicher Fleischtradition ab. Für griechisches Blut hat Fleisch eine marmorkühle Temperatur und harmonische Geschlossenheit der Form. Seine Nacktheit fühlt immer das Auge Gottes auf sich ruhen. In jüdisch-christlicher Sicht ist Fleisch wie Gras, eine rasch welkende und faulende Substanz. Sogar der auferstandene Lazarus ist kein Frischfleisch, sondern stinkt.

*

Der Mensch hat als einziges Wesen seinen Nutzungsbereich auf das ganze Erbe untergegangener, submariner und assimilierender Lebensgemeinschaften ausgeweitet, um einen verseuchten Planeten als Erbe zu hinterlassen. Ist er der verlorene Sohn, l’enfant prodigue der Bibel? Auch das wäre ja noch eine große Hoffnung.

*

Die erfinderischen Gedanken, die aus Rohstoffen Maschinen bauen, sind das menschliche Analogon zum göttlichen Logos, der „Fleisch“ wird. Aber auch dieses Vorrecht der Schöpfung wollen wir durchbrechen und rasten nicht, ehe auch die Genforschung ihre Gedanken inkarniert hat. Für dieses Projekt sind wir ebenso verantwortlich, wie für all das, was daraus hervorgeht: Die Welt der Artefakte und die seines Schöpfers im Gegensatz zu den dienlichen Dingen aus Menschenhand sind gleiches Blut – eine inzestuöse Identität.

*

Das Erdbeben von Lissabon 1755 wurde inmitten der Aufklärung zum philosophisch-theologischen Skandal der Theodizee. 2004, bei der Sintflut in Ostasien, hat man Kirchenschiffe in Seenot als sensationelle Reiseerinnerung oft unter Lebensgefahr geknipst und acht Tage nachher die Liegestühle anstatt der kaputten Beichtstühle aufgestellt. Alles im Dienst der sonnengebräunten Sünder. Ist Gott schon vertrocknet oder sind wir auf dem Weg zu erkennen, dass er diese Welt namenlos überragt?

*

Aus Gier nach unbeschränkter Machbarkeit und Macht sind wir drauf und dran, das Esperanto des Geldes einzuführen. Es sagt in allen Sprachen, was wir (wert) sind. Wie sehr wir auch den Einzelnen in seiner Individualität und Würde zu schützen vorgeben, was das Kollekiv anlangt, läuft die Zivilisation in entgegengesetzter Richtung: Sprachen, Nationen und Völker sollen ausgelöscht werden oder nur als Friedhofskerze der Pietät flimmern dürfen. – Und so habe ich jeden Tag mein Problem: Wer ist stärker, Ich oder Nicht-Ich? Mein privates Ich, um dessen Stimmzettel die mächtigsten Männer der Welt bangen, oder mein Nicht-Ich, dem als politischen Türlschnapper alle globalisierten Tore der Welt offen stehen.

*

Immer weiß man besser Bescheid, was die anderen nicht sind, als dass man erkennen würde, was sie sind. Aus Defiziten wird das Aufbaumaterial für nationale Beziehungen herbeigeschafft, die zumeist in Kriegen ausarteten. Durch das Fernsehen steht der strategischen Manipulation ein reiches Material zur Verfügung, während das pädagogische Ethos der Objektivität zu ringen hat, für jede Bildungsstufe das Sehen mit dem rechten Verstehen zu vereinbaren.

*

Dass Staaten und Regierungen oder deren Organisationen für ihre Bürger tödlich sein können und in Kriegen ganze Jahrgänge ausrotten, bagatellisiert die Frage inwiefern sie krankmachend sind. Stress, Mobbing und Schizophrenie schiebt man in die individuelle Krankheitsgeschichte ab. Könnte aber nicht Demokratie und heuchlerische Toleranz dazu beitragen, diese psychischen Leiden im Kulturbereich zu institutionalisieren? Einerseits entscheidet die Majorität über die Macht, was den Machtkampf als erstrangiges Motiv politischen Geschehens erscheinen lässt, anderseits gibt es einen Nachfahren des Faschismus, eine tyrannische Herrschaft, welche die Einheit von Volk und Führung mit dynastischer Authentizität gebietet: den Zeitgeist. Er ist der sich aufgeklärt wähnende Absolutismus verschiedener Spielarten, entsprechend den Epochen, zum Beispiel vom emanzipatorischen Kinderbuch bis zur Fantasy-Welt, dem esoterisch-romantischen Zinnober. Ihm folgen alle Parteien kleinlaut bellend wie die Schoßhündchen.

*

Ist das stocklose Sanssouci Friedrichs des Zweiten tatsächlich der erste Bungalow, der Weltgeschichte gemacht hat? Jedenfalls setzte Friedrich seinem „Arbeitszelt“ die Krone auf, indem er in dessen Blick- und Symmetrieachse den „Weltuntergang“ hinstellen ließ. Auf dem nördlichen Hügel ragt ein Modell des zertrümmerten Forum romanum auf, Point de vue für den Staatsmann und Philosophen. Das wahre Berlin liegt noch immer in Trümmern und wird nicht mehr auferstehen.

*

Eine mythische Gestalt der Bibel, der Satan, wird auf der Volksbühne und mit Goethes Hilfe zu einer kabarettistischen Figur und zuletzt zufolge der parteistaatlich notwendigen Opposition zum approbierten Neinsager, welcher die jeweilig Herrschenden aus dem Sattel hebt. Diese Art hält das eigene Nein und das darauf folgende Nein der anderen mit der Rotation der Macht in Schwung, was frischen Wind bringt, aber auch die Durchschlagskraft hemmen kann. Also kommt es in der Demokratie darauf an, dass es der Teufel mit uns nicht ärger treibt, als wir mit ihm. Nur so bleibt die Lüge insgesamt im Gleichgewicht und verliert nicht ihre Fasson. Da sich die beiden Lügen zueinander wie Plus und Minus verhalten, geben sie im Ablauf der Legislaturen einen Nullwert, also die nackte Wahrheit.

*

Vom Arc de Triomphe zum Centre Pompidou, von der Autorität der Toten zur Autorität technischer Zukunftsträume, der Ausflug einer sterbenden Gesellschaft.

*

Man nennt sie Königsdramen. Sie haben aber nichts Soziologisches, nichts spezifisch Gesellschaftskritisches im Visier. Im Gegenteil: Die autoritäre Macht trägt nur dazu bei, dass sich die menschlichen Konflikte jenseits aller Standesrelativierung in ihrem existentiellen Kern zeigen. Deshalb kann man in London im „Wilton's Theater" den Diktator Ugandas, den Schlächter Afrikas, in die Rolle Macbeth' schlüpfen lassen. Im 20. Jahrhundert sind die Mächtigen von Lenin über Hitler bis zu Milosevic nicht im roten Talar des Absolutismus oder mit dem goldenen Schultergehänge der Generäle angetreten, sondern als Arbeiter, Bauern und Bürger, haben aber bald mit dem klassischen Verbrechen aus Eifersucht, dem Mord an Rivalen, begonnen. In der Zahl ihrer Opfer schaffen sie sich eine grauenhafte Dynastie ihrer Einzigartigkeit.

*

Der Jubel über die Gründung des Wilhelminischen Reiches 1871 und, nur wenig zeitverschoben, 1876 in Bayreuth als Bühnenfestspiel der apokalyptische Untergang der Nibelungen, dieser Protagonisten des soeben aufstrebenden Germanentums – sind es einander ergänzende oder einander ausschließende Ereignisse? Vielleicht lassen sie sich jenseits von Nationalismus, Imperialismus und Zukunftsmusik auch als ein akutes Bedürfnis nach Hochstimmung subsumieren, nach Vertiefung des historischen Bewusstseins. Theatermacher und Regisseure der Öffentlichkeit waren zuhanden und nützten das, was in jahrelanger Arbeit vorbereitet worden ist. Nur in der Maximierung von Verrat und Verbrechen ebenso wie in der Minimierung von Schuld und Verantwortung kommt ein dramatischer Knoten aus Widersprüchen zustande, wie es in Mythen mit den Zaubergiften und der Tarnkappe möglich ist. So geht Siegfried, der reine Held, schuldig schuldlos zugrunde.

*

Was dem Westen die Welt des Wahns und Irreseins, ist für den Osten Asiens der Schein in der Welt der Täuschungen. Mit seinem Wahn, dem ver-rückten Wähnen, einer von Leiden betroffenen kranken Wirklichkeit, wird der Westen zum Patienten, bedürftig der Heilung, wohingegen der Osten aus dem Scheinleben erweckt werden muss. Wie die lange Krankheitsgeschichte des westlichen Narrenturms zeigt, ist der Westen der schwierigere Fall, was seine neuerliche, vertiefte Sympathie für den Osten erklärt.

*

Die Liquidation. Allerorts wird das Zeitalter überschwemmt von der Wellenmechanik der Klänge, von dem Bedürfnis, die Atmosphäre, ob im Kaufhaus oder Spital, mit unanstößiger Beweglichkeit akustisch geschmeidig zu durchspülen. Der unaufhörlichen Berieselung hörig geworden, haben wir Angst vor der vertrocknenden Stille und laufen, laufen über, laufen uns davon.

*

„Sei ein, sei dein Volk", ruft die Geschichte den Männern der Macht gebieterisch zu. Oder ist es richtiger, wenn ich schreibe: Sie flüstert es ihnen ins Ohr? Für Jelzin, den Präsidenten der sich auflösenden UdSSR, waren beide Stimmlagen ausschlaggebend, für ihn, der heiter, ja fröhlich sein wollte, weshalb er, was die Würde des Auftretens betraf, sorglos mit sich umging. So fiel ihm auf der Weltbühne die Doppelrolle eines Helden und eines Narren zu. Dabei konnte es vorkommen, dass er, vom Kulissenwechsel verwirrt, nicht mehr wusste, auf welcher Seite des Podiums sich das Publikum befand. Zum Glück gab es die Frauen, die immer zu Recht im Mittelpunkt aller russischer Dichtung stehen. Unvergesslich bleibt diese Szene, wo er vernebelten Geistes von sachter Frauenhand fast unmerklich in die passende Richtung des feierlichen Empfanges geleitet wurde. So ähnlich mag es gewesen sein, als Henriette Sonntag, die blutjunge Sängerin nach der Erstaufführung der „Neunten" den tauben Beethoven in die Richtung des applaudierenden Publikums gelenkt hat. Beethoven und Jelzin, die Ode an die Freude und der Freudenbringer einer unblutigen Revolution, der seinem Volk sagen musste, dass es kein Glück habe, weil es keines kennt.

*

Was für ein Fortschritt im Umgang mit der Zeit! Vom privaten, allgemein nutzlosen *Zeitvertreib* beim Schnapsen, beim Schach und Dutzend anderen Spielen ist man zum *Zeitvertrieb* in den Massenmedien übergegangen. Marktwirtschaftlich und politisch ein umwegrentables Geschäft für alle Beteiligten, wobei die Dummheit zum Wunder eines ertragreichen hochverzinsten Kapitals werden kann.

*

Der kriegerische Appell „Volk ohne Raum" ist in den Großstadtslums der Millionen erstickt. Die Monokultur Mensch bringt Landschaften und ganze

Gebirgszüge zum Verschwinden. Unsere Freiheit wird zum Betriebsnotstand, der fortan die Überlebenstechnik diktiert, denn Wollen und Wünschen verwandeln sich unweigerlich in ein Müssen. Anstelle des einen Verbotes im Paradies leben wir in einem dichten Wald voller Verbotstafeln. Unsere ungerechten Vorstellungen werden die Natur auch um ihre Natur bringen. Rousseaus gut gemeinter Rat: „Zurück zur Natur!" wird sinnlos. Es gibt sie nicht mehr. Unsere Vorstellungen haben sie entstellt und verdrängt.

*

Die einen haben den Frieden schon längst satt. Das macht Appetit auf Frischfleisch und die Menschenfresserei salonreif. Andere hungern und dürsten nach dem Weltfrieden. Um diesen Durst zu stillen, gilt ihnen noch immer das alte Rezept: Die Kur eines Blutbades, aus der man groß und sieghaft als Friedensfürst aussteigt. Dazu laufen Gebärmaschinen hochtourig in die Bevölkerungsexplosion, während sich die Besiegten mit dem Aussterben beeilen. All das gehört zum Schichtwechsel der Illusionen. Kolumbus, der letzte Mensch, der sich seine neue Welt erlitten hat, wird abgelöst von zwei Männern, die als Boten einverständlich mit der Menschheit zum Mond fliegen. Bedeutet dies das Ende der Geschichte auf Erden? Was muss jetzt noch geschehen? Was steht noch aus? Nichts als der Erbschaftsprozess, die Abwicklung des Nachlasses der riesigen Konkursmasse, die unser verseuchter Planet darstellt. Das verlangt, dass die Menschheit in dem Stand ihrer Kollektivschuld aufersteht. Und wer wird sie verteidigen? Auf ihrem Privatflugzeug werden Armstrong und Aldrin ein Duett zur Tröstung des beleidigten Mondes singen: „Wir breiten unsre Flügel aus, als flögen wir nach Haus."

*

Ein letzter Wunsch. Unter den Spätheimkehrern waren einige, auf die niemand wartete. Die ausgemergelten Gestalten in zerschlissenen Militärmänteln blieben auf dem sich allmählich lehrenden Bahnsteig übrig. Sie gingen aufeinander zu, verbitterte Gesichter, wohin sollten sie sich bei dieser Heimkehr kehren, wenn nicht auf den Haufen von Abbruchmaterial, das sich auf den toten Gleisen angesammelt hat. Da eilte ihnen ein älterer Beamter der Entlassungskommission mit einem kleinen Fähnchen als Ausweis seiner Offizialität entgegen und nahm sich ihrer mit Kameraderie an, als müsse er als Repräsentant des Staates eine Gruppe österreichischer bekannter Persönlichkeiten begrüßen. Welch ein Selbstbetrug gehört zu einer solchen Schaustellung! Wo war der Mann von 1938 – 1945 gewesen, dass er mit so viel unsinnigem Ansinnen lockte? Was konnte man tun, um dieser neuen verlogenen Einverleibung zu entrinnen? Die Gefangenschaft in der UdSSR hat den Blick für das Elend so weit geschärft, dass man die Freiheit für eine Form des Irreseins hielt. Was nun? Sollte man sich auf die leeren Waggons stürzen und auf den Knien bitten, man möge zurückfahren dürfen in den Fron, damit man endlich an der verbrecherischen Freiheit einer Superatommacht zugrunde gehen dürfe und nicht an der lächerlichen Theater-Spaß-Gesellschaft in der Heimat. Auf den Arbeitsplätzen hatte man genug Gelegenheit, den ehemaligen Feind kennen und lieben zu lernen, und zu begreifen, dass niemand, keines der vielen Völker den Krieg gewonnen hatte wie ein Fußballmatch. Der Ausbruch des kalten Krieges wäre ja für den Einsichtigen schon Beweis genug, alle hat sie der Teufel geritten. Was sich die so genannten Sieger leisten konnten, war die teure Maskierung ihres Desasters. Aber auch diese Tarnung wird eines Tages auffliegen und all den teuflischen Führern in dieselbe Hölle folgen. Was also zögert ihr noch, packt mich, fesselt mich, falls ich mich verweigern sollte und bringt mich zurück ins Lager auf den Weg des Untergangs. Hurra, dann bin ich endlich quitt mit den 40 Millionen Leichen, die wir auf dem Gewissen haben. Kann es ein rentableres Geschäft für einen Menschen geben, als dass er sich nach so vielen Jahren mit den letzten Ermordeten ranggleich zu den Millionen Opfern hinzuzählen darf! Es gehört gar nichts Besonderes dazu, man muss nur diese eine Leiche selber sein.

*

Wenn die Menschheit als Ganzes träumen könnte, müsste Moosbrugger – das Monstermysterium des Verbrechens – *entstehen,* sagt Robert Musil von dem irren Sexualmörder seines Romans „Der Mann ohne Eigenschaften“. Und das Ungeheure ist geschehen: Ein Psychopath hat es so weit gebracht, dass ein ganzes Volk von ihm träumte. Da wurde sein eigener schönster Traum verwirklicht: der Zweite Weltkrieg und die Judenvernichtung. Das Volk der Träumer ist erwacht mit einer Amfortaswunde, die nie mehr heilen kann.

*

Verbittert über das „appeasement“, die zögerliche Politik Europas und Amerikas, ließ sich Teilhard de Chardin im Zweiten Weltkrieg hinreißen, auf ein Ereignis zu hoffen, welches an den Schlaf der Welt rühren sollte, und schrieb: „Die Welt muss denen gehören, welche die aktivsten Elemente sind. Im Augenblick verdienen die Deutschen den Sieg, denn wie verworren oder böse ihre Triebkraft auch sein mag – sie haben davon mehr als der Rest der Welt.“ Aber die „Triebkraft“ der Erwecker schlug traumtaumelig um sich, bis alles in Scherben lag.

*

Was willst du noch in einer Welt, in der alles fließt, wo sich alles unaufhaltsam verändert. Was willst du an ihr fest-stellen? Es ist der Mord, die Vergewaltigung der Vernunft, welche fest-stellt, und Begriffsleichen für den Seziersaal der Anatomie unseres Denkens hinterlässt. Das Leben sieht dabei traurig zu.

*

In Auseinandersetzung mit wem soll ich mich profilieren? Feinde zu haben, verbietet die allseitige Bündnispolitik. Also bleibt nur das Kalifatti-Modell im Prater, der Watschenmann, dem man die karikierten Züge des Vorsitzenden von der anderen Partei aufpinselt. Dann legt man los. Versagt einem der Arm vor Überanstrengung den Dienst, kapiert man allmählich, dass man auf diese Weise kein Profil gewinnt, sondern zum zausigen Dreschflegel verkommt.

*

Moderne Gesellschaften. Parallel zu Grillparzers Entpuppung der Nationalität als Bestialität wird die Industrie zum beherrschenden Faktor. Ihren Maschinen werden Normen auferlegt, die dem Arbeiter eine pathogene Normalität abverlangen, sodass ohne Psychiater die Tagesnorm der Produktion nicht mehr erreichbar ist.

*

Der Touristguide spricht: Lenin, Trotzki, Masaryk und Dollfuß sind hier in die Schule gegangen. Stimme aus dem Publikum: „In welche? Und worin bestand diese Schule?“ – Dies ist schwer zu summieren, außer durch den Namen Wien. Als Theaterstadt besaß sie auch eine Schauspielschule von monarchischer Tradition. Wenn das Barocktheater, das Loos'sche Antitheater und die mimische Askese des Kari von Bühl im „Schwierigen“ von Hofmannsthal zusammenfanden, konnte es zu einer galanten Koketterie der Worte mit dem Wertvakuum kommen. – „Wollen Sie uns einreden, in solchem Geplänkel wäre ein Lenin in die Schule gegangen ...?“ Ja und nein. Gab es doch auch noch die schnurgerade Aufklärung des Proletariats wie sie Viktor Adler gewiesen hat. Die Arbeiterschaft sollte zu einer Gemeinschaft motivierter Stoiker werden, fähig, dem Minimum an Freiheit, das ihm damals gegönnt war, ein Maximum an Disziplin, an Abstinenz, an Nüchternheit und Würde abzugewinnen. Vor allem gefeit sein gegen die gemeingefährliche Duselei Wienerischer Gemütlichkeit. Denn der tragende Fels war die Arbeit, und die Arbeit galt ihnen so viel wie eine Kirche, und die Kirche lag da als Werkstück, als Meisterstück zu ihrer Prüfung, der Humanisierung des Menschen. Das war Wien um 1900, ein Projekt für die Welt, wie es noch keines gab und nicht so bald geben wird.

*

Aus der Entlausungsanstalt, diesem Völkerbund der Gefangenen wurden sie ideologisch und körperlich desinfiziert in die Heimat zum Wiederaufbau entlassen. Man war überzeugt, sie würden sich mit dem selben Elan wie ehemals bei der Zerstörung fremder Städte auch im Wiederaufbau ihrer Mietskasernen bewähren. Dazu wollten die Politiker beitragen, indem sie mit einer Aussprache schneidig wie aufeinander prallende Stiefelabsätze die neuen Worte von Frieden und Völkergemeinschaft in Habtachtstellung aufmarschieren ließen. Dieser idealistischen Kontinuität von Krieg und Frieden, Tod und Leben, Zerstörung und Aufbau trat dann später eine junge Generation mit Sprachverballhornung entgegen. Mit Witzen wie Rinks und Lechts darf man nicht velwächsern, versetzte man dem ideologischen Arrangement von Bomben und Betonmaschinen einen Dolchstoß. Nun hatte man nicht nur den Krieg, man hatte den Frieden verloren. Voraussetzung eines Neubeginns. Wohin führt er?

*

Ferdinand Lassalle (1825 – 1864) an die deutsche Arbeiterschaft: „Euch ziemen nicht die Laster der Unterdrückung." Hundert Jahre später: „Dass Ihr Euch auch von nun an die Laster der Unterdrücker leisten könnt, das ist die Gefahr. Dann würde die böse Gleichheit hergestellt werden, wie sie Heinrich Heine besingt:

Selten habt ihr mich verstanden,
selten nur verstand ich euch.
Doch wenn wir im Schlamm uns fanden,
dann verstanden wir uns gleich."

*

Potemkin und Katharina – einst und jetzt. Ach, was waren das noch für redliche Verhältnisse! Charmeur und die Kaiserin, Betrug und Glauben waren säuberlich in ihrer Funktion voneinander getrennt. Potemkin baute Scheinfassaden, Katharina stand davor und glaubte an sie. Nun sind die Fassadenbauer zu Theoretikern der Nationalökonomie geworden und zugleich zu Adoranten ihrer eigenen Ideen und Projekte. Sie wissen um den Schwindel und schwindeln sich wissentlich in den Glauben hinein. Denn der Glaube versetzt zwar nicht Berge, aber Börsenkurse in steigender Ekstase oder bringt ihnen Depressionen bei.

*

Unser Körper, dieser Übertreibungskünstler, bleibt auch jetzt, da es kaum noch ein Tabu zu brechen gibt, um zur Erfüllung des Gewünschten zu gelangen, von Anwandlungen der Hysterie nicht verschont. Von grenzenloser Willensfreiheit willenswütig geworden, wird er zum Opfer seines Begehrens, das ihn unaufhörlich zwickt und zwackt. Helmut Qualtinger hat die Paradoxie der modernen Dynamik enthüllt: „I was net, wo i hin wü, dafür bin i schneller durt." Zwischen Unordnung und Herrschaftsbewusstsein, Faulheit und Egozentrizität, degoutierendem Chaos und ratlos disparatem Begehren verläuft man sich ins Auswegslose. Doch an der Pathologie des Kaufrausches „stößt sich die Wirtschaft gesund". Das Ding für Jedermann im Schaufenster wird durch Aneignung zum Teil einer persönlichen Eigentlichkeit: Die moderne Erlösung auf Ratenzahlung.

*

Demokratie und Toleranz institutionalisieren die Schizophrenie. Einerseits entscheidet die Majorität, andererseits gibt es zwei Arten von umworbenen Randerscheinungen, solche deren isolierende Eigenfunktionen man fördert und andere, die um jeden Preis integriert werden sollen. Einerseits wollen wir, dass Staat und Gesellschaft ident sind, anderseits gilt die Perversität in ihrer Staat und

Gesellschaft übersteigenden Eigenwilligkeit als modernes Signal der Transzendenz, sich erfüllend in der Lust am Abnormen, wo man sie im Spiel mit der Natur gegen die Natur ausspielt.

*

Gewiss hatte man schon im Sklaven ein Werkzeug, einen Muskelapparat zur Verfügung. Nun aber macht man das Gehirn zur Hirnapparatur. Der Fuß in der Tretmaschine bleibt mein Fuß, aber das Hirn kann von einer klugen Apparatur enteignet und zum Kammerdiener erniedrigt werden. Darin liegt das Problem der „Zukunftsarbeit". Je mehr wir vergesellschaftet und mit raffinierten Apparaturen ausgestattet werden, desto mehr werden wir uns enteignet. Wir werden vierzigstündig zum lebendigen Leichnam. Das ist die Gruselgeschichte der modernen Ausbeutung, bei der sich niemand die Hände schmutzig macht.

*

Der Wissenschaftler in Weiß hat den barocken Pompe-funèbre in Schwarz abgelöst. Mit dem wohl durchdachten Sterben an Haupt und Gliedern zelebriert er einen Luxusabgang zu Ehren der gerontologischen Forschung auf Sonderklasse, indessen gleichzeitig irgendwo der unvermindert rüstige Sensenmann mit Sekundenschwung frisches Gras mäht.

*

Pipeline. Man implantiert dem Planeten Schlagadern. Unzählige Blutegel saugen am Blut der Erde bis zu deren Erschöpfung.

*

Papier und Ziffern: Geld-verkehr ohne Immobilien und Sachwerte, ohne langjährige Investmentfonds – das abstrakte Bordell.

*

Das Dipolmoment, das Auseinanderklaffen von elektrischer Ladung und materiellem Schwerpunkt, charakterisiert das Wasser ebenso wie die Spannung zwischen unserem geistigen und körperlichen Leben.

*

Gelobte Bilder verkaufen sich gut: Eine unfreiwillige Selbstentlarvung des Kunstmarktes. Er ist ein Zuhälter.

*

Wissen ist unaufhörliche Wissensproduktion, aber zugleich auch Magazinierung des Wissens. Nicht nur die Forschung, auch das Lagerhaus des Wissens bringt neues Wissen hervor, handelt es sich ja nicht bloß um voll gestopfte Hirnschachteln, genau inventarisiert, auf Abruf greifbar für die Montage am Fließband der Bücherschreiber. Nie bleibt das Wissen endgültig abgelagert. Unaufhörlich kommt es auf den Prüfstand zwischen den Fachgebieten und hat sich in der Auseinandersetzung mit ihnen zu bewähren oder anzupassen. Diese Dynamik verschärft sich zufolge äußerst unterschiedlicher Halbwertszeit des Wissensgutes.

Selten bleibt der Wahrheitswert konstant. Mancher Depotstand vernutzt sich in seiner Ausstrahlung so rasch, dass die Halbwahrheitszeit in wenigen Jahren erreicht ist, was schließlich zum Verschwinden von ganzen Lagerregalen führt, mitunter auch zur Selbstentzündung auf einem hausgemachten Scheiterhaufen, Selbstmord des verzweifelten Wissens, das zum Irrtum herabgekommen ist, es sei denn, der Irrtum gelangt in museale Verwahrung. Anstelle des Forschers tritt dort der Aufseher für die Betreuung ein.

*

Techniker sind Juristen des Naturgesetzes. Sie versuchen dessen Gerechtigkeit mit den ungerechten Wünschen der Menschen in Einklang zu bringen.

*

Schafft den Narren fort! Was aber hat der Narr alles herbeigeschafft: den Lärm, den Beton, den Atommüll, das Gehirngerümpel, die Binnenwüsten der Seele. Jetzt wird das Wegschaffen teurer als das Herbeischaffen. Nach dem erschwinglichen Sündenfall des Etwas wird die Reinheit des Nichts zur sündteuren Utopie. Schafft den Narren fort!

*

Zwischen Dschungel und Kahlschlag. Der Körper kann nicht aus der Haut fahren. Er ist ein Traditionalist in der Uniform seiner Spezies, wohingegen der Geist rasch die jeweilige Farbe seiner Umwelt annimmt. Man nennt das Denken oder Farbe bekennen. Der Geist hält sich für fortschrittlich. – Arterhaltung gelingt im versöhnlichen Umgang der Innovation mit dem elterlichen Erbe. So halten sich traditionelle Typen Millionen Jahre lang am Leben. Die Toten haben ihre Auferstehung in den Lebenden, den Trägern der Genbestände aus ihrem Ahnenreich. Aber immer wieder kommt es zu weltweiten Katastrophen, zum Aussterben unflexibel gewordener und den Ansprüchen der veränderten Umwelt nicht mehr gewachsener Individuen. Nach dem Zweiten Weltkrieg kamen Wort und Methode des „Kahlschlags" als raumgreifende Säuberung von ruinös gewordenen Traditionen in Gebrauch, was das Wirtschaftswunder beschleunigte. Die Antwort des benachteiligten Teils der Welt ist der Terror, der Krieg ohne Fronten und Grenzen, der Kahlschlag der Welt.

*

Demokratie legalisiert die „Mischung", regiert aber nach den Wahlen entmischt mit einer Partei, während es das Ziel der Opposition ist, diese Verteilung zum Kippen zu bringen und umzudrehen: Einzige Strategie, um mit den Menschen zurecht zu kommen, die kein Absolutes kennen oder keines ertragen. Das Unzulängliche, hier wird's Ereignis.

*

Beschwingt von dem „Lächeln-an-sich", ohne jede Überheblichkeit, die sich herausnimmt, etwas zu belächeln, erreichte der Foxtrott in den Zwanzigerjahren

Schlagerqualität. 1920, nach den Kriegs- und Elendsjahren, hoffte man, das Trauma des Wahnsinns durch sanften Blödsinn abzuschwächen. Dazu genügten dem Walter Jurmann zwei schnulzige „L“: Mein Gorilla hat eine Villa im Zoo.

*

Der Krieg ist der Vater aller Nachgeburten. Dem Ersten Weltkrieg folgte die postzivilisierte Welt der neuen Sachlichkeit. Dem Zweiten Weltkrieg folgte die Postmoderne der alten Unsachlichkeit.

*

Eines der Paradoxa des Zweiten Weltkrieges: Marschieren, bis alles in Scherben fällt und zugleich leisetreten, nur nicht auffallen, damit einem die Scherben nicht auf den Kopf fallen.

*

Wie viel erwirtschaften wir mit unserer Lohnarbeit? Was kostet unsere Freiheit dem Staat? Arbeitszeit gegen Freizeit. Die Einnahmen-Ausgabenrechnung enthüllt ein entsetzliches Minus. Staatsschulden sind das Werk der Politik. Zugleich lebt sie aber von diesem Defizit und wir mit ihr im Wohlstand: einer Folge der Freiheitsbons, die sie für ihre Klientel erkämpft hat. Die tragische goldene Glorie einer Leistung im Sinne der „Binnenmoral“, der fürsorglichen Geschlossenheit innerhalb der einzelnen Organe des Volkskörpers. Wann droht der Zahltag?

*

Wo lassen Sie hassen? Wo lassen Sie Seelen morden? So fragen die Routiniers unter den Interviewern wohlweislich verklausuliert die/den Berühmte(n). Und immer dieselbe Antwort des All-Liebenden. Das seien Dinge, die ihn nichts angingen. Kann man sich denn seine Journalisten aussuchen, diese Gladiatoren, die davon leben, dass sie sich wechselseitig umbringen?

*

Die Inflation bedarf der Deflation, der Schwund an Werten verlangt den Mehrwert, damit der Status quo weiterhin aufrecht bleibt und nichts geschieht, außer dass unsere Wohnwüsten und deren innere Barbarei weiter wachsen. De facto treten wir am Platz. Aber Wirtschaft und Politik sind siegespflichtig, was dem öffentlichen Leben die Geläufigkeit des Lügens abverlangt, wo doch im Eingeständnis des Scheiterns die einzige Hoffnung läge, die eine wenn auch schmerzvolle Umkehr auslösen könnte.
Wir aber bringen uns um den Schmerz.
Wir bringen uns um.

*

Aus der Emanzipation erwächst, was sich ökonomisch zu Buch schlägt, nicht aber was auf den Bauch schlägt.

*

Die verlorenen Söhne des Bürgertums kehren nun da und dort heim. Die Hausbesetzer von ehemals besetzen nun Ministersessel.

*

Neues altes Russland. Nach dem Zusammenbruch der Planwirtschaft stürzt man sich wieder in den wilden Handel und Wandel. Entweder Privatisierung des ungeheuren kommunalen Besitzes oder Schleichhandel mit den tausendjährigen Schatten, die eine große orthodoxe Erleuchtung hinterlassen hat.

*

Satire: Sie stimuliert dazu, den Unterhaltungswert dessen zu genießen, was sie anzuprangern beabsichtigt. Werbung und Konsumberatung, Kuss und Biss werden identisch.

*

Alles wollen sie uns wegnehmen, auch noch die letzte Freude in unserem braven Kulileben! Nennen sich Demokraten und pfeifen auf die Stimme des Volkes. Ein bisserl stolz darf man doch sein. Sind die Schiläufer das Einzige, was man uns noch lässt? Kein bisserl schimpfen darf man mehr auf die fremden Einbrecher, die man aus Mitleid ins Land holt. Drogenhändler, die traumatisiert sind durch die Missstände in ihrem Land, bis wir traumatisiert werden durch sie und das, was sie uns einbrocken. Und wie lohnt man uns, dass wir den Herbergsvater der Welt spielen müssen? Mit einem Tritt in ... Nun, was gibt man den armen Wohlstandshascherln wirklich als Ersatz? Jeden Tag einige Morde mit den raffiniertesten Neuerwerbungen der Elektronik vollbracht oder durch sie vertuscht. Ein paar Augenblicke zur Stimulation für das fade Ehebett und eine Dauernarkose mit Lachgas bei der großen Operation, welche die Geschichte jetzt vorbereitet.

*

So etwas bringt nur der Ruhm und die politische Immunität zustande, einen Menschen, der morgens unter die Dusche geht, ohne das Wasser ob des Abschaums, der er ist, um Verzeihung zu bitten.

*

Wenn die Politik fensterln geht, stürzen Häuser ein, Völker werden heimat- und obdachlos.

*

Josef Weinhebers Antwort auf Göbbels Frage, wie man doch der neu ins Reich eingegliederten Ostmark kulturell auf die Beine helfen könnte, kam als flehentliche Bitte: In Ruah lossen, bittschön, nix als in Ruah lossen. Auf Wienerische Weise brachte er einen Anflug von Alt-Griechenland herein, das ohne die Begriffe Fortschritt und Evolution sein Auskommen fand. Also liegt es an uns, die Zeit in Ruhe zu lassen. Vertreiben wir sie nicht wie Kinder im Park die Tauben. Hören wir lieber auf ihr Gurren.

*

Trotz elektronischer Informatik bleibt Dampfplauderei ein unverzichtbarer Verkehrsschienenbetrieb.

*

Sex – ein einträgliches privatwirtschaftliches Unternehmen. Liebe – ein Familienbetrieb, dringend bedürftig der staatlichen Subventionspolitik.

*

Unaufhörlich wetzt so ein Kettenhund im Dienst hin und her, zerrt an seiner Kette, wünscht nichts sehnlicher, als sich loszureißen von seiner Hütte, von der Dressur, die ihm in alle Knochen eingepflanzt worden ist, sich loszureißen von der einen Idee, diesem Kuckucksei, das ihm ein Dämon in die Hirnschale geschmuggelt hat, damit es dort ausgebrütet werde und etwas in die Welt setze, das dem Gottesgeheimnis näher steht als der Schöpfer sich selber in seiner Schöpfung.

*

Wir sind erpicht auf die Umkehr der heiligen Schriften. Wird dort von Dämonen berichtet, die zu Schweinen geworden im See ertrinken, so stehen wir jetzt am Ufer und betteln und brüllen die Welle an: Lass die Sau raus!

*

Phönix, glaubst du wirklich, du hättest dich aus der Asche von Hamburg, Dresden und dutzenden anderen Städten erheben können?

*

Zwölf Jahre lang wurde die Luft mit dem Heil-Gebrüll geschwängert. Nun ist es so weit. Aus dem Kriegergeschrei Heil ist der Kampfruf Geil geworden.

*

O Herr der Weltgeschichte! Wo steckst du denn und tust nichts gegen dieses Blutbad. – Und doch, es sind die Treppenwitze, die einen stutzig machen, jene komödienhaften Einfälle eines übermütigen Regisseurs, bei denen man sich sagt: Das geht doch nicht mit rechten Dingen zu. So zum Beispiel wenn Karl Marx einen Schwiegersohn bekommt, einen „Kreolen", der ihn mit seinem proudhonischen Utopismus zur Weißglut bringt. Denn dieses philosophische Naturkind ist nicht zu bekehren. In der deutschen Arbeitswut sieht er das Erbübel des Jahrhunderts, verkündet le droit à la paresse, das Recht auf Faulheit, und drängt darauf, die Arbeitszeit auf drei Stunden zu rationieren. Ein Mehr ist wertlos und muss als schädlich verboten werden. Marx wütet. Seine Tochter weint. Gott läßt lächeln.

*

Wir brauchen gescheite Leute, welche viel und billig produzieren, was die dummen Leute womöglich teuer und schnell aufkaufen. Dabei handelt es sich keineswegs um zwei feindliche klassenkämpferische Lager, sondern um eine bivalente Masse, die gemäß ihrem jeweiligen Standort als Produzent oder Konsument reagiert.

*

Das ist die tragische Ironie der Moderne: Was der Bildung dienen sollte, kann zu einer Schwächung des Verstandes führen. Dummheit wird zur Immunschwäche gegenüber der Reizüberflutung durch Information.

*

Während die Sterblichkeit dank der Forschung um Jahre hinausgeschoben worden ist, hat die Unsterblichkeit zufolge der geistigen Schadstoffe unserer Spätkultur beträchtliche Einbußen erlitten. Oft lässt sie den für unsterblich Erklärten noch vor seinem Tod im Stich. Dennoch, es gibt sie als Zeichen dafür, dass Personales und Universales identisch geworden sind. Bevorzugt sind hierbei die Jungverstorbenen von Raffael bis Franz Schubert.
Aus dem „Volk ohne Raum“ der Dreißigerjahre wurden Völker ohne Zwischenraum, Menschen in dichtester Kugelpackung wie in Brutkästen Haut an Haut.

*

Die Parteiplakate zeigen kein Bild mehr vom politischen Menschen wie ehedem, als der Jungbauer auf dem Traktor, den Blick zu den ihn umschwärmenden Vögeln, der aufgehenden Sonne entgegenfuhr, oder mit Siegfrieds Bizeps das Hufeisen schmiedete und mit Hagens Grimm die Fäuste ballend Rache schwor. Anstelle solcher Vielfalt der Werktätigen gibt es nur noch das immer selbe gekonnte Lächeln voll sanfter Selbstüberzeugtheit in wechselnden Gesichtern. Das Volk jedoch ist von den Zahlen der Statistik und der Publikumsbefragungen ausgezehrt worden. Gemeinschaft findet sich nur noch in Gruppenbildern von wenig bekleideten Models für Unterwäsche. Dem Nabel kommt es zu, das einstige Kampflied „Brüder, zur Sonne, zur Freiheit“ zu singen.

*

Entrüstung ist die Praxis der Aufrüstung, mit der sogar auch Frauen als Pallas Athene mit Helm und Brustwehr martialisch dem Haupt der öffentlichen Meinung entspringen. Seitdem die prestigeschaffende Entrüstung zur Kultur und zum Sozialbetrieb gehört, sucht sie neue, wirksamere Wege, um sich in den Medien Geltung zu verschaffen. Dabei kann es auch zur Umkehr der Taktik kommen. Rückläufig wird aus der Demonstration des Brüllens und Fäusteballens eine kirchenähnliche, nächtliche Prozession mit tausenden Kerzenhaltern. Das brennende Kerzlein in der Hand, Symbol des Herzens, beweist, dass in allen Empörern ein stiller Glaube brennt: „O Herr, sieh nicht auf unsere Politiker, sieh nicht auf das, was wir tun und treiben, sieh auf das Programm deiner Partei.“

*

Die klassischen Spielarten von Apollinisch oder Dionysisch gehen nach dem Zweiten Weltkrieg weiter. Entweder Spießbürger mit der Kultur am Grill oder wilde Rocker als Zertrampler des Scherbenhaufens.

*

Dass wir wöchentlich unser Auto waschen und polieren, dass wir bei einem Kratzer an der Karosserie zusammenzucken, als wäre es die eigene Haut – da hast du den Beweis: Die Maschine ist viel mehr als du und ich. Sie ist ES und WIR, sie macht aus uns das Perpetuum mobile, die Maschinenmenschheit.

*

Du kannst dir in Wien ein chinesisches Schlafzimmer kaufen, in Hong Kong ein finnisches. Die Spielräume haben sich erweitert, die Bewusstseinsräume verengt. Denn wir werden zu verspielten Kindern. Das Gestell spielt mit uns „Fangerl", fang mich, kauf mich!

*

Wahltag: Wechselwähler wählen keine Partei, sondern den Wechsel. Der Gesinnungstreue aber hat überhaupt nichts zu wählen, er hat die Verlässlichkeit seines Charakters zu beweisen. Nur jene, die keine Gesinnung haben, dürfen eine wählen. Begreiflich, dass ein so komplizierter Prozess wie ein Beichtgeheimnis behandelt wird, enthält er ja den Katalog demokratischer „Sündenfälle".

*

Die Natur ist eine Spinne. Während sie hinterrücks vom Menschen-Männchen mit neuen Ideen befruchtet wird, beißt sie ihm vorn den Kopf ab.

*

Parteimitglied X musste die gegnerische Partei wählen, weil er fürchtete, die eigene könne die Übermacht gewinnen. Dann aber hätte sie aufgehört, die Partei seiner Überzeugung zu sein.

*

Manche Verstiegenheiten gelten als Erstbesteigungen.

*

Der Gesellschaft den Halt und Unterhalt zu schmälern und ihr ihn als Unterhaltungswert wieder anzudrehen, ist das zumeist sehr rentable Amüsiergeschäft des Bösen.

*

Am Christkindlmarkt die Käuflichkeit des geschenkten Wunders, das ist der milde Wahnsinn im Als-ob-Modus unseres Lebens, oder die Schule der Täuschung, liebenswert gemacht durch Selbsttäuschung.

*

Zur Mentalitätsgeschichte:
In Italien ist Armut eine Doppelbegabung für Poesie und Frömmigkeit.
In Frankreich ist sie Mangel an Esprit.
In England fehlt es den Armen an Fairness gegenüber dem Schicksal.
In Deutschland ist Armut ein Pseudonym für Faulheit.
In Russland ist sie die Berufung der Gerechten.

Europäisch auf einen Nenner gebracht wird sie zum Stempelgraus der Arbeitslosen.

*

Könnte man durch „Aussteigen", einer unerlässlichen Handlung des Verkehrsteilnehmers am Zielpunkt, zum hauptwörtlichen „Aussteiger" werden, dessen Existenz und transportives Weiterkommen ausschließlich im Aussteigen besteht, so müsste die Geometrie des Raumes außer Rand und Band geraten, denn einen professionellen Aussteiger, der nie einsteigt, kann es nicht geben. Aber die Menschen sind nicht immer so schlimm wie die Worte, die wie Kletten an ihnen hängen bleiben.

*

Wie sehr die Seele als selbständige und unsterbliche Substanz auch von der Wissenschaft angezweifelt wird, gilt es etwas anzuklagen und zu beschuldigen, so ist sie allemal noch gut genug, um als „Österreichische Seele" zum bevorzugten Gegenstand des Psychiaters zu werden, wobei sie es sogar so weit bringt, ein Musterbeispiel für Neurosen abzugeben. Grund genug, dass der Stab des Propheten zum Rohrstaberl des Psychiaters wird. Mit der anderen Hand aber klopft er uns auf die Schulter, eine Leistung seines schräg-dralligen Blicks und Redeflusses.

*

Die Freiheit der Wahl: Sachschäden oder Sachzwänge, was wollt ihr haben?

*

Eine Kriegshumoreske. Was ist ewig? Der Wahn von der Ewigkeit. 1945 sind die Amerikaner schon in Augsburg, aber vor der Feldherrnhalle in München stottert die braune Ewigkeit ihre Wache so lange in Zweistundenraten ab, bis die Amerikaner heranrückend sichtbar werden. Da springt die zweiköpfige Wachpatrouille entsetzt von der Estrade herunter, bleibt aber plötzlich wie angewurzelt stehen. Wohin sollen sie laufen? Wer wird sie früher abknallen, die fahnentreuen Kameraden, gehorsam ihrer Pflicht, alle Deserteure zu liquidieren oder die Amerikaner ihrem Auftrag gemäß, München von Waffenträgern zu säubern. Aber da stehen sie schon, vier grinsende Feinde und deuten der vor Angst schlotternden Patrouille, sie möge wieder auf die Estrade steigen und in Hab-Acht-Haltung das Gewähr präsentieren. Nachdem sie den Befehl ausgeführt und der Sergeant sie mit einem O.K. belobt hat, zieht er umständlich unter dem Schutz dreier auf die Deutschen gerichteten Pistolen seine Kamera aus dem Rock, um einen Schnappschuss von der deutschen Ewigkeit nach Hause zu bringen.

*

Wut und Lachen, Entladung durch Hass und durch Zuneigung, Diabolik und revolutionäres Ethos sponsern einander wechselseitig. „Der Unbestechliche": kühner, ja verwegener Anfang vom Endspiel eines korrupten Zeitalters, indem die

Bestechlichkeit der Macht durch riesige Gehaltsstufen vorweggenommen und legitimiert wird.

*

Was für ein Nebeneinander ist das gewesen! Zehn Jahre nach dem Zweiten Weltkrieg entstand ein Unterhaltungsfilm über einen berühmten Militärmarsch und die Inspiration, welche ihm zu Grunde lag. Im Prater kam es dazu. Die schlagkräftige Verwehrung eines Busserls entfachte in dem „geschlagenen" Komponisten, dem Regimentstrommler, die schneidige Musik. – Auf der anderen Seite aber ungefähr gleichzeitig mit diesem nostalgischen Film über den Deutschmeister Marsch entstand das Gedicht „Der Tod ist ein Meister aus Deutschland". Und was sagen wir dazu, die Übriggebliebenen dieses Meisters beider Todesarten? Sind wir doch untauglich für den Frieden, der mit dem Tabubruch als Racheakt an unserer schuldig gewordenen Kultur ihr den Todesstoß zu versetzen droht. Untauglich, auch für den Wiederaufbau, der im Gegensatz zum Tabubruch den alten kaputten K & K-Steinen die Treue hält, dafür aber im Husch-husch in noch nie dagewesener Armseligkeit den Notstand des Tages zu überwinden sucht. Wird man durch diese Friedensverweigerung, dieses Vorbeileben an der Gegenwart ebenso schuldig, wie man ehemals durch stummen Gehorsam Kriegsschuld auf sich geladen hat? Was also bleibt noch übrig als die Hingabe an das unergründlich Zeitlose. Aber wo ist es? Überall, wo ein freudiges Herzklopfen die Zeit zerschlägt.

*

Der Kampfgeist der Truppe ist das wirksamste Anästhetikum. Im Geschützfeuer werden Männer in solchem Maße „vereist", dass ich schon Verwundete gesehen habe, die ihre heraushängenden Gedärme wieder einzupacken versuchten, um davon zu kriechen. Der unterschiedslos um sich greifende Tod durchsaust die Luft und zerrüttet uns mit einem Nervenbeben, zerfetzt die Dinge, macht Mut und Wut identisch. Es sind diese Orgien des Todes, die uns schaudern lassen, sie könnten sogar mit dem Tod kein Ende finden: es ist der Eintritt in die Hölle.

*

Zu Beginn der Neuzeit reichte die psychische Kraft noch aus, um den Menschen im Bild des schwebenden Engels und der Himmelfahrt aus dem Schwerefeld der Erde ins Leichtefeld des Lichts wenigstens für Augenblicke zu entrücken. – Später, als die Technik die Verheißungen von Kunst und Traum scheinbar verwirklichte, entsorgte man nach und nach die Seele, um Platz zu schaffen für die neuen Mitarbeiter, die Maschinen. Dadurch wurde die geistige Kraftquelle nicht weniger vermindert als der Öl- und Kohlevorrat des Planeten.

*

Demokratie beruht auf Abzählbarkeit, wohingegen der jeweilige Zeitgeist mit sich als Einzigem, als Ein und Alles das Auslangen findet oder es zu finden bestrebt ist. Darin liegt das mathematische Dilemma dieser Staatsform. Im Gegensatz zum Links und Rechts und deren Konflikten steht also das parteiübergreifende Ein-Verständnis aller in Fragen des Zeitgeists. Im Haarschnitt, in der Länge eines Rockes oder einem Geschmacksurteil erlangt er Autorität, die ehemals nur dem dynastischen Bereich zugebilligt worden ist. Der Zeitgeist ist der Dynast der Demokratie. Ihm fehlt es nicht nur an Verstand, das war auch bei den Herrschern von Dynastien nicht unvermeidlich, neuerdings fehlt es ihm auch an Würde, die so manches scheinbar auszugleichen vermag.

*

1947/48 ist es geschehen: die Fettexplosion. Mehr als Kriegs- und Nachkriegsjahre mit Hunger und Angst hat sie die Menschen entstellt. Schmalzig und tranig geworden verfielen sie nach und nach der Einladung zu einem Kuschelleben im Eigenbau ihrer Polstermöbel aus Hängewangen und Doppelkinn. Aber auch ein Speckberg, dessen Selbsthass ebenso tief wie sublim ist, kann zum Denkmal werden. In der Rolle einer männlichen Meduse erreichte er es, dass seinem Publikum das Schweinsknödel zugleich vor Lachen und Schrecken im Hals stecken geblieben ist: Das einzige Mal, dass es Österreich gelang, Shakespeare weit zu übertreffen. Falstaff bringt das nicht zustande.

*

Leibstuhl mit Fernbedienung. Mann muss nur noch drücken, nicht aufstehen, es geht alles von selbst.

*

Als Dystrophiker aus Haut und Knochen krabbelte er aus der Gefangenschaft. Wenige Jahre später sah ihn ein Bluthochdruckfaun aus dem Spiegel an. Erschrocken griff er sich ans Herz, fand es aber nicht zwischen seinen Fettwülsten. Hitlers Rachegeist war ihm noch immer auf der Spur.

*

Fronturlaubskinder 1939 – 1945. Es ging um die Standardisierung des Menschen, und was dabei herauskam, waren Kinder, die sich nun selber erst bezeugen mussten durch Rebellion.

*

Macht und das Vertrauen auf deren Grenzen schließen einander aus, denn Macht ist bloß der Anfang einer unbeendbaren Ermächtigung. Nur der Einfluss will das Vertrauen auf die Staumauern seiner Einflüsse garantieren. Es ist auch purer Selbstschutz dabei – das Verlässlichste, was es gibt.

*

Die Fahrschule mit dem Auto hat es geschafft, die Dorfschulpädagogik des 18. Jahrhunderts inmitten der antiautoritären Erziehung auferstehen zu lassen. Auswendig-Büffeln, Maulhalten und dem folgen, was die Verkehrsordnung gebietet. Vor Verbotstafeln Respekt haben. Statt Kirchen ein Auto als Disziplinierungsfaktor in der Demokratie. Immerhin hat man von der Kirche die Verkehrssünde übernommen.

*

Es kommt die Zeit, wo die Töchter und Söhne zu ihren Müttern sagen: Weib, was hab ich mit dir zu schaffen? Sie sind sogar zu stolz, ihre Eltern auszubeuten und nehmen ihren Tramperrucksack auf den Buckel, ein Adelsprädikat der Armut, das sie sich selbst verleihen können.

*

Sind erst die wechselseitigen Beziehungen innerhalb einer Familie regaliert, sodass sie in ihrer Ordnung von außen betrachtet als Ideal gelten können, dann wächst die Entfremdung. Doch der Weg aus der Idealität in die Echtheit ist der schwierigste.

*

Der Wiener Heurigenmensch hat keine Zielvorgabe, daher besitzt er eine ungebrochene und unverfremdete Identität, was sich in dem Lied ausdrückt: „Wia ma san, so samma, was ma ham, des hamma“. Oder besingt er seine Identität so lautstark, weil er in Wirklichkeit der Zerrissene ist?

*

Dem Rufer der Erwähltheit genügt auch die Wüste zur Inspiration und als Publikum. Die Verführer und Verrufer finden nur am Markt und in der Masse ihr Auskommen.

*

Enttäuschtes Suchen kann in Sucht umschlagen.

*

Faust, der Amokläufer des Wissens, eine ewig aktuelle Gestalt. Wo landet sie? Damals wie jetzt: beim Hexeneinmaleins. Und wenn ihn auch die Magie anwidert, von der Weihnachtskonjunktur erwartet man die Bescherung.

*

Der Tod ist nicht tödlich. Davon war der Mensch Jahrhunderte lang überzeugt und hat danach gehandelt. Nun scheint sich zwischen Gläubigen und Ungläubigen eine Front aufzubauen. Gegen das berühmte Politikzitat „in der Mitte steht der Mensch“ spricht die Massenvernichtungsgesellschaft „in der Mitte steht der Tod“.

*

Der kategorische Imperativ Ciorans: Die Pflicht des Einsamen ist es, noch einsamer zu werden. Wie sonderbar! Wir haben die Einsamkeit nicht im Geist und nicht in der Hand, als könnten wir ihr etwas befehlen. Wir haben sie im Bauch wie eine Schwangerschaft die wächst und wächst. Das Kind ist entweder der Tod oder die Seligkeit, trächtig gewesen zu sein mit der Welt und all ihren Geschöpfen.

*

Maulhalten und weiterdienen! Das war die Devise beim Kommis. Kommunikationseinschränkung und Schweigen, wo immer sie auferlegt werden, tragen sicherlich dazu bei, dass weniger gelogen werden kann. Aber was ist damit getan, wenn über diese Verstopfung der ganze Mensch, ja ein Volk, kämpfend und sterbend zur Lüge wird?

*

Unter den bluttriefenden Scheusalen des 20. und 21. Jahrhunderts war vielleicht das eine oder andere auf die Zinnen des Tempels von Jerusalem geraten, wo es Satan in Versuchung geführt hat. Der Satan aber, das waren wir, die namenlose Masse in den Abgründen der Not, des Begehrens und der Ratlosigkeit, das war unser Jubel, der den Mann auf den Zinnen zum Erlöser gemacht hat. Eine Chuzpe, die wir betört in millionenarmigen Mut verwandelt und mit dem Tod gebüßt haben.

*

Die arabischen Bräute Allahs kämpfen mit Bomben selbstmörderisch, doch volksbezogen. In der gleichen Epoche gehen die weißen Frauen einer selbstbezogenen Freiheit zuliebe in den Gebärstreik. Wir, die Mitschuldigen, wollen nicht daran erinnert sein, dass die Freiheit Delacroix', die Barrikaden stürmend, zur geheimen Mörderin des Volkes geworden ist. Der Krieg der Frauen ist nicht weniger bedrohlich, als das, was die Männer verbrochen haben.

*

Goethes Türmer auf seinem schönen Aussichtspunkt: Zum Schauen geboren, zum Schauen bestellt ... Doch Egon Kisch, der rasende Reporter, vom Zeitgeist gejagt, von allen Hunden gehetzt, wird nur so zum Wahrnehmenden einer explodierenden Welt.

*

„Wir sind jung und das ist schön", ein Parteilied der Zwanzigerjahre als Marschlied gesungen, wirkte auf mich grotesk. Kinder und auch noch Jugendliche leben ja ohne Zeitrelation. Vater und Mutter waren nicht jung, nicht alt, waren Vater und Mutter. Aber die Zeit hat um sich gegriffen und beginnt nun immer früher die Lebensrolle zu signieren. Dafür gibt es viele Gründe. Vielleicht hat auch ein wenig das Marschlied dazu beigetragen, dessen Sinn war: Schaut her, ihr reichen Teufel, die ihr weder jung noch schön seid!

*

„Mir wean kan Richta brauchn", diese Wiener Fiakerutopie einer Gerechtigkeit verwirklicht sich für den Hindu ohne Eingriff von „oben". Denn nach seiner Wiedergeburt führt die Logik dessen, was wir angestellt haben, kausal zur Selbstbestrafung durch das Karma.

*

Was ist aus unseren „Provinzlern“ geworden? Die Natur haben sie noch in den Bergen vor der Nase. Die Unnatur jedoch lauert ihnen in Blut und Boden auf, manipuliert ihr Hirn und ihren Mais. Dennoch sind sie Österreichs geheimer Reichtum, denn der Pendler ist derzeit zum Symbol des Landes geworden. Das Hin und Zurück von der Maschinenhalle zum Kuhstall, vom Mechaniker zum Tierpfleger, vom Cabriolet zum Traktor, von den Jeans zum Trachtenanzug, von links nach rechts, das macht ihn, so gut es eben noch geht, zum Verzögerer der Zeit, zum Winzer der Spätlese.

*

„Ich kann mit dem Tod leben“. Um dieses Können zu erleichtern, wurde in manchen Kulturen die Auferstehung festgeschrieben. Nun gibt es allerdings Betroffene, die sich nicht damit abfinden, in das Reich der Freiheit durch einen Gewaltakt der Geburt bugsiert worden zu sein. Werden sie sich ebenso wenig mit der Diktatur der Auferstehung abfinden?

*

Statt im Schweiß des Angesichts verdient man jetzt sein Brot in peinigender Monotonie, geistloser Routine oder angespannter nervenschädigender Denkarbeit. Der Schweiß ist dem Spaß der Sauna und des Sports vorbehalten, aus dem biblischen Fluch ist Therapie geworden, die uns gegen andere neue Verfluchungen wappnen soll.

*

Die tragische Erzählung vom Paradies handelt im Wesentlichen von einem Konsumfehlverhalten, das dann zur Ladensperre führt. Man hätte den Apfel nicht pflücken sollen. Sehen wir auf unser derzeitiges Konsumverhalten, so wird uns Angst und Bang, ob nicht auch dieser planetarischen Shopping City die Sperrung bevorsteht.

*

„Mensch, nehmen Sie Haltung an!“, schrie der Feldwebel und ein ganzes Volk straffte mit gestrecktem Hals kopforientiert seine Wirbelsäule, gab dem Schultergürtel eine womöglich orthogonal kubische Form und brachte den Bauch beckenwärts zum Verschwinden. Erwünscht war auch ein starkes kieferbetontes Kinn, von dem man ein metallisches Klirren oder Bellen erwarten konnte: die richtige Tonlage für eine „Meldung“. Reden, Sprechen oder gar ein Gespräch kamen nicht vor. Diese groß-artige Haltung war die Ursache weniger der Siege als des Untergangs.

*

Sich zu seinem eigenen Schoßhündchen zu machen, das zu seiner dianenhaften Herrin glücklich aufschaut, das ist eine Variante der zwei sodomitischen Seelen in einer eleganten Brust.

*

Politiker stehen immer wieder vor der heiklen Aufgabe der Quadratur des Kreises. Sie müssen ihren mehr oder minder harmonischen Rundschädel in die kantige Form der jeweiligen Parteilinie bringen. Dabei lassen sie oft Haare und Charakter.

*

Während der intellektuelle Marxist im 19. Jahrhundert im Stehkragen und mit Spitz- oder Rauschebart seine Ebenbürtigkeit und Gleichberechtigung innerhalb des europäischen Humanismus auch in seiner Erscheinung betont, maskiert sich der intellektuelle Marxist von 1968 im ölfleckigen Schlosseranzug, um seine Gesinnung nicht mit den Insignien der bürgerlichen Reaktion zu beschmutzen. Das Integrative und der Absolutwert eines Ideals sind verloren gegangen. Bedient man sich der Ideale wirklich nur als eines luxuriösen Imponiergehabens, in der Absicht, die eigenen Ansprüche gerechtfertigt erscheinen zu lassen?

*

„Wir Künstler müssen mit den Händen reden." (Annibale Carraci, 1560 – 1609). Welche Radikalisierung hat dieser Satz erfahren: Nicht mehr die Hand als Gestik, als Rhetorik, sondern ihr unsichtbares Vibrato der nervlichen Erregung ist gemeint, das sich in den Fingern auslebt. Der Pinsel in der Hand des Malers als Seismograph berichtet vom Vulkanismus der Farben in einem Blumenstrauß.

*

Was drängt uns den Schreibstift oder den Pinsel in die Hand? Ob kühn oder mutwillig, oft ist es nur die Dringlichkeit der Langeweile. Oder müssen wir den Druck unserer Wut, das Feuer unseres Hasses, die Gier nach Nähe, Einsicht und Verklärung loslassen? Vorausgesetzt, dass sich die gesellschaftliche Nutzbarkeit oder Anerkennung eines solchen Produktes einstellt, wird es zum Vergrößerungsglas der Person ebenso wie ihrer Leitmotive. Somit gerät sie außerhalb der allgemein gesetzten Norm, ist zur Aussätzigen, zum Besonderen und Numinosen geworden, das man bald verehrt, bald in effigie seiner Biographie als Kultopfer schlachtet. So kehrt der Mythos wieder, der Verstärker des Ruhms nicht minder wie die Rache an ihm.

*

Der künstlerischen Existenz erwächst ihre Bedeutung wie ihr Fluch daraus, dass sie den Körper ebenso als Komplizen wie als Gegner bei ihrem Werk braucht und annehmen muss.

*

Visionäre der Malerei sehen jetzt im menschlichen Antlitz nur das schwarze Loch, analog zu den kosmischen Löchern, in dem alle Strukturen widerrufen werden und verschwinden.

*

Diskothek. Jeder zupft sich allein an seinem Schatten, tätschelt und hätschelt ihn, strampelt sich mit ihm in Liebe ab, um ihn gleich darauf wie ein verschwitztes, klebriges Nachthemd los zu werden und dem Partner endlich die reine Nacktheit schenken zu können, die keinen Schatten wirft: das tanzende Single.

*

Baudelaire unter der magischen Wirkung Wagners, Jean-Paul Sartre eine Zeit lang im Banne Martin Heideggers: Ist das die deutsche Leitkultur?

*

Oscar Wilde. Es muss nicht immer der blutende Mann im Lendenschurz sein, man kann auch im Frack gekreuzigt werden.

*

Gefälligkeitslügen, mit denen Künstler A den Kollegen huldigt, schaffen ein freundliches Klima, was B veranlasst, gegenüber A dieselbe Methode anzuwenden. Nach einiger Zeit wachsen die beiden einander Belügenden zu einer wechselseitigen Nutzungsgemeinschaft zusammen, werden Freunde, deren Treu und Redlichkeit ihre Lügen bereits tabuisiert haben.

*

Sorgfältig hat man ehemals das zweite Gesicht verhüllt. Ob Mann, ob Frau, in sackähnlicher Kleidung hielt sich wie hinter leinenen Augenlidern der Afterblick verborgen. Kutten, Togen und Schurze bewahrten die Würde des Ganz- und Einsseins mit sich selbst. Hosen jedoch zergliedern die Rückansicht, ja zerfleischen sie, bis sie die prallen Wangen in ihrer Rundung preisgeben. Nur noch bei feierlichen Anlässen verleihen Talar, Abendkleid und Messgewand dem Körper die Idee einer geschlossenen Erscheinung, die in sich Bestand hat.

*

Kinder ängstigen sich vor Gespenstern. Egon Schiele ängstigt sich vor der Wirklichkeit. Er erschrickt so heftig, dass er an diesem Schock stirbt.

*

Von Canaletto zu Guardi, 20 bis 30 Jahre Differenz, und was ist in dieser Zeit aus Venedig geworden? Aus einem von Sonnenlicht spiegelglatt polierten marmornen Schmuckkästchen wurde ein riesiger kostbarer, im wahrsten Sinn köstlicher Schimmelkäse zum Dessert eines reichlichen Leichenschmauses. Das Leben – seines Ausgangs gewiss – griff nochmals um sich, machte jeden Pinselstrich, jeden Ruderschlag zum Abschiedswinken an die Elemente, an die Vollkommenheit des ehemaligen Bildes. Universalia ante rem geschieht: Die Vergänglichkeit, das Universale ist schon da, ehe das Vergehen und Versinken im Detail vonstatten geht.

*

Frauen sehen das Ideal, das sie sein könnten neben dem Realen, zu dem sie geworden sind, was zu grotesken Verquerungen und Übermalungen Anlass geben kann. Die Außenansicht und das mit Hilfe kosmetischer Beihilfe gewonnene Innenbild machen aus ihnen Wanderer zweier Welten in einem Gesicht.

*

Die mehrphasigen Rätselspiele in mancher modernen Malerei: Ihr werdet erkennen, vorausgesetzt dass ihr erraten habt, was ihr erkennen sollt.

*

Und da kam Claude Monet und hat die Kunst endlich vom Menschen erlöst, hat sie dem reinen Wasser zur Alleinherrschaft übergeben, den Blütenkähnen der Seerosen, diesen Fregatten des Noah, auf denen er dafür sorgte, dass alle festlichen Farbenspiele der Schöpfung, das Atmen der Winde und der Klimate die Sintflut in Schönheit überleben. – Aber da rücken sie schon wieder heran, die Deutschen, die ins Großartige „entarteten" Künstler, Beckmann, Grosz, Dix, Kollmann, ... lauter verbitterte Kerle, die darauf beharren, eine Kreatur nach der anderen vom Molch bis zum Pavian quer durch das Weltall an ein Kreuz von Schuld und Leiden zu nageln und die Überschrift hinzuzufügen: „König der Juden – das bist auch du!" Aber mit den Gespenstern der „Endlösung" im Auge findet man auch in den Wundergärten Monets keine Ruhe. Man braucht ein erlösendes Überlebenszertifikat und nicht Blumen, die das Schwimmen erlernt haben.

*

Das Rathaus von Tokio – eine Zwei-Turmfassade à la Nôtre Dame, das europäisch-sakral verzerrte Gesicht der Bürokratie.

*

Wenn der Nacht ihr Dunkel zerplatzt, leuchten Funken auf und verlöschen. Der Funkenflug, Signal eines Augenblicks. Er dringt als Brand unaufhaltsam zehrend immer tiefer hinein in den vom Flammenwind rauschenden Wald, bis er in Asche verstummt. Oder er wird zum brütenden Flammennest am häuslichen Herd. Zwei Wesensarten des Feuers.

*

Scheinbar in einer unsäglichen Stetigkeit gingen Jahrtausende der Menschheitsgeschichte zögerlich dahin. Dann kam der geheimnisvolle Beschleuniger. Er griff nach und nach zu, zuerst nach dem Stein, dann nach dem Holz und dem Feuer. Erst als er das Rad vom Himmel auf die Erde holte, kam sie ins Rollen und niemand weiß wohin. Die Astronomie ist dafür nicht zuständig. Wir sind zum Himmelskörper außer Programm geworden.

*

Nein, es ist nicht das erste Mal! Europa pendelt zwischen Weltmacht und der Rolle des Ausgedinglers, Mozartkugeln verkaufend im Wartezimmer der Ewigkeit. Untergangsstimmung und Modernität – immer schon eine Doublette unserer Kultur. Und dazu das Nein als Rache an Jahrtausenden zur Dominante der Wahr-Sager geworden. Am ärmsten aber sind die präsidialen Festredner, die zu alldem die millimeterdicke Schminke des Ja auftragen müssen und Berühmtheiten aus dem Wachsfigurenkabinett gleichen.

*

Die große Revision. Die Revision unserer Ideentäuschungen hat ja bereits mit dem Zusammenbruch der UdSSR eingesetzt. Nicht durch unsere Erkenntnisse und Entschlüsse wird sie weitergehen. Der Druck der Not zwingt uns zur Selbstentlarvung, denn der pubertäre Zustand der 8-Milliarden-Menschheit ist für die Natur nicht mehr tragbar, von der Gesellschaft nicht mehr finanzierbar. Doch die Heimsuchungen, die uns bevorstehen, werden sich auch als positive Heimfindungen entpuppen. Die individuelle Sucht nach Erfolg muss der sozialen Verantwortung weichen. Handeln wird wieder in seinem Antagonismus erkannt werden. Es ist immer zugleich Schaffen und Zerstören eines vorgegebenen ausgeglichenen Zustands. Es ist ebenso Ursache für die notwendige Energiedifferenz als Lebens- und Geschehnisantrieb, wie der Quell von Ungerechtigkeit. Nur die Minimierung alles Handelns verbunden mit der Maximierung der Sorgfalt und der Behutsamkeit kann, wenn schon nicht die Lage entproblematisieren, so doch Schäden verringern. Vielleicht wird sich in der Kargheit für die künftigen Generationen eine neue harmonische Erfüllung auftun.

*

Kondensstreifen des Flugzeugs. Der durchgestrichene, verkritzelte Himmel. Ein böses Omen. Nur mühsam heilt ihn der Wind zur Wolke aus.

*

DIE ORGEL

Nach dem Orgelsymposion kam es im Klostergarten in Anwesenheit des Abts zur zwanglosen Nachsitzung der Kursteilnehmer. Als sich ein Wuschelkopf, der bei den Mixturen der Register behilflich gewesen war, begeistert über Leo Janáčeks „Ewiges Evangelium" ereiferte und vom pantheistischen Halleluja schwärmte, das er sich auf das Programm des nächsten Symposions wünschte, lockerte sich die Gesprächsatmosphäre so weit, dass nun die Fans der Jazzmessen, der Spirituals und Gospels, die sich in ihren Interessen oder Launen bisher benachteiligt gefühlt hatten, den Mangel an Gleichberechtigung beanstandeten. Wenige Minuten reichten aus, die Tiefe des endogenen Konflikts fühlen zu lassen. Plötzlich war der kleine Kreis nicht nur zerrissen, er war zerfetzt. Vor mir ragte die Orgel bis zum Hochfenster der romanischen Basilika. Sie schien mir in ihrem barocken Gehäuse gleichsam unauslöschlich gültig imprägniert vom tonalen System samt all seinen daraus ableitbaren polyphonen Konstrukten. Was konnte man einer solch sinntragenden Geschlossenheit denn jemals anhaben? Sie hat es erreicht, Gestalten zu schaffen, die ewige Analogie zur lebendigen Materie. Ich hörte Tonsysteme, Fugen-Kompositionen gleichsam versiegelt mit einer unwiderruflichen Gültigkeit, sodass sie keinen Widerspruch, nicht einmal ein tolerantes Ausweichen zuließen. Inhalt und Form in ihrer logischen Geschlossenheit machten in jedem auch noch so spannungsreichen Takt die durchgehende Kraft eines endgültigen Gebildes fühlbar. Wo war also Kirche, wenn nicht hier? Wie war die endgültige Schönheit dieser Kirchenmusik auf dem Weg der Toleranz unbeschädigt zu erhalten? – Nun konnte der Abt, unter dessen Ehrenschutz das Symposion abgewickelt wurde, nicht mehr länger schweigen und musste sich stellen. Zu meinem Erstaunen las ich aus seinem Gesicht Freundlichkeit, ja sogar Behagen. Aus welchen Gründen auch immer diese streitbare Zufallsgilde von Musikern und Musikliebhabern sich auf die Kirche eingelassen hat, nun war sie einmal da und das war besser, als wäre sie nicht da gewesen. Ich kannte ihn als einen weltgewandten Mann. Nicht nur die theoretische Theologie hatte ihn geformt und gebildet, auch die Praxis mit den Jugendlichen der Handelsakademie, wo er am Anfang seiner Laufbahn unterrichtet hatte. Nicht zu vergessen, die oft psychiatrisch väterliche Betreuung, mit der er in seinem Häuflein von Mönchen gut zurecht kam, weil ihm die Doppelrolle eines jovialen Pyknikers und Gläubigen auf den Leib geschrieben war.

„Aber, aber, meine Damen und Herren, seien wir doch ein bisschen behutsam. Konfusionen sind nicht standortsgemäß für diese Räume, in denen wir uns befinden. Konfuses ist Sache des Durcheinanderwerfers, des Diabolus. Als Demokraten haben wir lernen müssen, auch ohne Weihwasser mit Konfusionen zurecht zu kommen. Unsere Methodik verlangt Dialektik und Diskussion. Also bitte, diskutieren Sie. Der Ort ist auch dazu geschaffen. Denn ein Kloster ist mehr als dieser Name besagt. Er verweist nur auf die Geschlossenheit, die Klausur, doch nicht auf die Zellen, die eine ganz große Zelle, einen belebten Baustein, einen Organismus ergeben. Wie alle Zellen sind wir weder eine geschlossene noch eine offene Gesellschaft, wie sich Sir Karl Popper es wünscht. Wir sind weder noch. Und das heißt lebendig sein und eine Mission haben, zugleich aber mit dieser Sendung durchlässig sein für das Kommende. Also, kommen Sie wieder mit allem was sie wollen, mit ihrem Schlagzeug und Verstärkern für die Jazz-Messe, mit ihren Zupfinstrumenten für die Pop-Sänger, damit aus der Konfusion eine echte Diskussion und schließlich eine Konfession hervorgehen kann, welche jeder von Ihnen zu respektieren vermag, ohne sie teilen zu müssen."

Nach einer Schweigeminute der Verblüffung erhob sich die Leiterin des Symposions, eine äußerst hagere, weißhaarige Dame, Orgelvirtuosin von Weltrang. Mit einem heiseren Vibrato der Erregung, die sich mit jedem Wort noch steigerte, gab sie sich als toleranzlose Traditionalistin zu erkennen: „Verehrte Eminenz, bei allem gebotenen Respekt, ich glaube, dass Sie hier zu weit gegangen sind. Wollen Sie zur Weihnachtsfeier statt einer Kerze eine Zimmerrakete zünden? Wollen Sie der Akustik dieses romanischen Gemäuers einen Pop-Aufwand an Phons zumuten? Wollen Sie in einem tausendjährigen Kunstwerk eine Diskothek installieren? Gewisse Grenzen in unserer Symposiongestaltung sind wir dem Raum schuldig. Für mich hat das Pietätsmoment ebenso Gewicht, wie die Praxis der Akustikerin. Durch die Gnade der Umstände darf ich ein barockes altmeisterliches Instrument spielen. Wo gibt es noch ein Instrument von solcher Perfektion und Schönheit? Hier sind alle Probleme des Nachhalls und der Trennschärfe der einzelnen Register gelöst. Wollen Sie den heiligen Proportionen dieses Baus wirklich das musikalische Urwald-Gehopse zumuten?"

Ein Sturm der Wortmeldungen brach los. Mehr oder minder lautstark wollte man das Wort an sich reißen, bis sich die Stimme des Abtes im Gegensatz zu seinem Text energisch durchsetzte: „Bitte, gönnen Sie mir noch ein paar Worte. Selbstverständlich respektiere ich die musikalische Kompetenz der Frau Professor. Was aber die Pietät anlangt, wurde diese Tugend in der Kirche Jahrhunderte lang kaum wahrgenommen. Als ich, ein junger Mönch, hierher kam, habe ich an der Barockisierung des Chors und des Hochaltars noch schwer gelitten. Sie war für mich eine Beleidigung unserer Ahnen, denen wir den Bestand der Kirche trotz vieler Angriffe und Nöte verdanken. Jetzt, wo wir das Geld endlich beisammen haben und die Übermalung der romanischen Fresken in den Seitenschiffen zu entfernen vermögen, erlebe ich manche Überraschung. Wie nennen wir das, was da durch Jahrhunderte geschah? Fortschritt in der Naturnachahmung, Entdeckung psycho-

logischer Existenz oder ganz einfach Snobismus der jeweiligen Zeitgeisterei? Bei all dem war mir unbehaglich, weil ich die Kirche noch als die unerbittliche reine Jungfrau des Geistes und nicht als die gütige erbarmende Mutter aller gesehen habe." Die Betroffenheit im Gesicht der Organistin war unverkennbar.
„Mehr als wir jetzt gesagt haben, scheint nicht statthaft zu sein. Ihre Gespräche sollen sich ganz frei entfalten. Deshalb ist es angebracht, die Konflikte nochmals offen darzulegen. Sie, liebe Studenten, sind die Zukunft – auch unserer Kirchenmusik – und ohne einen neuen Umgang mit Ihrer und unserer Herkunft besteht die Gefahr, dass es zu einem Unding kommt, zu einer Zukunft, die ohne Herkunft ist oder sein will. Der Herkunft steht es ebenso wenig zu, sich mit erhobenem Zeigefinger wie mit einem heimlichen Fingerzeig einzumischen. Ihrer Diskussion soll keine Sordine aufgesetzt werden, weshalb es besser ist, wenn wir Sie jetzt unter sich lassen. Nur eines sei noch gesagt, unsere Probleme sind nicht von heute, sie kehren immer wieder. Die Zeitgeschichte wandelt sich rascher als die Ideen. Zwangsläufig kommt es da zu Reibungen. Jetzt hat die Zeitgeschichte eine bisher nie dagewesene Beschleunigung erfahren. Sie gerät in Turbulenz mit den tausendjährigen Ideen. Modernität und Archaik, beide oft in ihrer krassesten Form, bekommen es miteinander zu tun. Und das wäre eine Aufgabe für Sie und ihre jugendliche Fantasie. Machen Sie daraus Dux und Comes, das Führende und das Begleitende, machen Sie daraus eine Fuge. Sie sind am richtigen Ort für einen solchen Versuch. Frau Professor schließt sich mir an, wenn wir Sie bitten, bei dieser Aufgabe uns an die Hand zu gehen. Ja, Sie haben recht gehört. An die Hand im Gebet. Denn dann wird es uns gelingen, den Bruch der Zeiten zu überwinden." Der Abt wandte sich dem Ausgang des Klostergartens zu, und tatsächlich, die Organistin folgte ihm und gab ihm die Hand. Sie gingen in die Kathedrale, die zu dieser Stunde abgesperrt war, durch einen Seiteneingang, zu dem der Abt den Schlüssel besaß.

*

THEOLOGICAL CORRECTNESS?

Alles Suchen gilt mir
und in allem finde ich mich.
Mein Suchen gilt allem
und in mir finde ich alles.
Und was besagt das Ganze?
Nichts. Aber was für ein Fund ist das:
dieses Kreisen von Allem um Nichts
um die Achse des Bewusstseins.

Was ist theological correctness? Der Nominalwert von Gott war einstmals so hoch, dass man ihn gar nicht zu nennen wagte. Heute ist er zur Verlegenheit geworden, die man sich und seinem Partner ersparen will. Das geht so weit, dass man für Atheismus ein neues Wort verwendet, wo Gott nicht mehr vorkommt: Agnostik.

*

„So schuf Gott den Menschen nach seinem Abbild, nach Gottes Bild schuf er ihn." Dieser Bibelstelle gemäß haben wir je nach Herkunft als Gott ein vielgestaltiges Make-up, damit uns aus dem Teichwasser oder Badezimmerspiegel kein Totenschädel anstarrt sondern ein Geheimnis winkt.

*

Die Trinität des Menschen: Macht – Glaube – Wissen
Die Macht kann im Glauben und im Wissen übermächtig werden.
Der Glaube an die Macht und an das Wissen kann paradoxerweise den Glauben an den Glauben zunichte machen.
Das Wissen kann den Willen zur Macht und zum Glauben lähmen.
Macht, Glaube, Wissen haben es also sehr schwer miteinander ein Ganzes zu sein, das menschlich ist.

*

Jede Behauptung und Gewissheit stauen sich zur Fragwürdigkeit. Meinung und Glaube sind das bessere Fluidum. Und welche Unterhaltung gesetzter Leute wäre nicht eine Art von Glaubensgespräch? Nur wenn die Fraglichkeit in höflicher Bewegung gehalten wird, lässt sich einschleusen, wovon man selber überzeugt ist.

*

Sind Religion und Politik noch glaubwürdig? Sonderbar. Wir zweifeln an dem Glauben, an dessen Berechtigung, erheben aber die Glaubwürdigkeit zu einem Kriterium des objektiv Gültigen.

*

Die Bibel ist das Wort Gottes, aber man darf es nicht wörtlich nehmen, sondern grundsätzlich pneumatisch, also problematisch. Deshalb der Sprung vom Wort zum Satz. Ist es ein Vorsprung oder ein Seitensprung? Oder eine Krakelur in der glatten schlanken Vase der Vernunft?

*

Kann ich noch da sein, ohne etwas anderes zu wollen als zu sein? Steckt hinter solchem Willen, der sich selbst zum Objekt hat, selbstgenügsamer Egoismus oder Andacht vor dem Unfasslichen, das man nicht in den Griff bekommt?

*

Man ruft in der Orientierungslosigkeit nach dem Kompass des Glaubens, was schlimm ausgehen kann, wenn das Kirchenschiff dem Kompass folgend den magnetischen Glaubenspol erreicht, der dem Kirchenschiff die Nägel auszieht, sodass es absäuft, da ihm der eiserne Halt der Dogmen verloren geht.

*

Welche Parabel der Menschheitsgeschichte! Ein Volk verlässt die Fleischtöpfe Ägyptens und deren ästhetische Welt voller Bilder, um in die Wüste auszuwandern und dem Befehl zu folgen: du sollst dir keine Bilder machen. Im Wüstensand marschiert es jahrzehntelang in die Richtung, wo die Worte und Namen von keinem Anschein, keiner Vorstellung mehr befleckt, zum inneren Licht werden.

*

Die Absage an das Abbild geht Hand in Hand mit der Zusage an das Wort, an das Hören, das Zuhören und das Gehorchen. Bist du aber einem Inbild begegnet, zum Beispiel einem Portrait von Rembrandt, dann schließe die Augen und denke diesem Inbild nach. In seiner Vieldeutigkeit kann es dir zum Vorbild werden.

*

Das Absolute – wie sich zu ihm hintasten? Wie denn anders als mit den Fingern der einen zur anderen Hand, bis die Hände gefaltet sind.

*

Das Symbol. Ohne Plus-Zeichen keine Addition, kein Gegenspieler zum Minus. Ohne Koordinatenkreuz keine Fassbarkeit der Flächen- oder Raumordnung. Doch nun, aufrecht stehend, strecke die Arme aus, und du bist zur lebendigen Zahl, zum lebendigen Raum geworden. Aber wie lange noch? Zahl und Ordnung werden dich überleben. Du bist mit deinem Kreuz an eine Grenze geraten. Hänge nicht an ihm, trage es! So wird es zum Zeichen, das alle Defizite tilgt und sich als das einzig große Positive erweist in dem Starkstrom der Welt. Mag es auch den Schulen, Spitälern und öffentlichen Räumen der laizistischen Gesellschaft demnächst abhanden kommen oder gar verboten werden, der Rechenmeister Adam Riese (1492) sorgt dafür, dass es in jedem Schulheft neben dem Einmaleins untilgbar bleibt.

*

Dem Wort Gott haftet mit seinem O etwas von der Bildvorstellung eines Mundes und vom Oval eines Gesichtes an. Wie abstrakt man ihn auch denkt, der Suggestivkraft des Lautes entrinnt man nicht.

*

Vor Christus werden Kerzen angezündet, das Öl für ein ewiges Licht nachgefüllt, doch die Zündschnur des großen Anarchen glost unaufhörlich und entflammt das Herz.

*

Die Transformation des Besonderen ins Allgemeine, des Subjektiven ins Objektive, das ist der springende Punkt, an dem sich Jakob an der Furt im Kampf mit dem Engel die Hüfte verknackst hat.

*

Glaube und Beglaubigung stehen im Verhältnis von Liebe und Unzucht. Aber manchen Gläubigen gelüstet es nach Beglaubigung, welcher Tertullian eine grandiose Abfuhr erteilt, indem er sagt: Credo quia absurdum est.

*

Be-kehrung bringt die Richtung ins Spiel und setzt die Neuorientierung im Raum voraus. Während Glaube als alldurchdringende raumlose Kraft erlebt wird, ist diese Metapher von der Kehre raumgebunden. Bei solchen desperaten Sprachbildern wie „der Bekehrung zum Glauben", der Reibung des Raumlosen mit dem Raum wird man leicht schwindlig.

*

Wie fern sich Griechen- und Hebräertum auch stehen, ihre Religionen haben beide eine Wundstelle, die sie einander näher bringt. Prometheus ist so wie Jesus zugleich Rebell und Heilbringer. Beide sind Opfer des Altreichs religiöser Herrschaft, beide leidende „Gekreuzigte", aber auch Sieger. Beide Stifter ihrer Eigentlichkeit im Zeichen des Opferbluts, ob nun in der griechischen Tragödie oder in der Eucharistie. Eine mythische und eine historische Gestalt, doch ist es der eine Gedanke der Erlösung, der sie durchwaltet und den unterschiedlichen Charakter ihrer Kultur zur Entfaltung bringt: Prometheus, der titanische Erfinder, der eine autonome technische Welt gegen die „Götter" aufrichtet. Und Jesus, der

Einzelne in der Rebellion gegen das Ego, um ein Ziel zu weisen, das der Mensch erreichen könnte: ein Anarch der Milde und Barmherzigkeit zu sein.

*

Sowohl die Kritik am Regietheater des Glaubens wie ihr eigener Aktionismus, spielten im Leben von Franz von Assisi und Elisabeth von Thüringen eine entscheidende Rolle. Galt ihnen die aufwendige Kirchenarchitektur nicht gemäß einer christlichen Gesinnung für heidnisch, so konnten sie nur durch „Aktionen" ihre Ablehnung der frühkapitalistischen Ordnung geltend machen. Franz zog sich auf den Marktplatz nackt aus, um die Annahme seines väterlichen Erbes zu verweigern. Elisabeth drohte, sich die Nase abzuschneiden, wenn man sie in ihrer Witwenschaft zwingen wollte, mit dem Kaiser Friedrich II. eine Ehe einzugehen. Ja, das gab es, eine Wut, die heilig ist.

*

Der unfassliche Gott, wie soll er in eine Verfassung geraten? Aber auch für Nichtschwimmer ist er das Tote Meer, in dem sie obenauf plätschern können.

*

Der Gerechte strebt nach dem zeitgerecht Richtigen. Der Heilige nach dem bedingungslos Gerechten.

*

Wir schlüpfen unter die Namen engelhafter Menschen wie unter schützende Flügel. Geheiligt werde ihr Name und eingetragen in den Taufschein. – Unbeschadet seiner Leihfeiung spürt die leidenschaftliche Liebe einen solchen Vornamen nur als Entfremdung. Sie will im echten Sinn für die Geliebte einen Eigen-Namen haben, der nicht gegeben werden kann, sondern aus dem Taufakt des Kusses hervorgeht. Wesentlich für diese Art von Namen ist seine Querstellung zum Wort und zur artikulierten Sprache. In der Annäherung an einen unverständlichen Urlaut steht er zwischen Blödsinn und Sakralität.

*

Man nennt es „Bergpredigt". Dem Namen nach zähmt man sie zu einem kirchlichen Sonntags-speach, in Wahrheit ist sie eines der aufwühlendsten Dokumente zur Revolution der Innerlichkeit. Denn die Seligsprechungen haben eine Absage zur Voraussetzung: Schluss mit der geldläufigen Geltung des Erfolges. Nur eine solche gründliche Geschäftsstörung am Jahrmarkt der Eitelkeiten lässt auf Umkehr hoffen. Hartherzigkeit werde sich in Barmherzigkeit verwandeln und einen neuen Bund stiften. Beistand bei dieser Umkehr: das Blut und das Leiden des Stifters.

*

„Du sollst dir kein Bildnis machen", heißt es in der Bibel. Wir haben es so weit gebracht, dass wir in einer Bilderflut oft die Wirklichkeit ersäufen. – Aber von Tassili N' Ajjer bis Altamira wurden steinzeitliche Grotten und Höhlen voller Bilder zur Gebärmutter des menschlichen Geistes und seiner Phantasie.

*

Der Kelch von Gethsemane, dem Garten auf dem Ölberg in Jerusalem – jeder muss es trinken, das Nicht im Sein der Welt. Aber welche Maß-auf-schneiderei, dem Nicht ein S als Schwänzlein zu verpassen.

*

Unser Dasein ist dem Sein verantwortlich, wie die Gebote es fordern, andernfalls wird das Dasein zum Schuldigen gegenüber dem Sein.

*

Für eine Positionierung des Patriarchats ist ein Vater im Himmel zweifellos eine maximale Stellung. Trotz der Überfüllung und des Gedränges in der Gemeinde Bethlehem bleibt der Muttergöttin ein Platz im Stall vorbehalten, wo sie gebären kann, eine unserer Vorstellung vom Matriarchat entsprechende warme Erdnähe. In der Art, wie der unsichtbare himmlische Vater und die Magd auf Erden zu einer Zeugungsgemeinschaft zusammenfinden, spiegelt sich die zeitgebunden kulturelle Ordnung in einer zeitlos geistigen. Wenn aber ihr Gotteskind als Verbrecher hingerichtet wird, reißt allem mythischen Erzählen der Faden ab. Mit dem jährlich, in Zyklen wiederkehrenden Kriminalfall beginnt ein neuer Abschnitt in der Aufklärung: die Geschichtlichkeit des Göttlichen.

*

Mit der Devise „Liebe und dann tue, was du willst“ spielt der hl. Augustinus die Liebe als metaphysisches Pik As aus, mit dem die vielen Karten der psychologischen Spielfiguren gestochen werden können. Die Frage ist nur, wie man eine solche Karte der Gnade erhält und ob sie dann in unseren Händen auch haltbar ist. So heißt es denn bei Platon: Ein wackerer Mensch zu werden, übersteigt zumeist die Charakterstärke, in dieser Beschaffenheit zu verharren. Und deshalb rühmt der hl. Paulus die Liebe als jene Kraft, die nimmer aufhört, das unzureichende Wollen, Tun und So-sein des Partners zu ertragen und zu verzeihen. Aber auch diese Liebe kommt aus einer metaphysischen Quelle. Allerdings im Unterschied zu Augustinus, der in ihr die wegweisende Macht zum absoluten Heil sieht, liegt für Paulus der Segen vornehmlich in der Heilung der entstandenen Schäden und Katastrophen.

*

„Gott, der Herr, nahm den Menschen und setzte ihn in den Garten Eden, dass er ihn bebaue und unterhalte.“ (Genesis 2,15) Der Garten, geschaffen als Daseins- und Wirkungsgemeinschaft von Natur und Mensch, von kosmischer Gegebenheit und menschlicher Möglichkeit der Nutzung und Pflege ist dem Ideal des Gärtners überantwortet: Die Antwort schlechthin. Aber sie kommt nicht aus dem Wechselspiel der Worte. Aus der konkreten Arbeit sollte sich ihm die Welt erschließen. In ihrer Körper- und Zeichensprache kommt es zum stummen Gespräch zwischen den Geschöpfen und den Dingen, Quelle wachsender

Erfahrung, Basis des Überlebens. Lassen wir doch die Sinnfragen bleiben, die uns nur zu Sklaven des Zungenschlags erniedrigen. Die fraglose, aber aufmerksam werkende Hingabe ist der Weg, der uns immun macht gegen die Droge des blassen Wortwissens, gegen die Versuchung des Apfels. Nicht dran rühren! So gut hat es der liebe Gott mit uns gemeint, indem er uns aus der Metaphysik und der Theologie heraushalten wollte, das sollte Chefsache bleiben. – Ist Gott mit seinem zu hoch gegriffenen, kühn hasardierenden Menschenexperiment nicht minder schuldig geworden als der Mensch? Oder gründet sich nicht darauf das mysterium iniquitatis, das Neben- und Miteinander von Gut und Bös, die bisher nie dagewesene Nähe zwischen Schöpfer und Geschöpf, eine grundlegende Hoffnung auf die Lösung der blutigen Tragödie, welche die Welt ist?

*

Die Genesis beginnt mit den großen Trennungen des Einen, aus dem die Gegensätze Wasser und Land, Licht und Finsternis hervorgehen, Grund genug, die Spaltung als unerlässliche Bedingung unseres Daseins anzusehen. Nimmt man diese mythologische Tradition auf, so wäre die Kernspaltung die erste Fortsetzung dieser Schöpfertat in geschichtlicher Zeit. Aber gerade diese Spaltung erweckt den Verdacht, dass Trennung immer schon mit Störung größerer Zusammenhänge einhergeht. Die Welt also insgesamt eine Ver-Störung. Wer war hier störrisch?

*

In der Andacht denken wir uns an etwas heran, das aber dem Denken nicht zugänglich ist. So wie wir gegen Krankheiten ankämpfen, was ja kein Kampf ist, sondern bloß ein Widerstand und eine Abwehr, so ist die Andacht kein Denken, aber ein Herankommenlassen, eine Offenheit für Gedanken, welche die Annäherung an das Unsägliche erleichtern können. Also ist der Andächtige kein Denker, aber er ist bedacht worden von jenem Geist, in dem der Andächtige versunken gewesen ist.

*

Schärfe es dir genau ein: Beten ist nicht Bitten. Zur Übung sag dir vor: Ich bat um ein Stück Brot, ich betete um ein Stück Brot. Jetzt spürst du, was dazwischen liegt: das Unermessliche. Lass gefälligst das „Um“ weg. Bete nicht um etwas, bete an ... und du wirst dem Unermesslichen um eine Stupsnase näher kommen.

*

Das elementare Rangbedürfnis des Einzelnen kann in der Massengesellschaft weder von den Groß-Religionen noch vom Staat befriedigt werden. Nur Sport und Spiele schaffen allgemein gültiges Prestige. Dem Massenpublikum aber bleibt nur noch die Autokarosserie.

*

Behindern einander zwei entgegengesetzte Kräfte daran, überhand zu gewinnen, so kann dieser „kalte Krieg“ zu einer Balance führen, die wir auch als Harmonie gelten lassen. Viele solcher gegenläufig austarierter chemischer Prozesse wachsen sich zu Organismen aus. Da eine solche Leistung nur durch Gleichgewichtsstörungen zustande kommen kann, erfordert die Kontinuität der Arbeitsfähigkeit eine dauernde Wiederherstellung des Gleichgewichts im Organismus. In der Wiedergutmachung des Gleichgewichts zweier aufeinander abgestimmter Vorgänge liegt die Weisheit der Information, verkörpert in dem Material, mit dem die Schöpfung arbeitet.

*

Für viele Menschen ist das Wort „Gott“ giftig und daher unaussprechlich geworden. Vielleicht kommt das davon, dass er die dornenvolle Menschheitsgeschichte in einer unvergleichlichen Opferhandlung auf sich geladen hat, um dadurch ein Beispiel für Barmherzigkeit zu geben. Wir aber haben dies nicht verstanden. Um alle Verbindung mit ihm abzubrechen und irritierende Erinnerungen an ihn auszulöschen, haben wir eine Proskriptionsliste verbotener Worte von A bis Z erlassen. Zufolge des Ausfalls vieler Begriffe wie Andacht, Glaube, Sünde erhöhte sich das Defizit des Sinnhaushaltes über das von der EU erlaubte Maß. Nun sind Sanktionen zu erwarten, obwohl dieses Wort wegen des Zusammenhangs mit sanctus (heilig) ebenfalls auf der Proskriptionsliste der Republik steht, also nicht verwendet werden darf, was zur signifikanten politischen Situation der Sprachlosigkeit führt. So gerät die Republik wegen eines unzulässigen Wortes in die Regierungskrise. Bei einer Publikumsbefragung, welches Wort der Republik fehle und notwendig sei, sie wieder entscheidungsfähig zu machen, antworteten neunzig Prozent der Menschen über siebzig mit einem Gegengift: „Gott“.

*

In der Schachtel meines Großvaters habe ich unter den Schachfiguren das Kinderspielzeug wieder entdeckt: zwei kleine Steinböcke in der Lust des sich Anrempelns, Stirn an Stirn einander wechselseitig seit so vielen Jahren blockierend, so dass sie nicht vom Fleck kommen. Welch unsinniges philosophisches Gerede ist es doch, die Welt auf das zurückführen zu wollen, was auf ihr „der Fall“ ist. Nichts ist der Fall, wo der Mesmerismus die elektromagnetischen Kräfte der Materie wie hier die Steinböcke festhält und sie dem unsichtbaren Kraftfeld gehorchen, das sich zwischen ihren beiden Dickschädeln, den beiden Polen aufbaut. O dieses Kinderspielzeug vom lieben Gott, wir nennen es das Leben. Und doch kann es vorkommen, dass einem Menschen über diesem „Mesmerismus“ so bitterschwer ums Herz wird, dass er sich aus dem Fenster stürzt. Ja, dann ist es so weit, dann ist er der Fall, ausgestiegen aus der elektromagnetischen Informationswelt, ausgeliefert einer anderen ungeheuerlichen Macht, der Schwerkraft, der

Anziehungskraft der Masse. Nur sie ist die Werkstatt der Mathematik und der darstellenden Geometrie, aus der die Kreise, die Kugeln, Spiralen und Ellipsen des kosmischen Inventars hervorgegangen sind. Und so lasset uns denn beten, und mit uns und in uns das elektromagnetische Spielwerk, beten zu dieser allmächtigen Gravitation, die man sogar mit Gott gleichgesetzt hat, sie, die uns aufrecht zu stehen ermöglicht. Bitten wir sie, dass wir nicht der Fall sind und nie werden.

*

In der Andacht ist es möglich, dem heiligen Namen, dem Sich-uns-Entziehenden, der ungesprochen bleiben soll, näher zu kommen, so nahe, dass er alle Rätsel umfasst, von denen wir wissen dass, aber nicht wissen, was sie sind. Er allein erweckt in diesem Hohlraum das Reich des Hoffens und die Sogkraft des Glaubens, geheime Mächte aus dem Jenseits der Vernunft, welche der moderne Aberglaube der Aufklärung als Unsinn ausgibt.

*

Aus tausendjähriger konservativer Revolution ist die Erde urbar gemacht als Ackerland hervorgegangen. Dessen geistige Früchte sind die Gleichnisse des Predigers Jesus. Er hat die Ernte eines Weltzeitalters eingebracht, in dem die Arbeit zugleich Ritual, Gebet und Gottesbegegnung gewesen ist.

*

Gott ist das Maß aller Dinge, so klingt es mir in den Ohren im Anblick des ionischen Tempels und seiner Proportionen. Ich fühle die atmende Schwellung, die Emphasis seiner Säulen, die stolze Kühle seiner Koren. Doch das Maß lässt sich nicht ermitteln, es ist kein Mittelmaß, es ist die Vollendung, die von der Ewigkeit her jedem Augenblick angemessen ist. Vollendung ist ein Gleichgewicht von Aufragendem und Tragendem, von Gewichtung und Lichtung. Gott ist Maß, das nicht messbar, ist Zahl, die nicht zählbar, Leben im Stein, das nie versteinert. Frohe Kunde, die im Augenblick der Ergriffenheit unverkündbar uns geschieht.

*

Während andere Völker sich die Erbsünde erst in ihrer Geschichte blutig erwirtschaften müssen, bekommt sie jeder traditionell geborene Abendländer als Angebinde gleich bei seiner Geburt.

*

Kain sieht mit tränenden Augen wie der Rauch vom Altar seines Bruders kerzengerade emporsteigt, während sich der seine qualmend und mit rußiger Fahne um ihn windet. Da packt ihn die Wut: „Erlisch, oder ich muss dich ersticken!“ Er springt auf und schleudert einen großen Stein. Irrtümlich trifft er den Bruder. Dessen Blut sprudelt und löscht das Feuer. Na endlich ist das Duellieren der beiden Altäre zu Ende. Erleichtert atmet er auf. Hat er sich das nicht schon immer gewünscht, frag- und makellos mit sich identisch zu sein? Nun kann er Einzug halten, feierlich begrüßt, als Städtebauer und Mathematiker. Mit Respekt wird sein

Abzeichen beäugt und bewundert. Erst zu Hause, im Wasser des Brunnens, erkennt er das Mal auf der Stirne, den schwarzen Altar, der unaufhörlich weiter rußt.

*

Auf dem Spielfeld der Phantasie, dem hoffnungsgrünen Rasen des Schöpfungstheaters: Wer schießt den ersten Ball? Die Mannschaft der Götter oder der Mensch? Wer liegt in Führung? Entweder die strategische Pädagogik der Götter zur Anleitung des Menschen oder ein schlauer Mann, der wie Abraham in Sodom Gottes Barmherzigkeit erschachert, indem er dessen stolzen Gerechtigkeitswillen in einen aufgeklärten Absolutismus zu mildern vermag. Auf diesem Spielfeld der Ideen kam es auch zum Pan-ent-theismus, denn weit erhaben überragt Gott dieses Weltprojekt, wie tief er zugleich auch in ihm verflochten ist. Tritt Er aber aus diesem Vexierbild der Natur hervor, sehen die zu Tode Erschrockenen in ihm sogar den Teufel. Der andere, entgegengesetzte Aspekt manifestiert sich im Gottmenschen. Zur Paradoxie auf dem Spielfeld der Ideen gehört es, dass auch die Interpretation des Ewigen dem jeweiligen Zeitstil unterliegt. Weil wir im Westen ins Abstrakte, All-Eine tendieren, ziehen sich die Bilder des Göttlichen ins Unsichtbare zurück. Der Kreis schließt sich. Aus dem Bildverbot ist der Bilder Not geworden.

*

Vielleicht erleiden Vögel nicht bloß den Tod, sondern erleben ihn beim Erfrieren. Jedenfalls wird ein Todeserlebnis im Verhalten von Elefanten am Leichnam eines Verwandten sichtbar. Der Tod scheint für sie eine ungeheuerliche „Äußerlichkeit“ zu sein, die sie mit ihrem Rüssel lang und breit abtasten. In uns aber ist der Tod innerlich tief verwurzelt. Bei jeder Stimmungslage unserer Seele kann er sich melden und zeigen, dass er mit von der Partie ist. – Wird die Hostie empor gehalten und hören wir die Worte „tuet dies zu meinem Andenken“, so sind uns auch unsere Verstorbenen gegenwärtig, ja wir selber sind es als künftige Tote. Was wir verzehren ist ein Totenmahl und zugleich Hochzeitsfest mit der kleinen Scheibe Welt.

*

„Ich bin nichts von einem stofflichen Leib“, verkündet Sri Raman Maharshi. Was für ein respektheischender Aufwand an geistiger Energie, bis man es so weit bringt, sich von allem stofflichen Beiwerk als gelöst zu empfinden. – Dem stehen vier Milliarden Jahre einer Gen-Werkstatt gegenüber, die unter geheimnisvoller, unerklärlicher Leitung zielstrebig daran gearbeitet hat, den Menschen, den bewusstseinstragenden Sprechenden unter allen Wesen, hervorzubringen. Wer hat hier Recht, Geist oder Natur? Oder begegnen wir, die Sprechenden und Denkenden, der Wirklichkeit nur in einem unauflösbaren Widerspruch anstatt in der Allliebe, welche uns die Widerspruchsfreiheit brächte?

*

„Unfrisierte Gedanken", eine verführerische Idee von Jerzy Lec: Ist die Philosophie nicht tatsächlich ein Frisiersalon, eine Perückenmacherwerkstatt? Hat sie nicht viel weniger mit dem zu tun, was im Schädel vor sich geht als mit dem, was ihm entwächst, mit jenem mythischen Rest der ehemaligen kraftgeladenen Behaarung, dank derer Samson als rechtgläubiger Terrorist den Tempel der falschen Götter zum Einsturz gebracht hat. Frisierte Gedanken vermögen das nicht so rasch und sicher.

*

Das Alte Testament handelt davon, wie mühevoll es war, einem Volk seine Auserwähltheit und die Werte, aus denen es bestehen sollte, beizubringen. Diese immer wieder von Krisen erschütterte Erziehung bedurfte schließlich eines noch in der Ferne liegenden, aber verheißungsvollen Zielpunktes, um das Volk vor dem Scheitern auf dem Weg zu bewahren. – Somit kann man die Geschichte des auserwählten Volkes als ethnische Allegorie der Menschheit lesen. Denn auch sie, auserwählt an der Spitze der Evolution, hat ihrer standortgemäßen Berufung nicht zu entsprechen vermocht. Doch unvergänglich haftet in ihr die Vorstellung von einem Punkt Alpha, der ihr die Erfüllung bringen wird, aber bis jetzt anonym geblieben ist.

*

Sobald die alten Naturmythen und die freie Exegese der Elemente in einen anthropozentrischen Gedanken geballt werden, ist der Keim gelegt, der aus Europa den Kontinent der Aufklärung macht. Mit der Scheibe Brot in der Hand dessen, der da sagt: „Dies ist mein Leib, der hingegeben wird für eure Sünden" erhält der Gottesausweis im Alltäglichen und allgemeinen Weltgeschehen seine Authentizität. Über das Nähren und Verzehren, Werden und Vergehen hinaus versuchen Lebens- und Denkkraft sich zu verselbständigen. Mystik und Aufklärung streben zueinander.

*

Daran hat sich nicht viel geändert: der Gott des Universums soll uns auch den Hausgott abgeben, zugeschnitten auf unsere Kopf- und Kragenweite. Schließlich ist dieser Bedarf noch immer das hauptsächlichste Anliegen eines Gutteils der Gläubigen. Doch der große Prophet des Westens hatte ganz andere Sorgen. Wie könnte es gelingen, die statistische Physik mit ihren spielerischen Wahrscheinlichkeiten in die Schranken von Gottes einer Wahrheit und seines Gesetzes zu verweisen. Denn unbeschadet der Tatsache, dass der Mensch ein Homo ludens, ein „verspielter" Mensch ist: Gott würfelt nicht. Und so stehen einander das unendliche Eine und der Schwarm maßlosen Gewimmels fremd gegenüber. Zum Wesen der Gottheit gehört es, dass sie, alle Antinomien überragend, da und dort zu Hause ist.

*

Blasphemie ist im Gegensatz zu dem Delikt, das laut Gesetzbuch bestraft werden kann, ein schwebender Begriff, der nicht immer leicht zu orten ist. Sind Caravaggios Heiligenbilder, wo der Straßenstaub und Lehm an den Fußsohlen der knienden Bauern allzu deutlich ins Auge fällt, blasphemisch? Als solche wurden sie aus den Kirchen entfernt. Oder Parmigianinos Madonnenbild samt Jesuskind mit den sublimen Reizen Amors in Blick und Lächeln? Wer würde wagen, dieses Bild in einer Kirche aufzuhängen? Der privaten Andacht soll es aber nicht vorenthalten bleiben. Denn hier schmiegt sich die Phantasie so innig und zugleich auch überhöhend der Schöpfung an, dass uns der Knabe als geheimnisvoller Bote in den Bann schlägt, denn seine Botschaft liegt im Blick.

*

In der Körpersprache scheuen die slawisch-orthodoxen Bettler auch vor der Proskynese nicht zurück, die uns sonst nur bei der Weihe von Priestern und Bischöfen zu Gesicht kommt. Erst die europäische Union hat es im 1. Bezirk Wiens so weit gebracht, dass man mit einem Blick die Bettlerin auf dem Gehsteig kniend oder gar liegend vor sich hat und zugleich die Brauthaube, welche vor so vielen Jahrhunderten der Maria am Gestade aufgesetzt worden ist. Aber erst jetzt bringt die Elektrifizierung die Klöppelarbeit der Steinmetze – fein wie Brüsseler Spitzen – nächtens zur Geltung. Von innen her leuchtend suggeriert sie uns, es handle sich nicht um eine Beleuchtung, sondern um die Erleuchtung in dem steinernen Haupt.

*

Zur Neuen Sachlichkeit in den Zwanzigerjahren des 20. Jahrhunderts gehört auch „die Flamme“, ein Verein, der für die Verbrennung des Leichnams – eine damals noch nicht allgemein akzeptierte Bestattungsform – eintrat. Sollte der Verstorbene dem Himmel höhnend die Zunge zeigen, die Feuerzunge der totalen Vernichtung, die sich nicht mehr in den organischen Kreislauf fügen wollte, wonach der Leib mit Hilfe mikro- und makroorganismischer Verdauungsprozesse zur Erde wird, aus der er hervorgerufen worden war. Brennt in der Teufelszunge die Flamme, welche das ewig lebendige Spiel der Kreisläufe durch einen Todessuperlativ verschlingt: statt fruchtbarer Erde – nur tote Asche? Oder gehört die Flamme als pfingstliche Feuerzunge dem heiligen Geist an, der die Welt ihres materiellen Ballastes entledigt, damit sie für die Heimkehr ins Reich des Geistes bereit ist? Was wird dir geschehen? Welche Flamme wirst du sein, wenn du verbrennst? Aber Symbole, wie die Flamme, sind doppeldeutig, ja mehr noch, sie beruhen auf ihrer Zweiwertigkeit.

*

Aus einer uralten Beziehungsgeschichte: Je blasser und abstrakter die Götter werden, desto subjekthältiger und anspringender die Menschen. Also wandelt einen die Lust an, sich das allzu individuelle Gesicht wegzuwischen, um wieder Götter sehen zu können.

*

Sokrates und Christus, beide sterben für ihren Glauben. Sokrates für die Vereinbarkeit von Gesetz und Individualismus. Christus für Gnade und Erbarmen. Beide sind Sieger. Beide haben die Welt in der Richtung verändert, für die sie sich geopfert haben. Ihr Opfer wurde angenommen.

*

Stand in den prähistorischen Kulturen die Schutzfunktion der Götter im Vordergrund, in den Hochkulturen die Erlösung durch die Götter, so wird in den Spätkulturen die Freiheit zum Zentrum der Ideenwelt. Delacroix hat sie als erster verbildlicht. Das Gewehr mit aufgepflanztem Bajonett in der linken Hand, die Fahne der Befreiung in der rechten, steht sie an der Spitze des Sturmangriffs. Ihr Altar ist die Barrikade, auf der geopfert wird, Menschenopfer, deren Blut den Weg in die Zukunft bahnen soll.

*

Sterbehilfe ist der älteste und das heißt auch der früheste Nachhilfeunterricht, den man den Menschen angedeihen ließ. Denn Kult und Kultur, Religion und Dichtung standen für Jahrtausende im Dienst des Ablebens. Neben dem Töten und Gebären waren Sterben und das richtige auferstehungsfähige Todsein die Säulen archaischer Grundausbildung.

*

Religions- und Kunstgeschichte weisen Ähnlichkeiten auf. Die Erfindung der Fotografie hat es ermöglicht, den imitatorischen Ehrgeiz des Abbildens bis ins Äußerste zu treiben, was nun die bildnerischen Kräfte reizt, sich von der äußerlichen Imitation der Wirklichkeit abzuwenden und die verhüllte Innerlichkeit zur evozieren. Parallel zur Fotografie schafft die Naturwissenschaft ein immer präziseres Weltbild, das einer umfassenden Weltschau zugrunde gelegt werden kann. Da aber kommt der Augenblick, da der Quantenphysiker mit Jehovas Stimme ruft: Du sollst dir keine Bilder machen. Sie sind ein Zerrbild der Wirklichkeit und Wahrheit.
Da und dort wird auf das Unsichtbare verwiesen. Und so hat der Religion just durch die Entwicklung der Physik eine Stunde der Wiederkehr geschlagen, rein und mystisch zu einem Grad vertieft, wie sie ihn nur selten erreicht hat.

*

In Grund und Boden zusammengebrochen liegt er da, geschlachtet, ausgeweidet und zugleich vollgestopft mit Trümmerwerk, der Poseidontempel am Meer, selber zum Opfertier geworden, im Morgenrot blutig glühend anstatt des schwarzen Stiers, der niemals mehr geschlachtet wird, dem abhanden gekommenen Gott.

*

In der Pantheonkuppel gibt es keinen Schlussstein, keine Laterne wie in den Kirchenbauten. Die heidnische Kuppel hat ein offenes Auge für das Blau des Himmels und sieht der Sonne direkt ins Gesicht.

*

Demaskierung ist das Generalthema nach einem tausendjährigen Maskeradeball. Keine Kuppeln mehr auf Kirchen, Museen oder Repräsentationsbauten der Wissenschaft. Das Sphärische hat sich zu verrollen. Mögen die Kugeln auch weiterhin im Kugellager als idealer Rotationskörper unserer Mobilität dienen, der religiöse Kuppelakzent, als metaphysisches Symbol des Himmels, hat ausgedient.

*

Tapetenwechsel für die Räumlichkeiten der Götter! Wie oft hat sich der Stil der Tempel- und Kirchenbauten geändert! Wie peinlich, ja entsetzlich, da es ja scheinen könnte, sie selber bestünden nur aus dieser wechselnden Verkleidung. Vergeblich rief der konservative Sophokles am Ende einer Tragödie, um die olympische Einheit zu wahren: Und dies alles ist Zeus! Nein, Zeus war nicht mehr gut genug für alles. Ein neuer Tragfähigerer, der das Kreuz mit der Welt tragen konnte, musste her. Der inklusive Monotheismus als Reifezustand des Polytheismus unterlag dem exklusiven Monotheismus. Doch die übermenschlichen Kräfte bleiben. Es sind nur unsere Vorstellungen, die abgenutzt ihre Eindringlichkeit einbüßen. Unser Gehirnmaterial ermüdet und verlangt nach Neubesetzung, nach einer neuen Stimme in der ewigen Rolle. Gedenken wir unserer späten Geburt, so wird uns auch die Erbschaft der verabschiedeten Bilder bewusst. Wir spüren sie in uns, denn sie sind es, die verwandelt uns weiterhin tragen.

*

Ein Choral „Sterben – mein Gewinn", wie er in vergangenen Jahrhunderten gesungen wurde, hat abgewirtschaftet, also versucht man sich von dort abzusetzen: „Tod und Verklärung" ist ein solcher symphonischer Essay von Richard Strauss, denn seit Richard Wagners „Liebestod" hat die Musik als metaphysische Oase des Wähnens alle Töne voll zu tun, um in das entstandene Glaubensvakuum mit einem wilhelminischen Riesenorchester hineinzublasen.

*

Antonio Gaudi (1852 – 1926) hat seine Kathedrale in Barcelona nicht als Bauwerk errichten wollen. Sie sollte als Lebensbaum im Schoß der heiligen Familie wurzelnd emporwachsen, damit sie jene Äpfel hervorbringe, die wir essen dürfen, den wissenden Glauben, das gläubige Wissen, die Frucht des 20. Jahrhunderts.

*

Der hinduistische Begriff des „zweitlosen Advaida" hat im römischen Mythos eine anschauliche Entsprechung: Die Zweigesichtigkeit des Janus lässt das Vorn und Hinten, Vergangenheit und Zukunft bzw. im ethischen Bereich das Gute und Böse, in der Gleichzeitigkeit eines einzigen Bewusstseinpanoramas verschmelzen.

*

Wer in zwei Wirklichkeiten lebt, kann sich selber oft nicht mehr für wirklich nehmen, was ja den Nixen, Feen, Schauspielern und Politikern immer wieder passiert. Aber auch ganze Kulturen geraten in dieses Dilemma, wenn sie einerseits nach Darwin den Kampf ums Dasein als Evolutionsbedingung akzeptieren müssen, andererseits am Sonntag sich zur Ächtung der Gewalt und des brutalen Biologismus bekennend die Verse aus der Bergpredigt singen: Selig die Verfolgung leiden um der Gerechtigkeit willen. Auf diese antagonistische Herausforderung kann auch die laizistische Gesellschaft nicht verzichten. In ihren Menschenrechten hält sie diese Forderungen hoch, wenn sie auch von der ökonomischen Praxis mit Füßen getreten werden.

*

Im Wandel des Baustils von der geduckten Romanik zur entmaterialisierenden Architektur hoch aufragender Glaswände in der Gotik und schließlich zum festlich ausschweifenden Barock spiegeln sich wechselnde religiöse Empfindungen. Das Veränderliche und das Bleibende, Gott und Ewigkeit – ein ebenso inniges wie launisches Paar. Oder sind es gar Mensch und Gott, Mücke und weiser Elefant?

*

Sakrale Architektur schwelgt in der Entfaltung von Frei- und Leerräumen. Erst aus solchem Anreiz des Unendlichen, einer Anspielung auf kosmische Dimensionen, geht Monumentalität hervor. Hochgespannte Zwischenräume geben den schlanken Säulen, dem Lilienkapitell, beleuchtet vom malerischen Licht der Glasfenster, eine tänzerisch bewegte Freiheit. Ohne anstößige Verbildlichung heiligen Geschehens, dennoch förderlicher für das Sinnenbewusstsein als jedes Abbild, rankt sich in der Fensterscheibe das Weinlaub, ist lebendige Gebärde und zugleich symmetrische Ordnung zeitloser Bestimmtheit.

*

Die polytheistischen Mythen und ihre Götter haben bis heute genug ergiebige Motive zur Verfügung gestellt, an denen jede Epoche ihrem Blickwinkel entsprechend weiterarbeiten kann. Dem Olymp mit seiner konfliktreichen Sozietät steht Golgatha gegenüber, konzentriert auf ein einziges Ereignis: des Menschen Beziehung zu Gott. Erst durch die Passionsmusik kann eine solche Partnerschaft mit einer überweltlichen Macht als Kunstwerk gelingen.

*

In der Zeit, die angeblich über die Transzendenz hinausgewachsen zur posttranszendenten geworden ist, wendet sich der Schwerkranke bei seinen Bitten oder Gebeten an die Unschärfe der Statistik, die bei vielen derzeit Gottes Stelle einnimmt. Da sie ja nur die Anzahl der Fälle mit guter und schlechter Prognose angibt, darf jeder hoffen, zur Zahl der Schicksalsbegünstigten zu gehören.

*

Aus der „religiösen Eselsbrücke“ (Ludwig Feuerbach) in die Zukunft sind Stahlkonstruktionen von erstaunlicher Tragkraft und Spannweite geworden, Öffnung in eine fast unbegrenzte Mobilität. Zugleich brummen die Brückenköpfe vor lauter Zukunft, als müssten sie platzen. Zukunft ist lebensgefährlich geworden.

*

Gott und Satan repräsentieren methodisch gesehen Deduktion und Induktion. Denn der Satan sitzt bekanntlich im Detail. Mit seinem peinlich genauen, ausgetüftelten Piesacken, auf die Foltererfahrung aufbauend, steigert er die Höllenqualen, ohne die totale Vernichtung des Klienten zu erreichen, also ein induktives Arbeitsverfahren ohne Ende. Im Himmel aber ist man auf das Ganze, Umspannende ausgerichtet, auf die Ideen, von denen man deduktiv zu jedem Einzelnen auf die Erde hinabsteigt, und ihm, dem Träumer, seine Vollendung im Himmel zeigt.

*

Der haarscharfe manichäische Schnitt zwischen Gut und Bös hat eine Querschnittslähmung unseres geistigen Leibes zur Folge.

*

Ewige Wiederkehr. „Natur und Geist, so spricht man nicht zu Christen“, mahnt der Kanzler in der Kaiserpfalz den Mephisto, denn „Natur ist Sünde, Geist ist Teufel.“ Heute sagt der Kanzler, wenn er Marxist oder Agnostiker ist: „Natur-pur ist Faschismus, Geist ist esoterischer Mief oder Vision, reif für psychiatrische Behandlung.“

*

Ob Erbarmen mit dem armen Teufel oder romantische Schwärmerei für den literarischen Satanismus, das Teuflische steht auch in der derzeitigen Unterhaltungsindustrie hoch im Kurs, so dass man in der Fernsehsendung „Wetten, dass ...?“ die historische Wette spaßig wiederholt, auf die sich der liebe Gott und Goethe im Faust mit dem Satan eingelassen haben. Wird das alte Europa faustisch treu gesinnt bleiben, auch wenn die Pensionen immer kleiner werden? Wetten, dass der Teufel gewinnt und die Engel ihm den Stiefel am Pferdefuß wichsen müssen, immer in Gefahr, einen Tritt mitten ins Gesicht zu bekommen, denn die Europäer werden ihren Kontinent samt seiner Kultur in ein Disneyland zur Unterhaltung der übrigen Welt verwandeln und sich als Fremdenführer ruhig ihrem Aussterben überlassen. Im Fernsehen jedoch ist die Geschichte im goethischen Sinn besser ausgegangen. Die Menschenfrauen haben die Teufel auf der Himmelsleiter so weit hinangezogen, dass sie mit ihnen Musical-Produktionen zustande bringen, zur Begeisterung für den ganzen Globus, made in einem satanisierten Europa.

*

Der Teufel schläft nicht, hieß es. Nun, da ihm seine Entmythologisierung das

Leben gekostet hat, stehen tausende Eigenschaften, deren Träger er mit seinem Pferdefuß gewesen ist, verweist ohne Mann da. Doch der berühmte „Mann ohne Eigenschaften“ wehrt sich, auch nur eine einzige Eigenschaft des armen Teufels zu übernehmen, obwohl manche Leute an ihm, dem Realitätsverweigerer, den Pferdefuß zu sehen glauben.

*

Bis 1521 waren Pech und Schwefel die ausschließlichen Ingredienzien des Teufels aus dem Höllenpfuhl. In einer engen Kammer auf der Wartburg vollzog sich die weltweite Wende in jenem Augenblick, da Luther das Tintenfass dem Teufel an den Kopf warf. Fortan gehörten auch Tinte, Druckerschwärze und Literatur zum Ensemble des Diabolischen.

*

Bei einer ökumenischen Trauerfeier in der Wiener Piaristenkirche bekam ich ein Gespür dafür, wie nahe sich alchemistische Arbeit mitsamt dem ägyptischen Handwerk der Mumifikation und kirchliches Ritual beziehungsweise eucharistisches Geschehen gestanden sein müssen. Unzweifelhaft hat sich der Alchimist des 11. Jahrhunderts an seinem Ofen als Priester gefühlt, dem die Verbindung, das heißt die Trauung, zweier Stoffe oblag. Ihm war bewusst, welche Bedeutung dem Kalender, dem Klima, ja jeder Handbewegung bis auf die Stellung der Finger bei dem Geschehen in seinen Kolben und Gefäßen zukommt. Abträglich war es, den Unterschied zwischen chemischem Experiment und kirchlich religiösem Ritual hervorzukehren, förderlich erwies sich, die stoffliche Vereinigung als Variante dieses fundamentalen Kultes der Verwandlung zu zelebrieren. Demnach wurde ihm sein Destillierofen zum Altar. Freilich hatte das geistliche Geschehen seine materiellen Voraussetzungen: Reinheit der Gefäße, sorgfältigste Pulverisierung der Partner, so dass es zu einer feinsinnig interfazialen Begegnung kommen konnte. In dieser Anschauung erkannten sie einander so eindringlich, dass sie sich entzündeten und die chemische Hochzeit als exotherme Reaktion so lange glomm, bis die Wandlung eintrat. In ihr hatte sich noch, wenn auch unendlich fern, die Verwandtschaft zur Eucharistie bewährt. – Nach so vielen Jahrhunderten chemischer Hochzeiten begegnete Otto Hahn 1938 erstmals der „Scheidung“ eines Kerns. Die bei dieser Kernspaltung frei werdende Energie liegt nun in des Menschen Hand, eine neue satanische Versuchung.

*

Der andere Prometheus. Das gigantische Himmelsspiel bestaunend haben die Menschen die Allmacht in Sonne und Mond, Donner und Blitz angebetet. Dies hat den Ehrgeiz und den Neid Satans nicht mehr ruhen lassen, bis er die Menschen so weit gebracht hatte, dass sie auch ihn ehrfurchtsvoll anstaunten, wenn er die Himmelsereignisse, das Feuer, das Licht zähmte und die Flamme bändigte, so dass sie bald damit zu kochen, zu braten, zu schmelzen verstanden. Bald darauf, angeleitet vom Satan, begannen die Menschen in wind- und regengeschützten Höhlen zu experimentieren, wobei wunderbare, nie da gewesene Dinge zum Vorschein kamen: goldene Ketten, bronzene Gefäße, gläserne Kugeln. Die Hölle hatte auf Erden Fuß gefasst. Auf induktivem Weg, in kleinen Schritten, hat der Mensch als echter Teufelsschüler die Materie gezwickt und gezwackt, bis sie sich durch überraschende Hexereien loszukaufen suchte. Wenn sich aber jetzt der Blick von der Feuermulde des Dorfes zum Himmel erhob, war er ein anderer geworden. Die Kometen und Lichter des Himmels waren großartig wie eh und je und doch zugleich verwandt mit der glosenden Glut am Herd. Die Gebete der Menschen zum Himmel wurden inniger, was nicht hinderte, dass sie die Lichtfiguren und Sternenmuster zu zählen und zu zeichnen begannen. Da zog der Satan den Schweif ein. Der Mensch war ihm nicht mehr geheuer. Im Großen und Ganzen hat sich daran nicht allzu viel geändert. Der induktive waagrechte und der deduktive senkrechte Weg kreuzen einander. Wenn wir die Arme ausstrecken, passen wir haargenau auf dieses Koordinatenkreuz.

*

Monogamie, Monokratie, ihnen haftet böse Monotonie an, die wir nur schwer ertragen. Anders der Monotheismus. Ihn krönt eine Gloriole der kosmischen Einheit, die allerdings durch Trinitäten im Hinduismus und Christentum verschiedenen Aspekten des Göttlichen Rechnung trägt und mit einer Assistenz von Heiligen der psychologischen Vielfalt sozusagen demokratisch entgegenkommt. – Solche monistische Vision schwebt auch den Naturwissenschaften als Ideal vor, wenn sie in einer Weltformel den Kosmos erfassen und einschließen wollen. Bisher ist es ihnen nicht gelungen, dieses Ziel zu erreichen. So hat sich in der westlichen Zivilisation der „heidnische" Polytheismus eingeschlichen. Jenseits aller Theologie ist er zur praktizierten Selbstverständlichkeit geworden. Eine Erleichterung für die Vernunft, eine Erschwernis für die Moral. Dem Monismus die absolute Treue gehalten haben nur der Islam und das Judentum. Was als Idee zueinander gehört, stößt sich aber in der Enge des Raumes ...

*

Mensch und Maschine kollaborieren in Blasphemie. Hemmungslos speien Druckereien die Schönheiten der Jahrhunderte aus, Bildschmuck für Kataloge, Weihnachtsmärkte, für Glanzpapier-Illustrierte. Als Wurfsendung angelangt, werden sie auch schon wieder zur Entlastung des Schreibtisches in den Müll geworfen. Die Reklamevernutzung in tausendfachen Reproduktionen macht Ruhm und Schande zu den beiden Seiten einer Medaille. Deshalb entstehen jetzt auch Werke, geprägt von der Gier, sich zu rächen, indem man die Reproduktionen der Meisterwerke übermalt und mit der Spachtel zerkratzt. Das Zeitalter der Rache ist angebrochen. An wem rächt man sich da eigentlich? An der eigenen Verzweiflung?

*

Ludwig Feuerbach war für Gottfried Keller in seinen Jugendjahren „ein bestrickender Vogel, der ... mit seinen monotonen Tiefen und klassischem Gesang den Gott aus der Menschenbrust wegsingt." Also ein Rohrpfeifer, der Gott auspfeift, bis dieser schließlich seine irdische Bühnenlaufbahn aufgibt. Doch 150 Jahre später trommeln, plärren, säuseln und stöhnen die Bands in den Diskotheken etwas Namenloses herbei. Es wird sie sicher erhören, denn ohne Es zu kennen, befolgen sie das Gebot seiner anonymen Unnennbarkeit.

*

Biologisch getönte Ideen, ideell getönte Biologie – sie erreichen die beglückende Schwellung des Individuums zum Unisono im Wir, in der Familie, der Generation und der Weltgemeinschaft. Deren Haltbarkeit ist aber durch einen voluntaristischen Biologismus allein nicht gewährleistet. Es bedarf einer dritten Kraft, die sich zu bewähren ha, in der Treue, im Verzicht und dem Bewusstsein, die Gnade des Daseins verantworten zu müssen.

*

Gerade diejenigen, die nach der Lektüre der medizinischen Aufsätze in den Sonntagsausgaben ihrer hochqualifizierten Zeitungen nicht mehr wissen, ob sie eine Seele haben/sollen/dürfen/müssen, sind ob der Seele Europas jetzt mehr besorgt als sie es um die Seele jenes Auslands gewesen sind, das sie aber immer schon ihrem Hausland vorgezogen haben.

*

Gestehen wir es uns doch ein: 1,7 Millionen ziehen jährlich den Tiergarten mit Schwerpunkt Affenhaus einem sonntäglichen Kirchgang vor. Dort steht die Familie einem Wesen gegenüber, mit dem sie sich ebenso identisch wie nicht identisch fühlt. In solcher flotten Doppelfunktion und Gespaltenheit hat es etwas vom lieben Gott an sich, von jenem Namen, bei dem ein vorwitziges Kindlein einmal gefragt hat, ob „lieber" sein Vorname sei. Tatsache bleibt, dass beim sonntäglichen Besuch im Affenhaus eine Banane, von der Hand eines Gorillas behutsam geschält und verzehrt, die Kinder vor dem Gitter des Käfigs wie angewurzelt verharren lässt, als würden sie den neuesten Science-Fiction-Film sehen. Oder ist es etwas vom Geheimen des Numinosen und Mythischen in der Schöpfung, das sie hier berührt – 150 Jahre nach Darwin ist die Abstammungslehre nicht mehr ein entwürdigender Skandal, sie gerät zur vorschulischen Erziehung des Religiösen.

*

Wir allesamt sind Zwitter aus dem Gewollten und dem ungewollt Gewordenen, aus der Macht des Willens und der Über-Macht des Unwillens, der sich über das Willentliche in uns erhoben hat. Aber irgendwann beginnt man rückläufig zu leben. Das Gewordene wird zum Rohstoff für das säuberliche Entwerden. Das krampfhaft Gewollte verrollt sich, bis etwas übrig bleibt, das guten Willens gewesen ist und bleibt.

*

Was wollen wir noch mehr? Der chaotische Zufall und die erbarmungslose Notwendigkeit, Täuschung und Wahrheit, Freiheit und Zwang haben ein Konkordat geschlossen, das seit Milliarden Jahren bestätigt wird und in dem seine bösen Gegensätze immer zu Null aufgehoben werden, aussterben und verschwinden, das Produktivste, was sie miteinander im Verlauf der erstaunlichen Evolution des Lebens zu vollbringen vermögen. Und so dürfen wir uns das Endprodukt dieses Konkordats als gottähnliche Null geziemend vorstellen.

*

Städtische Reinigungsverfahren: Mit dem Besen in der Hand, mit dem Nein im Mund, mit der Bombe im Flugzeug. Dreistufige Abwehr unseres bösen Un-Rats durch Nein, gesteigert vom Tätlichen zum Tödlichen. Demgegenüber die Seligsprechungen des Nein, des prophylaktischen Nein, womit sich ein lauteres Herz so gut es geht vor dem Bösen bewahrt und die Kraft gewinnt, zum Schmerz und zur Trauer ja zu sagen, das große Ja zur Bergpredigt.

*

Der Nein-sagen-Könner der Schöpfung, wie Max Scheler (1874 – 1928) den Menschen nennt, hat mit seiner Zunge einen ganz besonderen Pfortenschlüssel geschmiedet. Denn seither vermag er mit einem Zungenschnalzer das geheimnisvolle und unübersehbare Zauberreich der Freiheit zu öffnen. In der Diskrepanz zwischen der Leichtigkeit, mit der die Initialzündung den Willen zu entfachen vermag und der Schwierigkeit, diesen Flächenbrand der Wünsche zu löschen, liegt das Problem der Pyrotechnik unserer Leidenschaften.

*

Wann ist der rechte Zeitpunkt gekommen, mit der Schulung des Nein-sagens anzufangen? Mit seinem hohen emotionalen Pegel bedarf es der größtmöglichen Kontrolle besonders zu Beginn des Gebrauchs. Wie entwickelt man die Tugend des Nein als Abwehrstoff, als Antibiotikum gegen Gifte und Drogen? Wie schärft man das Verständnis für das Psychopharmakon Nein, um uns immun zu machen gegen bequeme Angewohnheiten und Denkfaulheit? Verwerflich ist der allgemeine Gebrauch des Schmiermittels Geld, um den Kindern unvermeidliche Kränkungen beim verbietenden Nein zu ersparen. Nur der Schlüssel des Nein hat einen zweifachen Bart, einer öffnet die Hölle, der andere den Himmel.

*

So wie bei Andersen der Snob-Kaiser, bekleidet mit der neuen Staatsrobe, nicht sieht, dass er nackt ist, spürt sein Nachfolger, die Wohlstandsgesellschaft nicht, dass sie in den Ketten ihrer Dressur das Lied von der Freiheit tanzt. Seitdem wir niemanden mehr haben, dem wir zutrauen, er könne übernatürliche Geborgenheit beglaubigen, ist die Realität zur alles erklärenden Glaubenssache geworden, und die Druckknöpfe der Apparate tun alles dazu, diesen Glauben leicht fasslich und handgreiflich zu machen.

*

Das Kunstwerk war Nahrung für die Anschauungskraft und zugleich Medikament zur Heilung seelischer Leiden. Diese Identität ging verloren. Nahrung wurde zur Kulinarik, geistiger Gehalt zur geistreichen Dekoration. Doch bleibt dieser Wandel von andächtiger Darbietung zum Service für den Genießer nicht ohne Abwehr und Gegenkräfte von Seiten jener, für welche Ästhetik ein unverzichtbares Organon der Erkenntnis und der Vertiefung religiösen Bewusstseins bedeutet. Somit wird die Kunst zu einem Kampffeld um Verlorenes und um noch nie Dagewesenes. Ihr in praktischer Hinsicht nutzloses Ringen erweist sich als das zentrale Geschehen, in dem und an dem der Stand und Bestand der Seele entschieden wird. Dies ist der Alltag des Jüngsten Tages.

*

Der psychologisierende Mensch lebt und arbeitet im riesigen Umspannwerk der Verbundgesellschaft als leibhaftiger Transformator, wohingegen der metaphysische Mensch den direkten Draht zu den anonymen Kräften hat. Der hauchdünne Draht ist das Einzige, was von ihm noch übrig bleibt, wenn es ihm gelingt, sein Schicksal, seine Zeit, seine Gedanken und Gefühle, sein Wünschen und Wähnen zu abstrahieren. Dieses Überbleibsel verfügt über die wunderbare Eigenschaft der Supra-Leitfähigkeit am absoluten Nullpunkt.

*

Zur Naturgeschichte des Alphatieres. Ob Herde oder Horde, das Leben im Kollektiv braucht den Leithammel, das Alphatier, das uns rüffelt, das Fürchten beibringt, damit wir unter dessen Schutz vor Katastrophen bewahrt bleiben. Wahrscheinlich waren es schönere Zeiten, als das Alphatier immer ein Mutterweib gewesen ist. Im Eisernen Zeitalter wurden die Sitten rauer und rauer. Helden, Könige und Kaiser schufen sich eine Welt des Gehorsams und der Leistungen, welche den Einzelnen nicht bloß rüffelt, wenn es Not tut, sondern zum Herdentier im Dienst der Macht vergattert. Da kam es endlich zur großen Wende. Immanuel Kant verkündete kategorisch: Jeder ist sein eigenes Alphatier und daher verpflichtet, sich von seinem Gewissen aber sonst von niemand anderen rüffeln zu lassen. 250 Jahre nach Kant nimmt sich die Sache schon wieder anders aus. Wohl sind die Menschen klüger, aber auch eigenwillig bockig geworden und lechzen dabei wie die Herdentiere nach dem Gebrüll, das sie staunen macht, nach den Hörnern und dem Geweih, das ihnen imponiert. Das Gewissen jedoch ist eine verödete Krampfader. Großes Alphatier Kant, was hast du angezettelt!

*

Vom Pilgerzug zur Spaßgesellschaft. Stärker als jede andere war unsere abendländische Kultur auf das Charisma der Leidensfähigkeit zentriert, den Golgatha-Weg der Erlösung. 600 Jahre ist es her, in jedem gotischen Astkreuz wurde der Schmerzparoxysmus bildlich vergegenwärtigt. Zu gleicher Zeit verstand es aber der Satan, das bedrohliche Zähnefletschen des Raubtiergebisses physiognomisch stimmig zum bösen Charakter und doch wundersam überraschend zu nützen. Mit ausgiebigem Kiefertraining ist es ihm gelungen, das angstmachende Gebiss zum Instrument eines Bonvivant zu machen, dessen vollmundiges breites Lachen allen garantiert, hier sei man satt und friedlich. In mancherlei Abwandlungen dieses Typs hielt der Satan Einzug in unsere Kultur und verschaffte der Opposition – lange bevor es eine Demokratie in Europa gab – eine beachtliche Stellung, die dazu geführt hat, dass nun die ganze Kultur als Spaßgesellschaft fest in Satans Hand liegt. Mona Lisa mit ihrem leisen, subkutan ironischen Lächeln, stand am Anfang dieser Umkehr. Sie scheint die Einzige zu sein, welche die drohende Gefahr schon erkannt hatte. Wann wird sich diese Gesellschaft zu Tode lachen?

*

Wenn ich an meinem mittäglichen Burger aus der Pappschachtel bei McDonald's kaue, drängen sich mir immer die großen ziselierten Speisekessel der Bronzezeit für das rituelle Mahl auf. Aus diesen kostbaren Gefäßen nährte man den Gott just dadurch, dass man ihn als Totemtier verzehrte. Was an blutiger Innigkeit ist da verloren gegangen?

*

Hat Mutter-Sein Zukunft? Fragt eine Kirchenzeitung in naseweisem Wahnsinn. Mutter ist Zukunft, ob gut oder schlecht. Ohne sie keine Fortsetzung.

*

Der Schoß der Frauen ist es, aus dem das Wir unmittelbar hervorgeht. Die Männer bedürfen dazu ein Umfeld von Du auf Du. Gefährlich wird das Ich, das als Wir auf dem Thron des Plurals Platz nimmt. Das Schlimmste jedoch ist das Ihr, das ein Ich verwendet, um seine Auserwähltheit zu zelebrieren. „Wahrlich, ich sage Euch", das bleibt Gott vorbehalten.

*

Über Kirchenaustritte spricht man genüsslich, über Demokratieaustritte schweigt man sich aus, so gut es geht. Reicht die Vielfalt der Parteien mit ihren realistischen Aspekten nicht mehr hin, die Bevölkerung unter einen Hut zu bringen? Bleibt ein irrationaler Rest unbedeckt?

*

Wir sind Wirklichkeitsgewinnler. Über dem Mond und Saturn noch weit hinaus wachsen die Gewinne an Einblick und machen Mythen zu Relikten. Wächst uns das alles über den Kopf? So scheint es. Denn die Entschlackung der überfüllten Gehirne ist gefragt. Sei ein Genießer deiner Entsagung, ein Bekenner deiner Wirklichkeitsverluste und du wirst zum Gläubigen werden.

*

Wie die Entchristianisierung Europas um sich greift, ist unter anderem an der Drogensucht abzulesen. Aber auch der letzte Christ wird mit seinem „heilig nüchternen Wasser" der Taufe und des Wortes die zerrüttete Masse der Drogenkranken zu heilen und zu bekehren versuchen.

*

Der so genannte Terror erwirbt sich das Recht auf Mord durch den Glauben an das Selbstopfer als martyrologischen Lohn. Er ist ein Geschäft zwischen Verbrechen und Heiligkeit.

*

Die von ihm durchforschte Evolution löste in Charles Darwin kein Triumphgefühl aus, sondern Betroffenheit, als stünde er vor einer Tragödie, an der er mitschuldig sei, denn er sagte: „Es ist als müsste man einen Mord gestehen, aber die Arten sind veränderlich." Unanzweifelbar erweist sich die Evolution als Mörderin ihrer Kreaturen, gönnt ihnen keine Bestandsgarantie und vertilgt sie denjenigen Arten zuliebe, die zur Nachfolge bestimmt sind. Kein Lebendiges hat also im Plan der Natur ein Daseinsrecht, wie es im Menschenrecht festgeschrieben scheint. Plötzlich steht da Jehova vor uns, wenn er Abraham befiehlt, seinen einzigen Sohn als Schlachtopfer auf dem Berg Horeb darzubringen, einem höheren Bewusstsein zuliebe, das ihm durch den Glaubensgehorsam offenbar wird. „Zuliebe" hat also mit unserer Menschenliebe nichts zu tun.

*

Die Götter haben es nicht leicht. Entweder geraten sie zu abstrakt wie Jahwe oder zu eindringlich plastisch wie Zeus. Die abstrakten brauchen menschliche Assistenz in Form von Propheten, um für die Gläubigen interpretierbar zu werden, was aber dazu führt, dass sie einen Großteil ihrer Souveränität delegieren und schließlich repräsentativ aber machtlos einem theologischen Ministerium vorsitzen. Die gestalthaft-fasslichen jedoch bedürfen der irdischen Frauenliebe, um mit ihr Rebellensöhne zu zeugen, welche die Esoterik und Spiritualität von der Opposition her in den anschauungsübersättigten olympischen Bereich einzubringen vermögen.

*

Jeder Luzifer will seinen Absturz in einen Umsturz umfunktionieren. Wackeliges ist ja genug da.

*

Der Satan hat das Wort und das Wort ist beim Satan. Das Wort heißt cool. Denn die Zeit der Wärmekraftmaschinen wird bald zu Ende gehen. Die Kältemaschine arbeitet mit der Gewalt, die kaltblütig, kaltherzig, kaltschnäuzig aus dem Nullpunkt kommt.

*

In *Wort und Wahrheit*, einer der Glaubenswelt verbundenen Zeitschrift des vergangenen Jahrhunderts, begründet das Bindewort „und" zwischen dem verkündigten

Wort und der kausal-empirisch fundierten Wahrheit ein unlösbares Bündnis. Skeptiker sehen jedoch in dieser Kopula nur den Kuppelpelz, den sich Friedensstifter zwischen Glauben und Vernunft verdienen wollen oder den Sprengstoff in dem verminten Sprachfeld aus Religion und Naturwissenschaft. Nun hat sich die Lage geändert. Die Physik hat Räume geöffnet, die für den Durchschnittsmenschen ebenso wenig zugänglich sind wie die Mystik vergangener Jahrhunderte. Wer mit seinem Hausverstand derzeit hauslos geworden nach Notstandsquartieren sucht, für den ist der heimtückische Sprengstoff der Kopula längst schon entmint. Mystik und Wissenschaft mit ihren Paradoxien sind den Suchenden ein Paar Schuhe für ihren geistigen Leib geworden. Wie ehemals Peter Schlemihls Stiefel erschließt es ihnen eine neue Welt.

*

Vom Imperium romanum zum Imperialimus sine nomine. Vom Hof zum Markt und dessen Wirtschaft. Von Gottes Gnadentum zur Gottlosigkeit ersten und zweiten Grades in den amerikanischen Regierungsparteien, gesehen aus dem Blickwinkel der nicht regierenden Fundamentalisten. In Europa aber ist man Gott so gründlich losgeworden, dass die Gottlosigkeit der Regierungen nicht mehr graduierbar ist. In der Kulturpolitik hat sie die Temperatur der Hölle erreicht.

*

Daran vorbei gelebt haben, nicht einmal tangential, so dass man mit einem Punkt in Berührung gekommen wäre. Nein, nur windschief verhuscht, allen großen Entscheidungen entronnen, so geht einem der euklidische Lebensraum, die angeborene Wohlordnung der Zentralperspektive verloren. Da steht man nun ortlos in einem verschwebenden Raum. Was für ein clownesker Zirkusakt ist das! Und trotzdem. Je mehr man sich verwaist fühlt, desto stärker pendelt etwas im Herzen. Man kann zwar die Richtung nicht wiedererkennen, sie hat ja keinen Gegenstand, an dem der Blick sich festzuhalten vermöchte, aber das Herz spürt sie und kündigt sie kräftig an – weiß, auch ganz ohne erkennbaren Gegenstand: dort muss es gewesen sein, dort und nirgendwo anders. In jenem Winkel.

*

Die zeit- und ortsbestimmte Geschichtlichkeit, vorgegeben in dem hebräischen Eigennamen Jesus, ist verbunden mit einem Wort der griechischen Theologie „Christos“ als Zeichen seiner Berufung. Dem Lebensgang an der Kette von Ursache und Folge bleibt das Reich des Mythos überlagert, Quellgebiet der urtümlichen Prinzipien. Dieser Zweiwertigkeit ist auch unsere Namensgebung insofern nachgebildet, als das Ich einerseits durch den Eigennamen in der Taufe, andererseits aber durch das Wir des Familiennamens bestimmt ist. In unserem Geflecht von Induktion und Deduktion, von Wahlfreiheit des Vornamens und Vorbestimmtheit des Familiennamens spiegelt sich Jesus Christus mit der

Verheißung, dass wir aller unsauberen Verschachtelung in der concordia discors entrinnen werden.

*

Der Tod ist eine Erwartung, von der man gar nicht weiß, ob sie unsere Vorstellung von Ankunft, von Kommen und Gehen einlösen wird. Anders die Sterblichkeit. Sie steht als andauernde Gegenwart mit dem nachdenklichen Blick der Meduse vor uns. Aug in Aug mit ihr leben wir weiter, gebannt und gefesselt von dieser leuchtenden Mitte. Meduse lässt das Leben zu einer Architektur erstarren, an der das tägliche Leben vorüberrinnt. Wird ihr Blick die kristallisierende Ordnungskraft auch in das zerfließliche Jenseits bringen dürfen?

*

Wenn man als Jahrgang zwanzig den Krieg überlebt hat, kann man sich die Melancholie des „Hätt' ich doch, wär' ich doch ..." ersparen. Ananke, die Zwänge des Notwendigen bestimmten so sehr die Zeit, dass für das Dämonium, den Eigensinn, wenig Wirkraum übrig geblieben ist. Der Schein-Liberalismus der Ich-Illusion konnte sich kaum bis in die irrige Überzeugung von Freiheit aufplustern. Für einen solchen ausgelaugten Rückstand der Schicksalspresse erhebt sich nicht die Frage nach dem Selbst. Er fragt sich vielmehr, was er mit dem Menschen, der unter seinem Namen herumläuft, überhaupt noch zu tun hat, oder ob die Anders-Lastigkeit – „fremdlastig" setze ich nur als falschen Ausdruck hierher, um den fehlenden unauffindbaren aber richtigen zu suggerieren – ob diese Anders-Lastigkeit den Begriff des Individuums und der Person nicht schon längst zum Kippen gebracht hat. Was war man also noch? Nur ein geduldiges Fragezeichen? Oder ein dringlicher Doppelpunkt, Signal dafür, dass eine Depesche kommt. Ich warte auf sie.

*

Die Gretchenfrage: „Wie hast du's mit der Religion?" ist vielleicht durch nichts besser zu beantworten als durch das Porträt zweier betender Hände: zehn Finger, genau Kuppe an Kuppe gelegt. Glaube – ein sorgfältiges Handwerk, wo Hand und Werk zu Zwillingen des Glaubens geworden sind. Man greift sein Ergriffensein und begreift sich selbst auch noch in dem, was man schuldig geblieben ist.

*

Der wahrhaft Religiöse ist ein Agnostiker, der nichts weiß, aber glaubt. Da er nichts weiß, weiß er auch nicht, woran er glaubt. Aber was hat denn schon das Licht einer Taschenlampe mit der entflammenden Begeisterung eines schmerzlichen Glücks zu tun, indem die Zugehörigkeit zum Ganzen und das Ganze in Dir offenkundig wird. Wenn dir auch nur ein Augenblick dieses Bewusstseins gegönnt ist, er stigmatisiert für immer.

*

GOTT, DER DIESEN NAMEN VERDIENT

Unter einem solchen kabarettistisch anmutenden Motto diskutieren Wissenschafter ernstlich auf universitärem Niveau, welche Bedingungen zu erfüllen sind, um die Graduierung einer Entität zum Gott gelten zu lassen. Nehmen wir dieses Motto ernst, so richtet sich vielleicht Einsteins „Gott würfelt nicht" keineswegs als Information an seine Physikerkollegen, sondern an Gott höchst persönlich als Mahnung, das Würfeln in Zukunft gefälligst bleiben zu lassen. Er möge sich in Acht nehmen. Das Jahrtausend, da eine Göttin wie Fortuna oder ihr Klientel in ihrem Namen in der größten Tempelanlage der Antike würfelte, gehört der Vergangenheit an. Jetzt zählt es zu den Ungehörigkeiten, die der Darwinismus noch hilflos mit sich und seinen Mutationen herumschleppt. – Oder hängt nicht doch alles bloß von der Inflation des Wortes Zufall ab, einer blassen Vorstellung anstatt einer Göttin mit Füllhorn voller Glücksbonbons? Aber die Wissenschaft selber löst dieses Problem, indem der unscharfe Zufall durch eine gleichwertige aber handfeste Verteilung von Wahrscheinlichkeiten zu einem honetten Betrieb der Physik gemacht wird, von dem alle beobachtbare Weltordnung abhängig ist. Freilich, als Kriterium bei der entscheidenden Frage, ob Leben geplant oder ungeplant entstanden sei, nimmt sich die Wahrscheinlichkeitsverteilung so aus, als ob man von einer Welt sprechen wollte, in der es eine Materie gäbe, die ein bisschen schwanger werden könnte. Wer ist aber an dieser unentschiedenen Schwangerschaft schuld, von der man nicht weiß, ob Zufall oder Plan dahinter steckt. Es ist nicht zu verheimlichen: unser Vaterunser ist daran Schuld, da er sich dem Vaterschaftsnachweis und den biologischen Testmethoden entzieht. Es bleibt also vernebelt, wer unser Vater ist: Gott oder der Menschenaffe. Da blinzelt wieder der Kabarettist herein: Gott Vater, der sich der Wissenschaft verweigert, verdient er denn noch diesen Namen? Ganz zu schweigen von seinen anderen Ungebührlichkeiten. Er, der „Ausweichler", lässt seine Geschöpfe durch die Tyrannis der Genmaschinerie, durch die Materialprüfung des Survival-of-the-Fit-Test laufen. Die romantische Naturschwärmerei gilt also einem erbarmungslosen Machthaber, einem Gegner der antiautoritären Erziehung, der im Faschismus seine natürlich-ideologische Fortsetzung findet. Solchermaßen bringt uns die Evolutionstheorie tatsächlich auf die schiefe Bahn der aufständischen, rebellierenden Engel, welche dann im biblischen Text als Sataniden bestraft werden. Nach deren Sturz bleibt ein Gott als reiner Geist ohne Natur zurück, je nach Geschmack ent- oder verzaubert, jedenfalls wenig brauchbar für ein Leben, das nach Nähe und Geborgenheit auf Erden lechzt. Wohin sind wir da geraten? In das tragische Weltbild der Griechen. Auch uns schlägt die Stunde, da der Apostel Paulus und sein unbekannter, anonymer und unerklärbarer zur großen Absurdität am Kreuz erhöhter Gott mit dem ironischen Lächeln der Athener als Antwort abgespeist wird. Danach hat dieses Passionsdrama Gottes eine unablässige Fortsetzung erfahren, die man blasphemisch genug als Fortschritt interpretiert. Denn einerseits rebellieren wir gegen die Gentyrannis der Naturübermacht, andererseits beuten wir sie bis zu ihrem Ruin aus, bringen also den Naturgott an die Kippe der Verzweiflung. Unser Humanismus und unsere Freiheiten sind schuld daran, dass die Natur nicht mehr weiß, wie ihr geschieht: Chaos und Anarchie oder ist sie verflucht, lebendigen Leibes, sie, die Allbeseelte, zur seelenlosen Weltmaschinerie umfunktioniert zu werden? Spiegelverkehrt zur Genmaschine, mit ihrer unverwüstlichen Kraft zur Vermehrung des Lebens arbeitet die Weltmaschinerie nach dem Plan des Menschen als Bestattungsunternehmen des planetarischen Leichnams. Nun sind wir so weit: Nur ein Gott kann uns noch retten. Aber wo ist er? W. H. Auden, der große linksradikale Christ, Kämpfer in Spanien, hat mit seiner Lyrik Recht, ebenso Recht wie der rechtslastige Heidegger: Wir leben im Zeitalter der Angst und der Sorgen, allerdings hat sich die Blickrichtung der Angst und Sorge um 180 Grad gedreht. Wir fürchten und ängstigen uns nicht mehr vor Gott, sondern um ihn, als könnte er in das Weltbild des Darwinismus einsteigen und ein pubertärer Sohn werden, der sich aus lauter Trotz und Aufsässigkeit in eine blutige Evolution mit unaufhörlichen Prioritäts- und Hegemoniekämpfen der Arten einlässt und sich darüber hinaus durch seine Zufallsverfallenheit der Intellegibilität entzieht, das heißt schlicht und einfach, er steht in Verdacht, mit seiner Weltschöpfung nicht der Verständlichkeitspflicht nachzukommen, welche jedes Kind von einem guten Lehrer erfüllt sehen will. Die Theologie hat deswegen die Rolle der Aufklärung, dieses ehemaligen Feindes, aushilfsweise übernehmen müssen und der jetzt von ihr erwünschten Intellegibilität zuliebe aufklärend gewirkt. Deshalb bietet sie in Fortsetzung des 5-Jahres-Plans der Sowjetunion ein 5-Milliarden-Designer-Konzept der Schöpfung an, einen durchdachten Plan, der alle bisherigen Sackgassen der Evolution vermeidend perfekte Typen von Arten fix und fertig liefert, die nicht erst auf dem Prüfstand der geschichtlichen Selektion als brauchbare Geschöpfe rehabilitiert oder als Fehlgeburten annulliert werden müssen. Und so geschieht es, dass Wissenschaft und Theologie als Vormunde Gottes in die staatlichen Kodizes eingetragen werden. Gott ist entmündigt. Ein Akt religiöser Fürsorglichkeit? Regen wir uns darüber nicht auf. Wie oft ist ihm das schon widerfahren. Aus dem Pech und Schwefel speienden Jehova ist ein leidender und erbarmungsvoller Märtyrer geworden, den der todkranke Reinhold Schneider in seinem Buch „Winter in Wien" um seinen Beistand anfleht: Um den Schmerz, der die Tiefe des pathologischen Weltzustandes erreicht, einziges Heilmittel, in dem Hoffnung beschlossen liegt.

„Das Christentum will ins Dunkel, denn das Dunkel ist Licht, Hüte dich, der du eingehst in die Berge des Geheimnisses, in die funkelnden Schächte: Du hast mit der Welt nicht mehr zu tun. Deine Heimat ist unter der Erde, du findest zurück zu dem Ersten in die frühe Zeit, da das Christentum zur Ärgernis war und Geheimnis, ein Werk der Maulwürfe weltumgestaltender Verborgenheit."

Aus „Winter in Wien", Herder 1959, 3. Auflage, Seite 208.

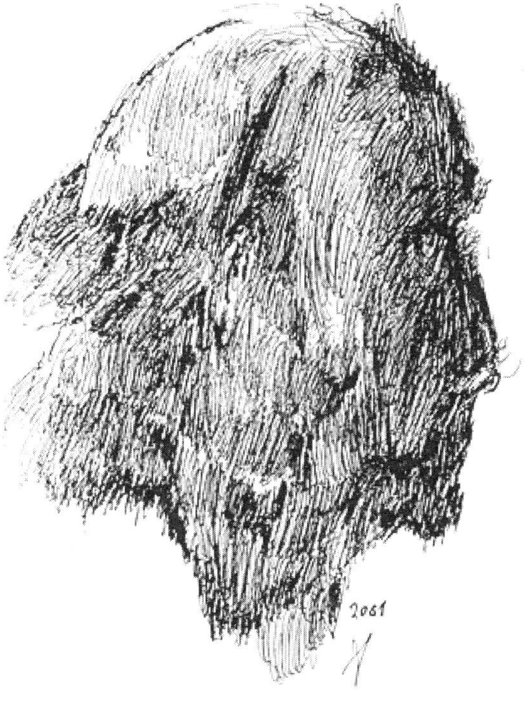
2001

CONCORDIA DISCORS

In dem Blattgold, mit dem man in heiligen Büchern auf die Ewigkeit des Himmels hinweist, strahlt auch das herbstliche Laub der Bäume, sobald sich das Leben in seine Geheimnistruhe des Todes zurückzieht.

*

Das Privileg des Altgeworden-Seins, wenn auch beeinträchtigt durch Krankheit und Schwund der Leistungsfähigkeit, gönnt dir ein noch nie Dagewesenes. Entflochten aus den Zwängen des Wünschens und Handelns, nähert sich das Leben einem musikalischen Zustand. Da werden auseinander liegende Ereignisse und Gefühle gleichzeitig vernehmbar, eine Art von Synchronizität und Polyphonie eines inneren Orgelspiels. Die Zeit zieht ihre Mixturen und spielt dir auf. Das Leben lauscht und unterlässt es, sich aufzuspielen.

*

Holz, das fünfte Element der Chinesen, Wuchsstoff der Schöpfung – Werkstoff in der Hand des Menschen – die weitreichende Klammer, um die wachsende Schöpfung mit den angefertigten Dingen zu verbinden, zu versöhnen und das Echo des Wachstums auch in den toten Geräten zu fühlen.

*

Der Hirsch trägt den Wald im Geweih herum. Der Wald hat im Herz des Hirschen Wurzeln geschlagen, die sich zum Astwerk des Geweihs ausgewachsen haben. So ist Eins des Anderen Zuhause.

*

Jetzt, da die Bäume kahl sind, schauen mitten durchs zarte Zweiggeflecht die grünschwarzen Kugelköpfe der Misteln auf uns herunter. Anstatt der Lichttupfer, der Glühbirnen, die als Glühwürmchen das Astwerk der noblen Verkaufsalleen durchschwirren, dieser Weihnachtsschmuck der Natur, pausbäckige Ballons mit düsterem Schweigen prall angefüllt. Etwas, das nicht von Grund auf in der Streckung gewachsen, sondern von oben her als Keim zugeflogen ist. Ich sehe einen anderen winterharten Zustand dem von Licht und Schwerkraft bestimmten Laubbaum einverleibt, ein nun nicht mehr widerläufiges kugelsymmetrisches Leben.

*

O ja! Ich sehe einen Bogen über ein Jahrtausend gespannt, wo das „Reich" und dessen Zentrist ein intellektueller Agnostiker, exterritorial in Palermo lebt: ein deutscher Kaiser des 13. Jahrhunderts. Warum hat sich niemand gefunden, der dieses Drama geschrieben hätte, das sich zwischen Friedrich II. und der Hl. Elisabeth von Thüringen zugetragen hat, zwischen dem rationalistischen Frühaufklärer und der linksradikalen Mystikerin, deren Gemahl Friedrich werden wollte. Das wäre die Idee des deutschen Stammbaums so recht nach meinem Herzenswunsch geworden, auf dessen letzten Zweig Heideggers und Jaspers Abkömmlinge sitzen. Eine symbolische Freund-Feindschaft zwischen Autorität und Demokratie, zwischen sieghaftem Pathos und tragischem Scheitern.

*

Die Gretchenfrage an den Schreibenden: Wie hältst du es mit der Fiktion? – Nicht ich halte sie, sie hält mich aufrecht, wenn mir schwindlig ist auf dem Terrain der Wahrnehmung. Ein Begriff, den ich nicht begreife, der aber nach mir greift und mich rettet. Wagt man das eine Fiktion zu nennen?

*

Wenn Galilei die Welt mit einem Satz verändert hat, nämlich mit der Widerrufung seiner Widerrufung: „Und sie dreht sich doch ...", so änderte Bruno Kreisky die Zahlenmechanik der Demokratie mit dem akzentlos genuschelten, aber doch insgeheim von dynastischer Autorität des Jahrtausends getragenen Satz: „Ich bin der Meinung ...". Dieser Satz, das anzweifelbare Privateigentum der Meinung mit dem existentiellen Ich aufgewertet und versiegelt, wurde zum Palladium eines Staates erhoben, vor dem sich die Trabanten beugten, ein wichtiger Beitrag zur Humanisierung Nachkriegseuropas, obwohl er in keiner Massenversammlung verwendbar ist. Hier zeigt sich die Bedeutung des Fernsehschirms, wo es dem Staat möglich ist, den Bürger in seiner Zurückgezogenheit mit einer intimen Stimme zu erreichen. So kann eine private Meinung als öffentliche Meinung aller zumutbar werden.

*

In der Bildungskrise der Gegenwart blick zurück mit Wehmut! Im vergangenen Jahrhundert wurde man sehr häufig zum Mittelschullehrer, ohne dies angestrebt zu haben. Man geriet in den Beruf hinein wie Casanova, der zügellose Liebhaber alles Schönen, in die Bleikammern von Venedig. Begabte Maler, Literaten und Musiker landeten als Pauker an der Werbetrommel der klassischen Bildung. Fleißige junge Gelehrte, allem Mittelmaß abhold, stürzten zuweilen von dem hochgespannten Ehrgeiz einer Universitätskarriere in die Mittelschule ab, fanden aber in den Abendkursen für Arbeiter erwachsene Ohren für den Überschuss ihres Wissens. Man konnte meinen, die Lehrerschaft sei ein Eliteverein der Gescheiterten. Das hört sich schlimm an, wenn man im Auge hat, dass sie ja dazu berufen war, junge Menschen durch den Triumphbogen der Reife zu schleusen. Anders gesehen steckt viel Gutes dahinter. Denn man kann gar nicht genug vielseitig gescheitert sein, um den Schwierigkeiten der Werdenden und Suchenden einfühlsam zu begegnen. Und so erwies sich die Mittelschule bis zu Beginn der Dreißigerjahre als eine der Mizellen, welche das hohe, international nachweisliche geistige Potential in der Monarchie und der ersten Republik begründet haben.

*

Wem lastet man das Weltdefizit an? Genügsame Wut braucht nur eine Klinke, um mit dem Zuschlagen des Schlosses eine Salve gegen die feindliche Weltanschauung abzuschießen. Andere besaufen sich, um im seligen Dusel der Selbstbestrafung ihre mißglückte Rolle als Welterlöser zu vergessen. Sie aber, die dreißigjährige Anglistin hatte nichts und niemanden, bei dem sie das Weltdefizit hätte einklagen und eintreiben können. Zu schön, elegant, zuvorkommend, souverän, reserviert in ihrer Haltung, als dass man sie als Leidende wahrgenommen und ihre Vollkommenheit als Ursache des geheimen Weltschmerzes verdächtigt hätte. Isoliert und unnahbar hatte sie es auf einen bedeutsamen Gegenstand angelegt, auf eines der großen umstrittenen Abstrakta, um ihr schwelendes Missbehagen dort abzuladen. Was war es anderes als das Patriarchat, das mit seiner blindwütenden Virilität die Verpestung des Kulturklimas gebracht und die gegenwärtige Menschheitskrise ausgelöst hatte. Das brachte ihr Einladungen in Frauenvereinigungen ein und belebte sie mit neuem Erfolgsbewusstsein. Durch die Polemik paradoxer Weise geöffnet und sozialisiert, war auch bald die große Liebe da und mit ihr wurde das Drehmoment aller inneren Bewegungen in Schwung gebracht. Nach einer übereilten Eheschließung begannen bereits in den Flitterwochen die Diskussionen der beiden immer heftigere Formen anzunehmen. Die Türen knallten. Im Dusel seiner Selbstbestrafungen erflehte der Mann das Verzeihen seiner Frau. Das Leben, zur Hölle geworden, lieferte also einen weidlichen Beitrag zur Vergrößerung des Weltdefizits, dessen Verringerung sie zusammengeführt hatte. Nun, den entfremdenden, ausbeuterischen und aggressiven Weltzustand neben sich im Bette, kam jegliche polemische und schriftstellerische Arbeit zum Erliegen. Es dauerte noch ein volles schreckliches Jahr, bis beide gemeinsam ihre Türen zu reparieren und lackieren begannen. Kaum war diese Arbeit beendet, stürzten sich beide in die Kulturanalyse, um die psychotischen Wurzeln der Virginität im Pallas Athene-Kult aufzuweisen. Als unter beider Namen ein Buch mit dem Titel „Verlust egalitärer Sexualität: Europa im falschen Kielwasser der Griechen“ erschien, gab es großen Jubel bei den jungen Leuten des Gymnasiums. Das Ehepaar gelangte in den Kultstatus.

*

Im Kontrast zur Befriedigung, die wir in jeder Leistung sowie in der damit verbundenen Entlohnung und Anerkennung finden, steht die unbezahlte Anstrengung, die just dadurch, dass kein Lohn sie veräußerlicht und sie durch keinen Maßstab ihres individuellen Wesens verlustig geht, nicht mehr der Marktwirtschaft zuzuordnen ist. Sie hat einen zölibatären, platonischen Charakter erlangt. Hierher gehören soziale Leistungen auf freiwilliger Basis. Viele Vereine halten sich nur durch unentgeltliche Arbeit am Leben. Eine besondere Enklave aber bildet der Dilettant. Mit jeder seiner Schaffensbestrebungen fühlt er sich dem Kulturleben zugehörig, ohne auf dem Markt mit einer offiziellen Etikette eingestuft werden zu können. Das gibt ihm das Schwebende und Schweifende, das den Verzicht nicht auferlegt bekommt, sondern als eine der Voraussetzungen seines Tuns auf sich genommen hat. Spitzweg, zunächst malender Apotheker, bleibt diesem Lebensstil auch als Meister verbunden, was ihm ermöglicht, vom Dachstubendichter über die Ständchensänger bis zum Kakteenzüchter das Soziale im Außenseiter, die Liebe im ironischen Licht, das Daseinsglück auch noch im Versagen spürbar zu machen. Und so ist es gerade der Dilettant, der in der Brüchigkeit der Zeiten trotz seiner unverhohlenen Unvollkommenheit eine Oase der heilen Welt darstellt.

*

Der Waggon vollgepfercht – Menschen auf dem Weg von der Arbeit in ihre Wohnung, also in einem Zwischenreich, wo sie ohne Zwischenraum aneinander gepresst sind und zugleich jeder mit blickloser Leere sich selber und dem anderen Abwesenheit vortäuscht. Mit sich allein fertig werden, ohne aufzumucken in diesem Schwitzkasten voll des Dunsts nasser Mäntel. Nichts zur Kenntnis nehmen, keine Miene verziehen, sich selber auslöschen – das Einzige, was man hier sich wechselseitig zu bieten vermag, um das stickige Gedränge durchzuhalten: Die Leistung einer schweigenden Majorität müder Heimkehrer von ihrem Arbeitsplatz, ein namenloses, unbeachtetes Routinemartyrium der Zivilisation bis zur nächsten Station des Sturmlaufs zur Rolltreppe des Ausgangs. Aber zwischen den Stationen, was ist da mit uns geschehen? Das Gegenteil von dem, was sich beim Ländermatch, am Wirtshaustisch oder in Vereinslokalen ereignet. Verborgen und echt ist die Gemeinschaft der geduldig ertragenen Machtlosigkeit inmitten einer Welt von Freiheitsorgien. Was hier geschieht, ist Kenosis, Selbstentäußerung christlicher Mönche, eine zwei Jahrtausend alte Praxis, auch wenn hier niemand davon etwas weiß, und auch keine Sprüche der Wüstenväter je gelesen oder gehört hat.

*

Der Hundefreund Schopenhauer ist von seinem Pudel zu dem Satz inspiriert worden: „ Unsere Tiere leben in einer Hölle, deren Teufel die Menschen sind.“ Schade, dass er keinen Menschen zum Freund hatte, der ihm gesagt hätte: „Wir Menschen leben zwar in einer Hölle, aber die Tiere mit ihren Flügeln, ihrem Gesang, ihrem weichen Pelz, ihrer Brutpflege und Treue verhelfen uns dazu, die Engel zu erfinden.“

*

Wir kennen nicht den Geschmack ausgestorbener Kräuter, die vielleicht für die Küche der Steinzeit ausschlaggebend gewesen sein mögen. In den Dramen des Sophokles aber können wir jenes geistige Aroma verkosten, mit dem Jahrtausende vor uns das Leben und Denken gewürzt worden ist. Wir haben diese Geschmäcker konserviert vorliegen und sie öffnen uns sinnliche Erfahrungen zu Zeiträumen, die wir nicht zu betreten vermögen. Es ist eine geisterhafte Sinnlichkeit um diese Werke, kentaurische Bastarde aus verlockender An- und Abwesenheit.

*

Das Blatt der Pflanze ist zugleich ihre Lunge, ihr Auge, ihre Zunge, die das Licht aufleckt. Dieser Leib eines Lichtgeschöpfes ist es, der alle dunklen Leibeshöhlen der Welt ernährt.

*

Wenn ich sehe, wie sie ihre Kräuterbeete in stiller Emsigkeit jätet, am Webstuhl das Schiffchen hin und her flitzen lässt, die farbstoffhaltigen Kräuter im Bottich mit Wasser übergießt und die Farbküppe bereitet, wobei sie die Enkelkinder geduldig mit Hilfe der weisen Kunst des Zeitverlierens in das Wirtschaftsgeschehen einbindet, wenn sie in vorsichtiger Obsorge lächelt, weil es ihr darum geht, in einer Zeit, da die Chemie sogar gellende Schreie und schrille Spitzentöne in die Palette der Farben einschmuggelt, nur noch einige Leinendecken für Überzüge zu schaffen, die sich mit dem verhaltenen Glanz des natürlichen Blühens zufrieden geben, dann frage ich mich: „Wie ist es möglich, welche ungewöhnliche Kraft steht dieser Achtzigjährigen bei?“ Mir kommt vor, als könnte man die Antwort von ihren Fingern ablesen. Bei allem was sie anrührt, ob Gartenerde, Gewächse, Hausgerät oder die Wuschelköpfe der Kinder, bei all dem scheinen mir ihre fühlsamen Hände zu sagen: „Durch mich geschehe euch nach eurem Wesen.“

*

Die ersten kultischen Figuren, welche der Mensch vor vielen Jahrtausenden schuf, waren Frauen in der Vollkraft und Fülle der Mutterschaft. Als aber das Patriarchat seine Praxis und die innere Spannung der Dualität verschärfte, begann die Sehnsucht und der Wunsch der Männer nach Verkörperung der unverletzten Einheit, die Mutter durch die Jungfrau zu verdrängen. Der archaische Traum von einem aus sich selbst blumenartig befruchtenden Wesen, hat sich in der Kore verkörpert. Die Lilienmadonna wird nicht die letzte Rückkehr zum Lebensursprung sein, die den Gang der Geschichte von sich selber erlöst.

*

Man trennt sich von einander als Frau und Mann, nachdem man sich in seinen menschlichen Schwächen gefunden hat. Dieser Fund hält ewig.

*

Heinrich, mir graut's vor dir: ein einzigartiger Satz bei Goethe, ein atemberaubend weiter Sprung aus dem achtzehnten Jahrhundert hinüber zu Jean-Paul Sartre und seinem Ekel. Und wer hat das vermocht: die Liebe.

*

Dieses Wunder aber wird bleiben: ein Funke in der Feuchte des Auges.

*

Die Liebe deiner Jugend wird zur Gefährtin. Der Leib zum Gefährt von hier nach dort hat nicht mehr für zwei Platz. Also sind wir zu Weggefährten geworden, die zu Fuß gehen, so lange sie die Füße tragen.

*

Das Paradoxon – welch ein Wunder – ist sichtbar geworden. Es liegt dem Schneckenhaus ebenso zu Grunde wie den Spiralen der Sternenwelt. Denn nur die Spirale ist es, die sich durch das Kreisen zugleich dem Kreis und sich selbst entwindet. Wiederholung ins Unwiederholbare.

*

Wie viele Gefühlswelten sind samt ihrer schöpferischen Aktivkraft unwiderruflich abhanden gekommen? Aber in Kunstwerken konserviert sind die verschiedensten Epochen noch immer nachempfindbar. Wir belehnen uns von den Toten mit Unsterblichkeit. Ja, manchmal empfinden wir das, was uns von den Toten zum Lehen gegeben wird, als Kostbarstes an Besitz und Habe.

*

Die erlösende Wirkung der Kunst kommt von der Identität dessen, was im Leben so mühselig, wenn überhaupt zueinander findet: Form und Inhalt, deren Einswerden in der Musik beglückt. Aber auch an den Wolken ist die Handschrift des Malers abzulesen, denn Subjekt und Objekt gehen ineinander über. In der Dichtung bilden Mensch und Mitmensch ein Paar, auch wenn sie einander umbringen. Der Autor beerbt sie als ihr Verwandter. Jegliches Kunstschaffen wird – bedacht oder unbedacht – zum Familienporträt der Menschheit.

*

Kunst ist nicht mehr nur die Frucht von Geist und Empfindung, sondern auch ein Experimentierfeld, dessen Ziel es ist, bislang unbekannte Reize hervorzubringen: Kunst – als Tierversuch am Menschen. Ein knappes viertel Jahrhundert nach Kriegsende hat man sich bühnenszenisch Schnittwunden beibringen müssen, um die ästhetische Wahrnehmungskraft für Rot sowohl zu erhöhen wie zu vertiefen.

*

Antikes Griechenland in der Sackgasse. Platon empfiehlt schon früh damit anzufangen, schöne Gestalten als solche wahrzunehmen. Nur so werde man inne, dass Schönheit in den Körpern immer dasselbe sei, was die Heftigkeit der Gefühle für den Einzelnen schmälere, ja zu Null werden lasse. Solchermaßen der Faszination des Körperlichen ledig, könne die Idee des Schönen als ein Absolutes hervortreten. Mit dieser Ansicht strandet Platon in der kargen und blassen Gegend der Wüstenväter, die ihn keines Blickes würdigen. Nur Don Juan mit dem Mehrwert der Vielfalt aus seiner Erfahrung mit tausend und drei Liebschaften kommt ihm streitlustig entgegen.

*

Zu Beginn des vergangenen Jahrhunderts liebte die Neue Sachlichkeit das Rechtwinkelige: Sie bog auf den Architekturentwürfen die Balkone gerade, rasierte die geschwungenen Augenbrauen über den Fensterleibungen. Kann man in diesem steinzeitlichen Mythos des Blockhaften eine Verjüngungskur des vergreisenden Europas sehen oder die Kinderkrankheit von Architekten der Matador-Baukastengeneration? Sonne und Erde wissen auf ihren Kreisbahnen nichts von „rechten" Winkeln. Sie drehen, egal ob scheinbar oder wirklich, in allen Winkelgraden durch. Erst die Zahlen 3, 4, 5 als Seitenlängen bringen im Dreieck den 90°-Winkel zum Stehen. Zwei solcher Dreiecke geben ein Quadrat. Die Geburtsstunde des Kubismus hat geschlagen. War sein geistiger Vater der Infantilismus oder eine Vertiefung des Einblicks in die Struktur der Welt? Weder noch, sondern wie eh und je beides als Kampf entgegengesetzter Prinzipien.

*

An den kostbarsten Architekturen in Versailles, Peterhof und Potsdam hat sich Vernichtungswut ungehemmt ausgetobt und in Potsdam unvergleichliche Mahnmale hinterlassen. – Auf der Breiten Straße, rechts, dem Hügel von Sanssouci zugewendet, bezaubert eine duftige Kirchenfassade aus dem Rokoko. Aus geringerer Distanz erscheint sie nun doch zu leicht geschürzt für ein sakrales Bauwerk. Gespannt tritt man, ein Theater vermutend, näher und hält erschrocken inne, wenn man dessen Ausmaß gewahr wird. Die Fassadenwand steht für sich allein, ist eine Maske mit großen Fensteraugen für den Durchblick auf den Himmel und das Grün des Berges. Kirche und Theater sind als Ruine versöhnt.

*

Christoph Martin Wieland. Ein zwiespältiges verschmitztes Gesicht aus Güte und Ironie, wobei die Ironie vielleicht gar nicht von einer kritischen Distanz her kommt, sondern Sache des Geschmacks ist, um in die weich gekochte Güte eine Prise Salz zu streuen.

*

Johann Wolfgang Goethe, in einer klassizistischen Büste, mit Christian Rauchs Hilfe aus der Sauna kommend, posiert nun als Hans Albers in einem Denkmal für den deutschen Film der Dreißigerjahre.

*

Das war einmal zu viel Deutsch. Eine Farbtapete hat ihr Blau faustdick hinter den Ohren und schließt den Himmel wind- und wasserdicht ab. So kann der Brokatstickerei nichts passieren, wenn sie sich als Wiese ausgibt. Auf ihr sitzen zwei junge Menschen blumenbekränzt. Daneben liegt die Gebrauchsanweisung für dieses Genrebild: Sommer aus dem Traumbuch deutscher Primaner. Es enthält von allem ein bisschen zu viel. Ein Überschuss an Materialität versperrt den beiden den Heimgang zu Mutters Küche ebenso wie den Weg hinunter zum Teich, zum liquiden Blühen der im Wasser ophelisch ertrinkenden Seerose.

*

Ist es denn da nicht immer etwas zu wenig, wenn man zu viel sagt? „Zu viel Noten," vermahnte Joseph II. Mozart. Zu viel Noten, verurteilte Hermann Hesse Wagner und Brahms. Dieses Zuviel lässt er sie auf einem Karren durch den Sühneschlamm der Unterwelt schleppen.

*

Venus von Willendorf. Was der Steinzeitmensch mit seinen Händen hervorgebracht, erweckte zugleich seine Hände zum Instrument des Empfindens und Fühlens. Daraus ging sie hervor: die Mutterleibimmanenz der Welt als sakrales Bildwerk.

*

Daphnes sanfte Rache. Seit ein paar Jahrzehnten ist die Kunstszene durch das Weibliche kostbar bereichert worden. Als Patin dieser neuen Namhaftigkeit steht die Nymphe Daphne, die ihrem autistischen Verehrer Apollon durch die Selbstverwandlung in den Lorbeerbaum entrinnt. Dem entsprechend entzieht sich die moderne Künstlerin allen zimperlichen Alltagskonflikten, entflieht dem Psychologenmief der Couch und öffnet sich den Oszillogrammen von Licht und Wasser, thematisiert aber nicht die Entrüstung und Empörung gegen das Patriarchat durch hässliche Aktverrenkungen. In diesen heiteren Freundschaftsspielen kämpft sie mit so unterschiedlichen Klingen, wie es die Spiegelungen und die Schatten im Wasser sind. Von der Arbeit an solchen großformatigen Auwaldsbildern wird sie mehr und mehr aufgesogen, sodass sie zuletzt allein in diesen Weidenbäumen lebt und nur als Mythos zu haben ist.

*

„Jonny spielt auf", Ernst Kreneks Erfolgsoper 1927 mit dem aufkommenden Jazz. Es war ein Gastspiel von kurzer Dauer. Und so spielt jetzt der schwarze Jonny auf seiner gestohlenen Stradivari nicht mehr den Jazz, sondern sich selber auf, als möglichen Ausweg einer schuldig gewordenen Kultur.

*

Dem Steinzeitkünstler aus Altamira ist ein Picasso durchaus zumutbar: Er wird ihn trotz der Differenz von 14 000 Jahren ebenso rasch erkennen, wie betroffen anstaunen. Wie aber erginge es einem Sänger im gregorianischen Choral vor bloß tausend Jahren, wenn er Ligetti hört. Es ist nicht zu erraten. Seh- und Hörgewohnheiten haben ganz verschiedene Amplituden. Während unser Sehbereich bloß eine Oktave umfasst, stehen uns im Akustischen acht Oktaven zur Verfügung. Verständlich, dass moderne Kunst von der erweiterten Amplitude profitiert, jenseits der Vorgabe der menschlichen Stimme das Orchester zum autonomen Instrument macht, geeignet, allgemeine Naturphänomene, Anhäufungen wie Cluster, Trauben, Büschel und Kristalle, als Tonerlebnisse hörbar zu machen. Möglich, dass unser Steinzeitmensch mit dieser aktuellen Musik eher zurechtkommt, als mit dem hochspezifisch geprägten Chorgesang der Gotik.

*

Manche Kunstwerke machen für tiefer liegende und verborgene Leiden empfindlich. Der Schmerz dieser Mahner an unsere Befindlichkeit könnte zum apollinischen Heilmittel werden. Aber der Schmerz taugt nicht für die Kondition, die man zur Karriere braucht. So wird das Leben zum Lügentheater der Gesundheit, die Kunst zur Tatsächlichkeit der Schmerzen. Die Karriere, eine Verführung, die Kunst eine Erlösung durch Mitleiden.

*

Werk oder Dichter? Ein Beispiel: Der Selbstmordterrorismus von Goethes Spiegelbild in Werthers Leiden. Zweifellos hat dieses Hand-an-sich-legen zum Welterfolg der Liebestragödie beigetragen, war es doch bis dahin literarisch nur dem Wahnsinn (Ajax) oder der Weisheit (Seneca) vorbehalten. Werthers Partnerin überlebte zwar die Tragödie, doch gab ihr Werther mit dem Selbstmord ein bitteres Überlebenspaket als Mitgift in die Ehe. Steckt also nötigender Egoismus dahinter? Goethe selber verging sich nicht und überlebte seinerseits. Also hat er mit dem vedischen Gott gemeinsam, dass er größer ist als sein Werk.

*

Bücher sind unsere vielseitigsten Partner. Sie gleichen den Läusen, diesen Haustieren der Ameisen. Gemolken werden sie wegen der Lustgefühle, die keinem Körper an sich sondern nur durch andere gewährt werden. Bücher sind der Wetzstein zur Schärfung der Intelligenz und des Küchenmessers in unserem Alltag, die Vorratskammer an Empfindungen und Worten für unseren Speisezettel, denn allesamt sind wir Intertextualisten derjenigen Literatur, die nur aus einem einzigen Satz besteht: Am Anfang war das Wort. Die Bücher liefern die Spannung für die Elektrotherapie des Nervensystems. Als Mutmacher für Lebensfeige und als Magenbitter gegen Verdauungsbeschwerden bei übersäuerter Wirklichkeit sind sie ein probates Hausmittel. Ein weites Spektrum also. In den großen Werken jedoch kein Linienspektrum, das diskrete Grenzen ziehen würde. Sie sind ein farbiger Regenbogen, eingängige Brücke von diesseits hinüber in den Mythos.

*

Allegorie der Künste: Wirklichkeit, ein Kokon, in den sich ein Wesen eingesponnen hat, um – entlastet von Nahrungssuche und Umweltkontakt – sich selber zur Nahrung und Umwelt zu werden. Nur unter solchen Bedingungen ereignet sich die Metamorphose, wird der Kokon zum Sarkophag, dem Fleischverzehrer, aus dem das Produkt einer Transformation hervorgeht: Der Schmetterling, die beflügelte Seele, das Kunstwerk.

*

Darin liegt die griechische Besonderheit: Sogar ein genialer Dichter wie Aischylos ist kein Schöpfer, sondern ein Schöpflöffel, der aus den Mythen suppt.

*

Was dem Griechen sein Olymp, eine höhere Sphäre, welche das Leben rechtfertigt, ohne als Imperativ oder Vorwurf zu belasten, das war für uns halbstarke Geschöpfe der Aufklärung die Weimarer und Wiener Klassik in Wort und Musik, die uns ein Jahrhundert lang geholfen hat, mit uns ins Reine zu kommen.

*

Wer vermöchte aus würziger Bitternis den Zaubertrank der Rhetorik noch so zubereiten wie Er? Wer wird den stürmischen Drang, seine Widersacher zu entlarven, mit dem heftigen Charme des ironischen Spiels so lang im Gleichgewicht halten, bis man reif genug ist, auf beides zu verzichten? Wer wird den Weltschmerz als selbstgefällige Wehleidigkeit durchschauen, welche das Weltmartyrium der Menschheit nicht wahrnehmen will? Die derzeit ungespielten Stücke von *Der trojanische Krieg findet nicht statt* bis zu *Die Irre von Chaillot*, in Jean Giraudoux' Schreibtischlade aufgefunden nach seinem Selbstmord 1944, sie lassen es uns fühlen: dem Ernst seines Werkes steht ein leonardeskes Lächeln zu Gesicht und erweckt ein Reich von erloschenen Farben, Klängen, Bewegungsformen und Gefühlen. Durchschüttert vom Reichtum an sprechenden Bildern stehen wir, die Lebenden, als bloße Schatten vor der pulsierenden Lebendigkeit eines Toten.

*

David Herbert Lawrence (1885 – 1930). Was vermag eine Leidenschaft nicht alles, wenn sie sich aus der Tiefe eines Lungenleidens und der Schwindsucht emporringt! In ihrer dramatisch-tragischen Erzählkraft begehrt sie gegen ein Jahrhundert wissenschaftlicher Arbeit auf, die zuletzt auch in der Lebenswelt der Natur nichts anderes sieht als ein experimentelles Biolabor auf vier Beinen. Das soll Schöpfung heißen, diese Kreatur, die sich mühselig auf der Kriechbahn von Prüfung zu Prüfung durchringt, von Klasse zu Klasse bis hinauf zu den Primanern, um jeweils ein Überlebenszertifikat im Kampf ums Dasein zu erbüffeln? Nein, dieses Weltbild entspricht in nichts der Würde eines Löwen, dem Mysterium einer Schlange, dem Raffinement einer Spinne, dem Glück, auf der Welt vorhanden sein zu dürfen, das dich aus dem flotten Blick eines Finken anschießt. In einem fleißigen Internatsleben der planetarischen Besserungsanstalt fehlt es an jeglichem Sinn für den unbändigen Eros, die einzig schöpferische Macht in all ihrer Bedrohlichkeit von Zorn, Wut und zerschmetternder Orgie. Eros, Orgasmus der Katastrophe, aus dem allein das grundlegend Neue hervorbricht. Wird es bald wieder so weit sein wie um 1800 und um 1930, da die „Katastrophentheorie" Georges Cuviers (1769 – 1832) mit ihren überzeitlichen paläontologischen Katastrophen etwas zur Linderung des kleineren zeitgenössischen Unglücks beigetragen haben wollte?

*

Antike Kriegsführung schloss eine Ästhetisierung im Kriegertanz und im Ballett noch nicht aus. Ebenso konnte beim Bogenschießen die körperlich-geistige Selbsterziehung geübt werden, ein apollinisches Musizieren auf dem Monokord einer tödlichen Saite. Heimito von Doderer war der letzte mir bekannte Apolliniker mit Pfeil und Bogen und seinen Schießübungen in einem Wiener Hinterhof.

*

Denkmäler: Seit unserer Frühzeit, was für Aufwand an Material und Energie! Und wozu das? Um etwas zu hinterlassen, das in seiner funktionslosen Schönheit kein anderes Ziel hat, als schweifenden Gedanken im An-Denken Halt zu gebieten und sie im Unerdenklichen aufgehen zu lassen.

*

Renaissance: Der Raum tritt ein, die Perspektive an der Hand, das Licht im Brennpunkt entflammt die Kunst zur rituellen Wiederholung des ersten Tages.

*

Bruegels Humanität kommt aus dem Humus, den dörfischen Gärten, der alten gehbehinderten Bäuerin, die sich im rücksichtslosen Trubel des Tanzbodens schützend einem kleinen Mädchen zuneigt. Und man spürt, dass sie für das Erbarmen steht, mit dem der Maler während seiner Arbeit alle Tanzenden umarmt, schützt und mit seinem Nussöl weiht.

*

Giorgiones Bild, berühmt unter den Namen „Der Sturm" oder „Soldat und Zigeunerin". O ja, da klafft die Tektonik des Ufers zwischen beiden. Am Himmel entlädt sich die Spannung bereits in einem Blitz, der sein fahles Licht über die Türme der Stadt schleudert. Aber die Brücke, die Geste der Bäume am männlichen und weiblichen Ufer, die reichhaltige Korrespondenz der Farben, das Weiß ihres Hemdes und das Weiß seiner Bluse, all das spricht von ihr zu ihm und von ihm zu ihr ein begütigendes Wort, was den Kampf der Geschlechter zu einem feierlichen Altarbild der natural Goodness macht.

*

Das Rätsel, das jeder sich selber ist, wird erst dadurch gelöst, dass zwei Rätsel sich schlafen legen und zu dritt erwachen.

*

Gehören sinnliches Besitzen und geistiges Begreifen nicht zueinander? Ähneln sie den Parallelen, die sich erst im fernen Fluchtpunkt treffen und dort eins werden, wie die Bibel das im erotischen Akt ausdrückt: „Und er erkannte sie“. Nicht so nach Jahrtausenden hochgradiger Individuation. Je mehr du deinen Partner erfasst hast, desto deutlicher erkennst du, dass nicht im Besitz, sondern im Glauben die stärkste Bindungskraft beruht. Nur in der Atmosphäre des unbedingten Vertrauens kann sich das Eigenwesen ebenso frei entfalten wie die liebende Verbundenheit.

*

Rebekka, Mutter zweier Söhne, Saul und Jakob, steht vor der großen Entscheidung: Wem gehorche ich? Der Rangordnung meines Schoßes oder meinem Herzen? Dem Erstgeburtsrecht oder meiner inneren Stimme? Was bin ich? Teil der Natur oder Teil einer anderen Welt? – Die Liebe lässt sie die Ehegesetze brechen. Sie wählt das Herz, nicht den Schoß.

*

Parmigianino und sein Manierismus: Religiös entlastet und erotisch erfüllt gehen Gott und Welt Hand in Hand und lassen einander nicht im Stich, was beiden zugute kommt und nach Ehe aussieht.

*

Als Einzelner das Allgemeine zu sein, als Frau – Mutter, als Mann – Vater, als Mensch – Bruder oder Schwester, das ist der Weg, der das menschliche Herz zu einem Zielpunkt werden lässt, in den jeder zu gelangen vermag und die wenigsten darin ihre Vollendung zu erreichen wissen.

*

„Uns fehlt es an Lebensintensität“, sagte sie. Aber das Fehlende war in ihrer Rede mit unbezwinglicher Macht vergegenwärtigt. Es überkam uns wie beim Hochzeitsflug eines Bienenschwarms, Jungfernflug der Bienenkönigin mit dem tödlichen Giftstachel, der sich unter riesigem Gesumm der Drohnen in eine fruchtbare Legeröhre verwandeln sollte.

*

Aus der Verlaufszeit aussteigen, in die Gezeiten des Meeres hinüber wechseln. Aus dem zielgerichteten Bewegungsstrom in die rhythmische Wiederkehr von Ebbe und Flut.

*

Viele Künstler haben sich in der erschreckenden Verfremdung heimisch niedergelassen. Der Graphiker Fred Novak (1919 – 1974) hat sich ein höheres Ziel gesteckt: Über die Verfremdung hinaus zu gelangen, zur Verschmelzung mit dem Fremden, zur Metamorphose, Symbiose und Empathie der Daseinsgestalten. Da durchdringen einander die Geburtshöhlen der kultischen Bilder aus der Steinzeit und das Zirkuszelt Krone. Da fliegen zwei Menschen vogelgleich und signieren den Himmel mit ihren Leibern. Eine zwiespältige Formation von scharf umrissener Dunkelheit, ein flach liegendes Kreuzzeichen, schwebend über der schummrigen Abendlandschaft: Träume werden zu Dokumenten der Kriegsgeneration (Werkverzeichnis 176).

*

Claude Lorrain. Dieser lothringische Pastetenbäcker ist zwölfjährig nach Rom gekommen, um siebzig weitere Jahre in der Campagne mit seinem Pinsel daran zu arbeiten, die Natur heilig zu sprechen. Dazu kleidete er die Waldbäume in einen Messetalar aus silberglitzernd durchsichtiger Lichthaut. Für seine Andacht bevorzugte er die Dämmerstunden, wenn die wachsenden Schatten nach und nach die Dinge verschlingen oder sich morgendlich zurückziehen. In dieser Übergangszeit genügte ein zarter Druck des Pinsels, das Meer und die Berge erstrahlen zu lassen. Die Empfindlichkeit der langsamen Wesen und der toten Dinge war es, was seinen Glauben dreifach vertiefte. Den Glauben an die Sprache der Farben, an die Seele der Schöpfung und ihre Erlösung in der Harmonie.

*

Im Verschütten, dieser unmissverständlichen Gebärde persönlicher Entäußerung, wird das Rationale erschüttert und die Kontrolle über die Form außer Kraft gesetzt. Müde des peniblen Pinsels greift man wieder nach dem vollen Farbtopf, um im schwungvollen Verschütten elementare Gefühle zum Ausdruck zu bringen, der platonisch vollendete Traum von der fruchtbaren Ejakulation.

*

Sezession. Weder die Natur äffisch nachahmen, noch ihr einen magisch gespenstischen Teufelstanz vorahmen, damit sie verführbar mit Mephisto eine Antinatur züchtet. Der Natur ihr Natürliches. Der Zeit das Zeitlose aller Zeiten.

*

Die Zivilisation beeinträchtigt und ruiniert logischerweise den Vorrang des Reaktionärs. Das heißt jenes Menschentyps, der sich als Beobachter und Experimentator auf gesammelte Erfahrungen stützt und in kleinen Schritten im Kontakt mit den Reaktionen der Wirklichkeit weiterzukommen sucht. Statt seiner dominiert nun der Revolutionär, der mit Einfällen und weit reichenden Erfindungen, oft ohne hinreichende Rückkopplung, zu einem riskanten und immer schnelleren Weltablauf Anlass gibt. Die Beschleunigung, physikalische Fundamentalgröße des kosmischen Geschehens, in die man bisher nur in geringem Umfang einwirken konnte, ist zu einer entscheidenden Weltmacht geworden. Sie hat unsere Hände um Lichtjahre verlängert. Wir wissen nicht, was wir tun, wir arbeiten mit dem Entwurf von zukünftigem Wissen oder dessen Korrektur.

*

Aufklärung und Affektmusik sind ein Geschwisterpaar in der Kultur des 18. Jahrhunderts. Der Marsch ist nicht bloß Zweckmusik, um die Gemeinschaft im Gleichschritt zu halten. Kunstvoll zum zielstrebigen Charakter stilisiert wird er zum Kopfthema in Violinkonzerten von Viotti, in Klavierkonzerten von Mozart. Dem energischen Hauptthema folgt ein zärtlich weiblicher Seitensatz. Die Musik hat Hand und Fuß.

*

In der Stunde meines Absterbens spielt mir einen Trauermarsch auf. Auch für den Marsch und das Marschieren hat die Stunde geschlagen. Der Marsch ist überlebte Musik, so wie die Sarabande und Gigue. Wir denken, planen, konstruieren Ziele, aber der Körper weiß nur wenig davon. Die Füße, zum Rhythmus der Koordination in der Gemeinschaft befähigt, haben den Marsch in schlechter Erinnerung und wollen von ihm nichts mehr wissen. Wir spazieren oder klettern, hauptzeitlich aber fahren wir. Unsere Füße verblöden, strampeln, hüpfen, hopsen. Das Bewegungsziel ist aus der Ferne in das Fleisch verlegt worden.

*

In unser beider vielschichtigem Leben ist es ohne Absprache zu einer Gliederung gekommen. Verantwortlich dafür war unsere musikalisch praktizierte Koexistenz. Wie in der kadenzierenden Musik finden wir Rück- und Einkehr in den Tonartenfundamentalismus einer kindlichen Zärtlichkeit.

*

Ständchen zum 200. Geburtstag der Eroika am 24. September 2004. „Der Traum ein Leben", unter diesem Motto erwiesen sich Jahrtausende vor der Entdeckung des Unterbewussten und Überbewusstseins als führende Schicksalskräfte. So bezeugt es die Bibel, wenn sie von Joseph, dem Sohn Jakobs und Rahels erzählt, wie ihn seine Brüder als versponnenen Träumer gehasst, verstoßen und schließlich als Sklave nach Ägypten verkauft haben. Dort aber gelangte er als Traumdeuter zu Ruhm und Ansehen und wurde schließlich als Wesir zum Retter Ägyptens in der Hungersnot und anderen Heimsuchungen. Welche Rolle der Traum auch heute noch im privaten Leben spielen mag, zur öffentlichen Wirksamkeit gelangt er als Sprache oder als zu Klang und Farbe gewordenen Kunst, die aber ohne Bezug zum Realen nicht auskommt. So treffen im Kunstwerk persönliches Trauma, individuelle Vision und allgemein gesetzliche Strukturen zusammen. In den Skizzenbüchern Beethovens sieht man, welch ein Ringen sich abspielt, damit sich Traumvision und Leben, die zwei divergierenden Kräfte, finden und zu einer Stimme werden, mit der uns das Überzeitliche anruft.

*

Was jenseits von Wahr- und Falschnehmen daliegt, uneinnehmbar wie die Stadt Jericho: ein Instrumentalsatz von Hector Berlioz genügt und die Mauern fallen um.

*

Jeden Tag schwelgen unsere Gehirnlappen in Dreiklängen von Reptil, Vogel und Säuger. Doch wir machen atonale Musik daraus.

*

Mozart allein hat es zustande gebracht, das multikulturelle Glockenspiel. Von grundauf verwandelt es einen Satyr in den Übermenschen Papageno, dazu befähigt, mit dem Mädchen seines Gebieters das einzige platonische Liebesduett der gesamten Opernliteratur zu singen: „Mann und Weib und Weib und Mann reichen an die Gottheit an". – Aber Er kennt auch die andere Seite, die gurrenden Damen, die Herren in der Tunika, wie sie ihren Weisheitstempel mit dem Numerus clausus bewachen und nur über kontrapunktisch gearbeitete Zertifikate der Geharnischten Einlass gewähren. Er kennt sie alle, ob Schwarze oder Weiße, nur Ihn kennt niemand, auch nicht seine geheime Liebe. In gebieterischem Glanz ihrer sternenklaren Schönheit hat Er sie mit seinen Diamantenen Koloraturen zur Königin der Nacht gekrönt. Doch auch Don Giovanni, der todesmutige Orgiast, hat kein einziges Wort des Dankes für seinen genialen Schöpfer übrig.
Don Giovanni und die Königin der Nacht, was für ein hinreißendes Paar, für ewig getrennt in zwei unvereinbaren Opern. Und doch himmlisch vereint und erlöst dort, wo sie nichts zu singen, nichts zu sagen haben: im apollinischen Klavierkonzert A-Dur, KV 488.

*

Ungewöhnliches Interpretentalent und der tägliche öffentliche Intim-Umgang mit Meisterwerken der Tonkunst bringen manche Virtuosen in eine paradoxe Lage. Auf dem Podium, auf der Kippe zur Unsterblichkeit tanzen sie hingebungsvoll die tragische Figur der Eintagsfliege.

*

Eine Szene aus einem sibirischen Dokumentarfilm: Orpheus spielt wieder auf. Mit der Pferdekopfgeige bringt der Musiker die verbitterte Kamelwöchnerin zum Weinen, was den zornigen Widerstand gegen ihr Baby aufweicht. Die Töne spielen Hebamme.

*

Form gewordene Gedanken, Gefühle und Ideen durchwalten die Jahrhunderte, bekrönt mit der Glorie des Ruhms. Aber seine Botschaft dröhnt nicht aus der Festfanfare. Ganz im Stillen überkommt uns das Geheimnis des Schöpferischen in der Welt, das sich personalisiert hat und dessen Name zum Verwandten des großen Anonymen geworden ist.

*

„Ich hört' ein Bächlein rauschen ..." Quicklebendig und hurtig hebt es an und spielt dem Wanderer die Musik seiner sehnsüchtigen Seele auf. Doch immer mehr schwillt das Bächlein an, bis die Klavieroktaven in der linken Hand die unbändige, unaufhaltsame Kraft spüren lassen, die den Wanderer treibt, als wäre er schon bei dem Wasserrad und seiner Müllersarbeit angekommen, die ihm zum Schicksal werden soll. Aber was auch geschehen mag, die Trieb- und Ballungskraft des Fließenden, Verrauschenden ist in einer Melodie genau nachvollzogen und zugleich als Ohrwurm ausweglos festgehalten. Dieses Wunder, das den Widerspruch aus Bewegung und Statik bändigt, drängt über alle Grenzen und verebbt im Unendlichen auf einem Ton der menschlichen Stimme, ein Nachruf auf Heraklit im Biedermeier.

*

In Dur und Moll, ebenso hell- wie dunkelhörig verlautet Musik das Geheimnis kosmischer Harmonie und des Stöhnens der Schöpfung, baut sie klingende Plastizität aus Licht und Schatten.

*

Man vertont Gedichte zu Liedern, Texte zur Klangrede, die Moldau zu einem Orchesteraggregat der ondulierten Flüssigkeit, die Alpen zur Alpensymphonie. Solcher Musik entgegengesetzt ist eine seraphische Melodie, die von anschmiegsamen neapolitanischen Sexten umwogt wird. Plötzlich überfallen sie aufschäumende Modulationsanhäufungen und schroffe Stimmenverknotungen, bis ihr Atem stockt. Eine Generalpause droht mit dem Herztod. Doch eine leise einsetzende Folge von wiederbelebenden Kadenzen als sanfte Herzmassage führt die seraphische Melodie in die spätromantische Heimat ihrer Grundtonart zurück. Was also ist geschehen? Das namenlose Vorkommnis von Schall und Hauch eines unbekannten Patienten. Und dennoch etwas Fundamentales. Als anonymer niemals aufklärbarer Fall liegt das unverkennbare Material vor, aus dem das Lebendige gebaut ist: die Biographie einer Melodie.

*

Stimmung – die Choreographie der Gefühle unter der Regie der Thymusdrüse.

*

Fortschritt und Steigerung sind keine unvereinbaren Alternativen, können aber für sich selber allein das Geschehen bestimmen. Das musikalische Crescendo, wie es Rossini gebraucht, wirkt deshalb so hinreißend, weil es auf einem Motiv beharrend etwas von der wiederholungsgebundenen Steigerung des erotischen Einswerdens mitschwingen lässt.

*

Namen wie Maria und Josef gleichen Leitfossilien unserer Kulturgeschichte. Jahrhunderte halten ihre schützende Hand über den Täufling. Wenn dieser Rekurs auf das Gewesene verblasst oder überhaupt verschwindet, dann bleibt nur noch die Lautung übrig. Runde oder helle Selbstlaute können dann für die Wahl des Vornamens den Ausschlag geben. Für meinen amerikanischen Freund war Aloisia – ohne jeglichen Bezug auf sein Geburtsland Österreich – eine attraktive Vokalakkumulation, die er irgendwo aufgeschnappt hat. In seinen Musikerohren klang es wie eine Koloratur, also der richtige Name für sein Töchterchen, das eine Sängerin werden sollte. Und tatsächlich, sie wurde es, sogar so erfolgreich, dass sie schon als Elevin einen Manager bekam, der ihr zu einem Künstlernamen mit dem zweisilbigen Nora riet. Sie weigerte sich und glaubte weiter an Vokalmagie mehr als an den erfahrenen Manager.

*

Ist es möglich, hinter dem Rücken der Zeit einen Zipfel Zeitlosigkeit zu erwischen? Mit der Wiederholung, der Reprise haben wir den Trick herausbekommen, die Zeit ein klein wenig anzuhalten. Freilich, Heraklits Lebensphysik lässt dies nicht zu, denn es gibt in ihr keine Wiederholung des Selben. Wohl aber in der Zeitkunst der Musik. Sie macht es möglich, dem Ausspruch Heraklits trotzend sogar mehrfach in ein und dieselbe Woge einer Melodie zu steigen. Im Refrain, im Kehrreim des Volkslieds, dem Rückschlag der brandenden Welle, ereignet sich das Paradoxon: Bewegung wird mit ihrer Aufhebung gleichbedeutend. Der dynamische Stillstand ist erreicht. Indem die Refrainidee der Folklore aufgegriffen wird, kann man im Fluss der sich strophisch wiederholenden Melodie den Zustand der Zeitlosigkeit suggerieren. In der äußersten Reduktion auf einen einzigen Ton unveränderlicher Frequenz wie im Oum wird im Gesang tibetischer Mönche die Sakralität des Zeitlosen hörbar.

*

Alles Modulierende, figurativ Abweichende holt der Orgelpunkt aus der entferntesten Tonart immer wieder zurück, bringt es auf den Weg zur Grundtonart, dem Ursprung und Urquell dieser an Zacken und Kratern reichen Vulkanlandschaft unserer Polyphonie. Unbeirrbar und feierlich festgehaltener Angelpunkt, seinem Wesen nach ähnlich dem Oum der tibetischen Mönche, in das auch die Oberton-Melodien wie verlorene Töchter heimkehren.

*

Das Einmalige. 80 000 Opernmanuskripte, die Ernte von vier Jahrhunderten lagert ungespielt in den Archiven. Waren sie allesamt notwendig, dass daraus in einem Evolutionsprozess *Carmen* oder *Aida* hervorgegangen sind oder bleibt es sinnlos, hier von Fortschritt, Entwicklung und Selektion zu reden, als wären diese Spitzenwerke Ergebnis eines weit gefächerten Ringens. Sind sie nicht vielmehr die Fulguration, der Heraklit'sche Blitz, der aus dem Himmel herunter fährt und mit dem Funkenreiben des Steinzeitmenschen nichts zu tun hat. Doch unerlöst bleibt das wehleidige Selbstgefühl des Bodenpersonals, das nicht ganz zu Unrecht auf einen Zusammenhang des Himmelsphänomens mit dem Pflegedienst an der Landungsrampe verweist.

*

Ein entscheidendes philosophisches Ereignis der Romantik entsprang dem Drei-Viertel-Takt, dem Kürzel für die Kreisbewegung, dem Walzer. In dieser Umwälzung obsiegte über den klassischen Satz „Das Wort ist Fleisch geworden“

die romantische Fleischwerdung des Geigentons. Durchs Ohr geschlüpft, macht er nirgends mehr Halt, fährt in die Beine, spreitet die Arme, bringt den Körper zum Rotieren. Doch dahinter lauert der Augenblick der Gefahr. Wehe dir, wächst die Fliehkraft weiter! Sogleich wird sie den Körper ins Schlendern und zu Fall bringen. Doch da ist es schon, das rettende Du, die Paarigkeit in der Kugelsymmetrie des Kreisels, die Vollendung der Fleischwerdung. Verständlich, dass die Kirchen ein wachsames Auge auf das Tanzparkett hatten. Doch versöhnte der Walzer mit „Sphärenklängen" von Joseph und den Donauwellen von Johann, mit dem „Blumenwalzer" von Peter Jlitsch und allseits mit nautursymbolischen Erinnerungen an den Orgelklang in der Introduktion.

*

Bruchwerk aus dem Biedermeier. Kein größerer Gegensatz, keine stärkere geheime Bindung als zwischen dem 57-jährigen an Wassersucht erkrankten Beethoven und dem 17-jährigen jugendfrischen Mendelssohn. Der eine versucht, sich mit der ironisch tragischen Wendung „Muss es sein?" von der Welt zu absentieren. Den anderen bringt die Partitur von Beethovens soeben erschienenem Streichquartett op. 132 ins Grübeln. Mit seinen jungen Jahren als Komponist bereits technisch auf der Höhe seiner Zeit, steht er zufolge seiner Herkunft, Veranlagung und Ausbildung weit über der Zeit, versteht also als einer der Wenigen die Prophetie dieser Musik, die ihre Weihe und die Tiefe der Weltschau nicht allein durch die polyphone und motivische Arbeit erreicht. Nicht durch Vertonung eines Textes gewinnt sie das religiöse Timbre, sondern durch den Ton selbst. Fasziniert schreibt der junge Mann ein Streichquartett in derselben Tonart wie Beethoven: Versuch eines Händereichens mit dem inzwischen Verstorbenen, wobei er, der Erweckte, sich der Distanz bewusst bleibt. Er komponiert fast unablässig. In der Ouvertüre zum Sommernachtstraum adaptiert er seinen Sinn für Metaphysisches an die Feengrazie von Shakespeares Zauberwelt, was ihn mit 18 Jahren schlagartig berühmt macht. Metaphysisches auszudrücken, bleibt weiterhin das Grundbedürfnis seines umfangreichen Lebenswerkes und findet Stütze in der Bibel und der englischen Tradition des Oratoriums, was sein Werk in klassischem Licht erscheinen lässt. Der Ruhm packt ihn und schleift ihn von Anerkennung zu Anerkennung, auch in Positionen, wo er als Interpret für Beethoven wirksam werden kann. Als ihm das bevorstehende Ende in seinem 38. Lebensjahr bewusst wird, versucht er es nochmals nach so vielen Monumentalwerken mit einem Streichquartett. In dieser Arbeit kommt der anerkannte Komponist kaum mit einer Note mehr vor. Die Musik wirkt wie eine Totalwiderrufung seines bisherigen Schaffens. Der Tod befreit ihn mit diesem Bruchwerk von einer nur für ihn aufgesparten Tragödie. Der glückliche, an Talenten reiche Genius hat wie kein anderer Signale vernommen, wurde doch von seinem Schaffen und der Sozietät getrieben, überhört, bis er zuletzt an dem Unerhörten, das in ihm war, zu Grunde ging.

*

Symphonische Dichtung nennt sich jene Musik, die anstelle der motivischen Arbeit an Tongestalten und des figurativen Spiels mit Tönen Naturphänomene lautmalerisch nachzeichnet. Bei Smetana fließt die Moldau nach einigen Strömungsbehinderungen breit dahin. Bei Wagner weben die Waldwipfel ein zartes Tongeflecht, knistert, flackert und funkelt das Feuer uns ins Ohr und erweckt eine brennendere Aktualität als das Rot eines noch so virtuos gemalten Ölbildes, Feuer-Zauber der Musik, der uns nicht verbrennt, also Musik-Theater mit Instrumenten als Schauspielern, welche in flackernd tanzenden Tonbildern auftreten. Erfunden wurden die Instrumente jedoch nicht für das Rollentheater eines solchen lautmalerischen Orchesters. Ihrem Wesen nach waren sie reine Innerlichkeit: der Brustton der Überzeugung beim Horn, die kühle Klarheit des Nachdenkens in der Oboe, das taufeuchte Glitzern des Morgenglücks in der Flöte, die Nachdenklichkeit des Fagotts. Und nun werden diese keuschen Farben der Seele im Feuerzauber, im Walkürenritt zum Heterismus sinnlicher Dienstleistung in einer musikalischen Illustrationskunst entwürdigt. Und tatsächlich bricht auch über die Musikgötter Dämmerung herein. Statt der Lichtfeier auf der Höhe des Parnass ein hopsendes Klangtheater oder die Vision des Untergangs in Finsternis und illustriertem Lärm?

*

Jodler, Koloratur und das Melisma des Muezzins sind diejenige Art von Musik, in welcher der Mensch den Vögeln am nächsten kommt, denn das Ab- oder Hin- und Herrollen von Klangkügelchen ist über jede Stimmungs- und Bedeutungszuweisung erhaben, nochmals ein rein paradiesisches Spiel vor dem Sündenfall, mit dem die Klangrede beginnt und in Verwendung der Unbescholtenheit des Tones bedrängende Gefühle entlüftet.

*

Den Russen zu wenig russisch, den Westlern zu wenig westlich, machte seinerzeit das doppelte Scheitern Tschaikowskys Unsterblichkeit aus.

*

Im katholischen Land gewinnt sogar ein Heurigenlied die Bildhaftigkeit eines Altarblattes „Da habt's mei G'wand, i fahr in' Himmel". In Linz gelingt es der tausendfach elektronischen Verstärkung, Bruckner-Symphonien in ein klimatisches Himmelsereignis, gleichwertig dem Alpenglühen, zu verwandeln. Die Musik kehrt von der Erde als Klangwolke zu ihrer Inspirationsquelle zurück.

*

Manchmal meinen wir, die Quintessenz eines langen Lebens bestünde darin, die Märchenformel der Kindheit „Es war einmal ..." gegen die Altersformel „Es wird einmal ..." einzutauschen. Statt „Es war": „Es wird", aber kaum je „Es ist". Den Wahrheitsnachweis für dasjenige zu erbringen, was ehemals tatsächlich Gegenwart gewesen ist, kann ohne technische Hilfsmittel, welche den Moment festhalten, nicht erbracht werden. So steht das „Es ist" unter Datenschutz und ist nicht frei verfügbar. Erst wenn der Verdacht auf ein Vergehen oder Verbrechen besteht, lässt die demokratische Freiheit den Augenblick der Wahrheit zu, ansonst bleibt sie eine schonungsbedürftige Intimität.

*

Fünfundneunzig Prozent der in der westlichen Welt verkauften Tonträger gehören der Publikumsgunst der letzten vierzig Jahre an. Fünf Prozent den letzten sechs Jahrhunderten. Philosophie und kenntnisreicher Geschmack machen eine Randpartei aus. Zeitgenössische Unterhaltungskunst schafft sich eine alle Parteien übertreffende kompakte Hörerschaft, verbürgt die Einheit, steht also in der sanften Nachfolge des faschistischen Volkes.

*

Eine neue Dimension musikalischer Macht erlangte das Virtuosentum als eine Art säkularisierter Magie und westlichen Schamanentums, das Paganini salonfähig und professionell achtbar zu machen verstand. Etwas davon erlebt man auch heute immer wieder. So etwa, wenn Martha Algerich die Tipparbeit an der Klaviatur in die fühlsame Massage eines Klangkörpers verwandelt und ihn dadurch zu einer Lebendigkeit und Präsenz erweckt, dass man glaubt, jetzt müsse Robert Schumann in der Vollkraft seiner Jugend bei der Türe hereintreten.

*

Das Finale hat sich aus den Mythen vom Jüngsten Tag, dem Weltgericht und der Auferstehung der Toten zu einem kompositorisch-symphonischen Motiv entwickelt, das sich ebenso erfolgreich auf der Opernbühne und im Konzertsaal abspielt, wie ergebnislos auf dem politischen Parkett oder in den Schützengräben und Betonbunkern, wo generalstäblich die Weltrevolutionen geprobt werden. Ein erster Schub von Untergangsarbeit kam im ersten Viertel des 19. Jahrhunderts auf uns zu. Im Spiegel der Epoche mit ihrer Guillotine und dem Untergang glorreicher Ideen samt den dazugehörigen Armeen erkannten sich die Genies von Ost und West, von Puschkin bis Lord Byron als gefallene Engel. Mit bitterlich traurigem Stolz gingen sie daran, in satanischer Schönheit als Schöpfer eines unsterblichen Schlusspunkts ein Zeitalter zu Ende zu bringen. Unsere weitere Geschichte besteht in einer Abfolge von Finalsätzen. Rhetorischen: Karl Marx, Oswald Spengler, ... – musikalischen: Richard Wagner, Anton Bruckner, Gustav Mahler ... – zuletzt strategischen: die „Dicke Berta" im Ersten Weltkrieg, die Atombombe im Zweiten.

*

Bajazzo hört nicht auf zu singen: „Das Spiel kann beginnen!" Wir glauben an das, was wir spielen, mehr als an das, was wir sind. Denn im Spiel haben wir unsere Freiheit und Distanz als Überlebenshilfe eingebracht. Was uns umbringt, ist das, was wir sind.

*

Religiöse Musik – ein Pleonasmus! Denn was kann Musik anderes sein, als religiös. Jahrtausende hindurch war jeder Ton, ob im Tanz oder im feierlichen Ritual Teilnahme an der Weltharmonie. Zunächst ahnungsloses, später spüriges Spiel mit klingenden Zahlen. Im 20. Jahrhundert gelang es der Atomforschung ihre Schutzpatronin zu enthüllen. Es war die Ziffer 8, also dieselbe, unter deren Schutz auch die Musik steht. Im Gleichklang zweier Töne in der Oktave korrespondiert also die entmaterialisierende Kunst der Musik mit dem Oktett, einer besonders stabilen Elektronenkonfiguration in Atomen (Edelgasen) und Jonen verschiedener Elemente.

*

An einem Spätnachmittag im walzerseeligen Wien ist es gewesen. Das erstmalige verzweifelte Aufbegehren eines Orchesters mit der wütenden Dissonanz gegen das Schrecknis der Welt, dröhnendes Entsetzen über unsere spießige Menschennatur. Schmerzensschrei des Kranken, tauben Mannes aus der Tiefe seiner Leiden mit sich und der Schöpfung. In der Gebetssprache der Töne aber bittet er Gott um Gott. Nicht nur in seiner Missa solemnis, in zahllosen Takten seines Werkes ist dieses Drängen, Sehnen, ja Flehen hörbar. Das Hochamt seines Adagios gipfelt immer wieder darin, dass er Gott um Gott bittet. Eine religiöse Stimmung intensiviert und vertieft sich mit Hilfe musikalischer Logistik so sehr, dass die Assoziation mit Gott unausbleiblich werden kann. Hätte sein Lehrer Joseph Haydn dies erlebt, wäre er, der schon damals von der Publikation des Opus 1, Nr. 3 abgeraten hat, befremdet zurückgewichen. Er hätte in diesen Tönen den hermeneutischen Zirkel gehört, der einen Gott postuliert, damit er dann in der Musik beweisen kann, dass es ihn gibt. Haydn war ein frommer Mann, Beethoven ein Mensch im Zwielicht der Zeit, die es mit sich brachte, dass er den „Engel Leonore“ den Revolver zücken ließ, um den Gefangenen Florestan zu retten.

*

Religion. Sich in den Griff bekommen unter Beistand des Umgreifenden.

*

Das Opfer bewirkt Wunder: Nein und Ja werden identisch wie in einer Rakete der Rück-stoß und der Hinauf-Stoß. So wird die Abkehr von der einen und die Zuwendung zu der anderen Welt dank des „Raketenopfers“ zum tatsächlich gleichzeitigen Vollzug von Ja und Nein.

*

Zentrifugal- und Zentripetalkraft müssen zusammenarbeiten, dass die Erde weder in die Sonne stürzt, noch sich in den Weltraum verläuft. Gegensätzlichkeit schafft die rhythmische Zeit, den Herzschlag des Raums.

*

Der Schatten, eine Schleppe, geheftet an die Majestät des Lichts.

*

REQUIEM IN BAD HOMBURG

Sorgfältig renoviert steht es da mit seinen kleinen einstöckigen Palais und den Balkonen, die an ausladende Krinolinen gemahnen. Versteinerte Tradition. In den Herzen längst schon abgebrochen und demoliert, hängt sie zuweilen da und dort als Traumbild der Altstadt in Kupfer gestochen an der Zimmerwand, zuweilen umklimpert von einem verstimmten Klavier mit den Träumen von Schumann. Im Umkreis des Domes aber färbelt diese Imitation des Byzantinismus mit der Röte ihres Sandsteins und unter Beihilfe der verschleierten untergehenden Herbstsonne den mausgrauen Totensonntag. In bedächtigem Anmarsch füllen die Kirchenbesucher die Zufahrtsstraßen zum Dom. Zu groß wird das Gedränge, als dass ich hoffen könnte, im Dom noch einen Platz zu finden. Mitgeschobenermaßen bringe ich es aber so weit, bis in den Portalvorbau zu kommen. Da setzt auch schon die Musik ein, die Menscheitsdämmerung des Requiems von Fauré. Aus schmerzhafter Tiefe stöhnt das Orchester auf. Ihm antwortet der Frauenchor in der obersten Stimmlage mit den Worten Requiem aeternam dona eis. Es klingt weniger wie ein Gebet um die ewige Ruhe als eine sanfte Mahnung, gerichtet an die Bläser und Streicher, sich mit ihren Instrumenten in ihrer grollenden Tiefe zurückzuhalten und das Pianissimo der Soprane zu respektieren, die jetzt in einem Vorspiel zum anderen Zustand das festliche Ritual des Schweigens vorbereiten. Ja, das ist er, der unaufhörlich modulierende, die Tonräume durchschweifende Komponist des Liquiden, der Autor von dreizehn Barkarolen, in denen er es wagt, sich und die Musik Schritt für Schritt so weit als möglich des Personseins, des verführerischen Glücks der Europäer des 19. Jahrhunderts, zu entwöhnen. Auf diese Weise soll Musik zum Wellenmodell der Welt werden. Da gibt es nichts Anstößiges und Mani-festes, alles fließt. Tonspiele werden in ihrer Komplexität aufschlussreiche Elektrokardiogramme des Herzens. In seinen Klängen, die mit all ihren Spannungen im Spätwerk bis an den Rand der Atonalität reichend, immer wieder in Weltversöhnung schwelgen, weicht das Dies irae, dies illa der dramatischen Gestaltung aus, wie sie bei Verdis Requiem im Zentrum des Werkes steht. Bei Fauré ist es nicht der Tag der Abrechnung, sondern das Gefühl und die Angst vor dem Ereignis, eine Milderung, vielleicht nicht ohne Reflex auf Verdis 1874 publiziertes Werk. – In diesem Augenblick überraschte mich ein Moment des Unbehagens. Ist mir jemand auf die Zehen getreten? Noch stehe ich eingezwängt im Gedränge vor dem Portal. Nein, ich bin mir selber zur Peinlichkeit geworden. Bildungstratsch für den Alleinunterhalter seiner selbst. Es fällt mir hier auf, weil ich beider Schöpfer respektvoll gedenke. Mich meinen Assoziationen überlassend, höre ich im Sanctus, der einzigen pathetischen Stelle des Werks, wie sich Kriegstrompeten mit Orgelklang mischen. Ich bin in Homburg! Zufall? Ich habe keine Ahnung von dieser Stadt und doch haftet in mir ihr Name als Erinnerung an meine Jugendzeit, an das Burgtheater und einen anderen großen Geist, der mich durch mein Leben begleitet hat: Prinz von Homburg, ein Schauspiel, ein preußisches Requiem auf den Begriff des Helden. Unvergessen die Stelle, wo der prinzliche Kriegsverbrecher, seine Hinrichtung erwartend, sein Grab sieht und sich eingesteht, nun frage er nicht mehr nach der Rühmlichkeit des Lebens. Wie „unrühmlich" war unser Leben in der deutschen Wehrmacht. Wie rühmlich das von Heinrich von Kleist, der sich 34 Jahre alt erschossen hat? – Ach, dieser Totensonntag! Zu wenig Platz in der Kirche. Noch weniger Platz im Schädel für all die Erinnerungen, für diese entsetzlichen Bilder des Massenmordens, ob in den Kesselschlachten, ob im Gefängnis von Lemberg. Dieses Gedränge bringt den ganzen Körper zum Zittern, die Schultern ins Schütteln, als wollten sie helfen, diese scheußliche Vergangenheit von Homburg bis zur Wolga los zu werden. Ja, auch das Requiem ab zu beuteln mitsamt seinem Pianissimo eines voll tönenden Orchesters, obendrein meine schwelende Wut auf unser gewissenloses Menschsein, das den Ernst und die Trauer nicht länger aufkommen lässt als für eine musikalische Abendunterhaltung. Sinngebung der Geschichte in Nanodimensionen, auf die es anscheinend bei jedem Umbruch allein ankommt. Mussten zwei Weltkriege geschlagen werden, damit ich hier im überfüllten Homburg keinen Platz mehr finde, um einen französischen Komponisten zu hören, der seit 80 Jahren tot, in Deutschland kaum bekannt und gespielt worden ist? Waren zwei Weltkriege notwendig, dass eine neue Musik vernehmlich werde, eine die zum behutsamen Umgang mit Gefühlen anleitet und ohne gewaltsamen Prunk eine bisher unerhörte vegetarische Musik zum Klingen bringt. Wie tief wurzelt alles Wahrnehmbare im unerreichbar Verhüllten. Gleichzeitig mit dem letzten Abschnitt des Requiem In paradisum hat es zu schneien begonnen. Durch den Windfang des Portals gedämpft, klingt der Chor so leise, dass ich auch das zarte Sirren der großen Schneeflocken zu hören vermag. Beide Klangkörper, Schnee und Gesang, Tod und Auferstehung begegnen einander. Da bricht der Mond durch die Wolken und mir ist zumute, als mahnte er: Auf-hören.

NACHWORT

Der überwiegende Teil dieses Bruchwerks hat aphoristische Züge. Die dem Genre eigene abstrahierende Verknappung entspricht am ehesten den Bruchlinien einer Umbruchszeit. Jedes Paradigma verdankt sich allerdings einem erlebten Syntagma, dem gegenüber Undank schlecht ansteht. Also sollte auch der Prozesscharakter des Umbruchs nachvollziehbar werden. Deshalb der gelegentliche erzählerische Duktus. Einzelne Kapitel werden sogar durch eine regelrechte Geschichte abgeschlossen. Diese Geschichten entspringen ebenfalls einer tiefen Dankbarkeit gegenüber den Menschen, die darin porträtiert werden. Dass dabei der Ich-Erzähler nur den Stichwortbringer für die monologische Entfaltung eines gedanklichen Lebenswerks abgibt, liegt in der Ehrfurcht vor dem Landlehrer, dem Abt und dem Geigenbauer begründet. Sie verdienten eine Zwittergattung zwischen barocker *Oraison funèbre*- zwei der Porträtierten sind bereits verstorben – und aufklärerischem *Conte philosophique*, eine frankophile Nachreichung, die sich modernen narrativen Usancen (wie etwa der Sprachregistervielfalt) bewusst entzieht. Bruchwerk darf die vermischten Spuren der Vergangenheit tragen. Welchen Wert hätte es sonst für Gegenwart und Zukunft?

Reinhart Hosch

Dass diese Schrift zustande

kommen konnte, verdanke ich

E d i t h

Univ. Prof. Dr. Erich Minar

Mag. Reinhart Hosch

Univ. Prof. Dr. Michael Marberger

Dr. Julian Rosenhek

Univ. Doz. Dr. Raphael Rosenhek

Helga Chinagi

Renate Niedermaier

HORST ASCHERMANN

Horst Aschermann wurde 1932 in Ilmenau/Thüringen geboren. Seinem Abitur schloss er zunächst eine Ausbildung als Kerammodelleur an. 1957 trat er in die Bildhauerklasse von Prof. Knesl an der Akademie für Angewandte Kunst in Wien ein, seinem Diplomabschluss (1962) folgte 1964 bis 1968 ein Lehrauftrag.
Ab 1968 freischaffender Bildhauer und Maler in Purkersdorf/Niederösterreich. Er wandte sich besonders der Gestaltung von Reliefkompositionen zu, die im öffentlichen Raum Platz und Anerkennung fanden: Die „Hetzendorfer Genesis“, beispielsweise, entstand 1972 für die Ev. Kirche in Wien-Hetzendorf. In den Achtzigerjahren wurden 6 Relieftüren zum Festsaal und zum Auditorium Maximum der Wirtschaftsuniversität Wien geschaffen, in Niederösterreich findet man u. a. am „Weißen Hof“ in Klosterneuburg (Rehabilitationszentrum der AUVA) die „Klosterneuburger Türen“ und auf der Wiener Ringstraße gestaltete der Bildhauer Reliefs an der Außenfassade des Plaza Hotels. Dazu kamen eine Reihe prominenter Porträts, wie jenes von Gottfried v. Einem oder Hans Weigel (1967/68), Skulpturen, Materialarbeiten und ein vielfältiges Werk an Gemaltem, sowie Graphisch-Zeichnerischem. Zahlreiche in- und ausländische Ausstellungen u. a. 1971 Galerie Dürerhaus/Nürnberg„ 1972 Würzburg und Paris, 1997 London.
Der Künstler starb im Sommer 2005.

In seinen Arbeiten faszinieren immer wieder die Menschen und die oft geradezu archetypischen Kreaturen des Schöpfers. Weitschwingende Landschaften waren ihm ebenfalls ein Herzensanliegen. Besonders eigenständig sind seine Metallreliefs, die seine Freude an reich gestalteten und Rhythmik mitteilenden Oberflächen zeigen. Manche abstrakt wirkenden Formen sind in Wahrheit Topographien, architektonische Ansichten und Grundrisse seiner geliebten Türme: Immer wieder entstand – ein Mahnmal – der Turmbau zu Babel.
Das Einsame, das Auf-sich-geworfen-Sein wird darin mit Erschrecken sichtbar, oft steht Mensch an Mensch – aber in Isolation und gegenseitiger Abgegrenztheit.
So wurde auch das „Kreuzweg“-Thema mehrmals aufgegriffen.
Der Freude des Künstlers am Leben lag das Erfahrenhaben und Gewahrsein seines eigenen Leidensweges zugrunde.
Horst Aschermann hat sich in den letzten Jahren nochmals mit seinem Tuschestift aufgemacht, tauchte in alle nur möglichen Welten ein und bemerkte selbst zu den so entstandenen Zeichnungen:
„Ich halte es für richtig, wenn man es zulässt, Bilder entstehen zu lassen: Es ist ein magisches Ereignis, das nicht durch eigenes Zutun und aus dem „Streben“, „respektable“ Bilder zu bekommen, gestört werden soll. Man sollte sich beschenken lassen, wie zu der Zeit, als Weihnachten noch Geheimnis war.“

FRANZ RICHTER

1920	in Wien geboren
1940 – 1948	Deutsche Wehrmacht, russische Gefangenschaft
1949	Unterrichtet als Werkstudent Chemielaboranten
1950	Dr. phil. mit Dissertation über Reaktions-Kinetik

Werkauswahl

1955	Erstpublikation: Wir, die an den Grenzen wohnen, Gedichte
1964	Anbruch der Vergangenheit, Gedichte
1968	Humanimales, Fabeln
1973	Kosmorhythmik, Gedichte
1975	Im Wendekreis der Blume, Pflanzenästhetik
1980	Trockengebiet, Gedichte
1982	Kein Pardon für Genies, 12 Charakterbilder
1986	Auf der Atembrücke, Gedichte
1987	Spaltklang, Roman
1984	Pfauensommer, Erzählungen
1992	Lichtecho, Gedichte
1996	Geihmes wird Signal, Gedichte
1998	Lob der Welt Vernunft, Gedichte

Literarische Funktionen

1975 – 1979	Präsident des Österreichischen Schriftstellerverbandes
1976 – 1990	Generalsekretär des Österreichischen P.E.N. Clubs

Auszeichnungen, Orden u.a.

1980	Würdigungspreis des Landes Niederösterreich
1985	Ehrenmedaille der Stadt Wien
1988	Otto Stoessl-Preis
1994	Ehrenkreuz für Kunst und Wissenschaft, 1. Klasse
2000	Ehrenplakette der Humboldt-Gesellschaft, Mannheim

INHALT

GRAFIKEN